武蔵野文化を学ぶ人のために

土屋　忍［編］

世界思想社

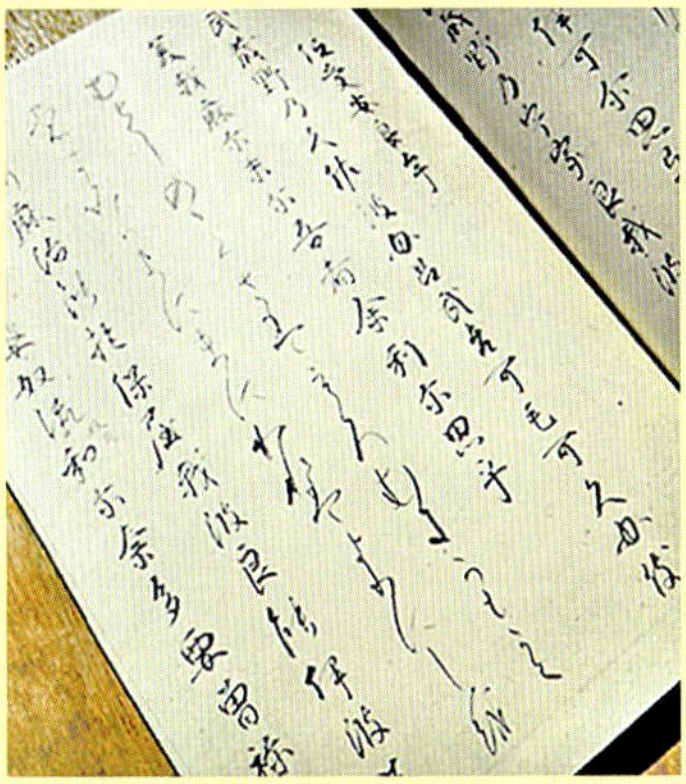

② 元暦校本『萬葉集』
巻第十四
（複製版、武蔵野大学図書館蔵）

① 「武蔵野」を舞台にした
近現代文学の作品群

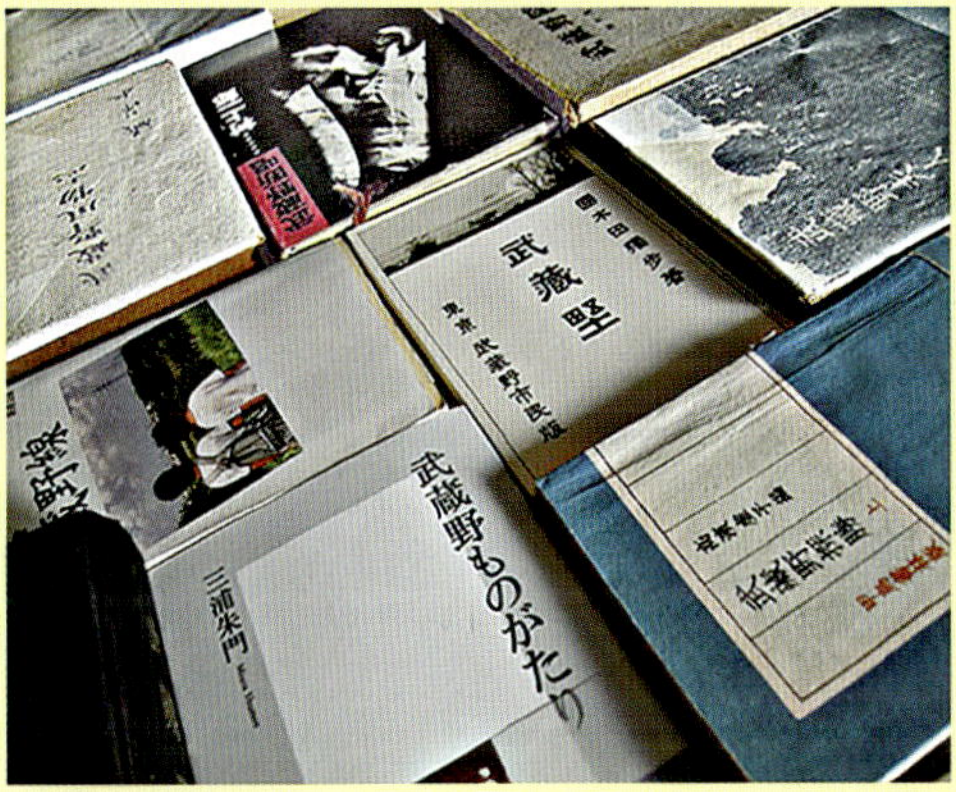

④ 井の頭恩賜公園（二〇一二年撮影）

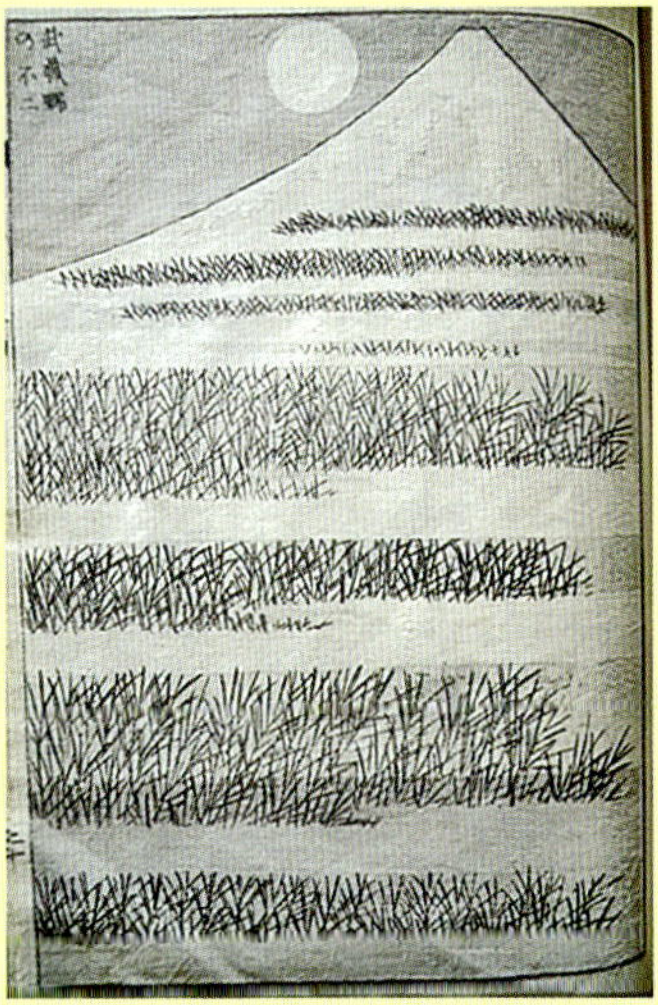

③ 葛飾北斎『富嶽百景』
（明治八年十二月発行）
「武蔵野の不二」
（武蔵野大学図書館蔵）

① 「武蔵野」を舞台にした近現代の文学作品は、国木田独歩『武蔵野』をはじめとして、多数ある。

② 写真の本は佐佐木信綱の編集により、朝日新聞社から昭和三年十月に発行された。東国で歌われた歌謡である「東歌」を収める『萬葉集』巻第十四には、掲出の「むさしののくさはもろむきかもかくもきみかまにまにわれはよりにしを（武蔵野の草はめいめいの方に向いていますがどのようにでもあなたの意のままに私は従ってきましたものを）」のごとく、武蔵野を詠んだ歌が見える。

③ 北斎の絵は、かつての「武蔵野」の景色《イメージ》を我々に教えてくれる。萱原だったからこそ富士が月と共に美しく眺められたのだろう。

④ 大正六年に恩賜公園として開園。以来、数多くの武蔵野文化に舞台を提供してきた。

「武蔵国」は現在の東京の大部分を含み、その範囲は、神奈川県、埼玉県にまで及ぶ。また「武蔵野」という地名が指し示す範囲は、広く関東の大部分を含み得るとも言われた。

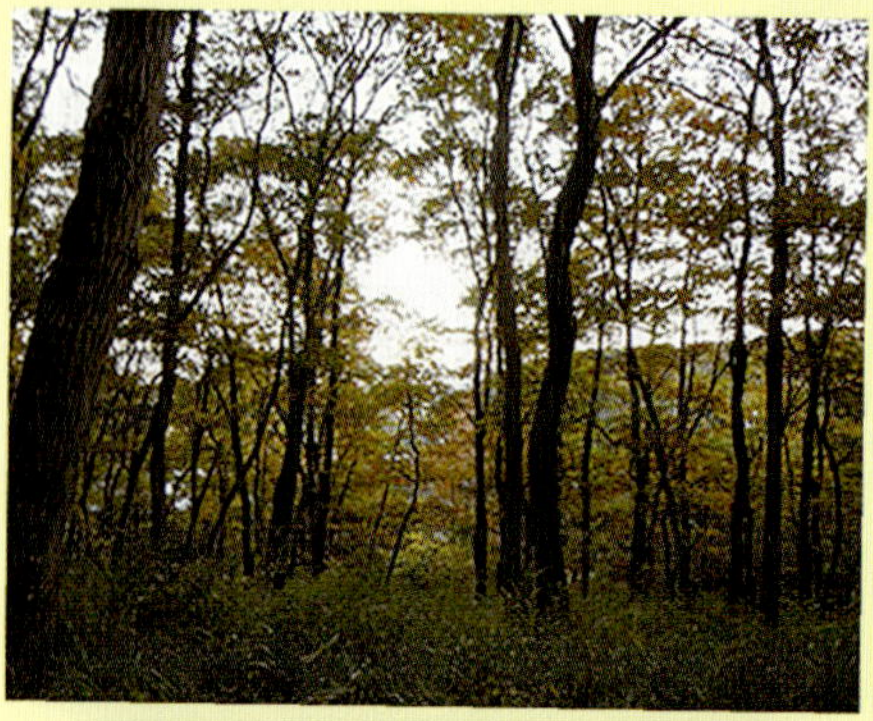

（二〇一三年九月撮影）

萱原だった「武蔵野」に、水路が作られ、雑木林ができ、多くの人が住むようになった。
現在では、映画館・路線・店名など、いたるところで、「武蔵野」の文字を見ることができる。

巻頭言——武蔵野の住人として

黒井千次

三、四十年も前になるだろうか、住んでいる東京西郊の町の公民館で、風変りで面白そうなイベントが催されるのを知り、出かけてみることにした。市報で読んだのか、道端の掲示板で知ったのかは忘れてしまったが、そしてその珍しい催しの主催者がどのような性格のものであったかも覚えていないのだが、公民館に出向いた折の印象は、記憶に深く刻み込まれて消えることがない。

それは古い道具と形式により、土地の伝統に則った婚礼の儀式を再現してみせる試みだった。どんなきっかけによってそのような企画が実現したのかも覚えていないが、舞台に並べられた嫁入り道具も、役を遂行する出演者たちの紋付らしい衣裳も、いずれも黒いものづくしで婚礼めいた華やかさはなく、むしろ地味で厳粛な空気が、控えめな照明の底に沈んでいるように眺められた。

しかし、それより遙かに強い興味をそそられたのは、公民館への道を二人、三人と連れだって歩いて来る人々の姿だった。ほとんどが年寄りであったということもあるけれど、同じ町の住人として、平素スーパーマーケットやバス通りや駅などで見かけることのあまりない人々が、続々とその道を歩いて集って来る。自分の暮す町にはこういう人達が住んでいたのか、と驚くと同時に、足の下の土地が急に奥行きを増したかのような印象を受けた。やや腰を落すような姿勢でゆっくりと足を運ぶその年配者達には、どこか土の匂いが感じられた。それは昔からの古い家に暮す旧住民であり、団地やマンションなどの集合住宅で生活する新住民とは違う人々なのだ、と思われた。氏神様のお祭りには出かけるかもしれないが、バス通りの交通を規制して色とりどりのゴム風船が飾られるような市民祭りには参加しそうもない人々であるに違いなかった。土地というのは、こんなふうに人を作って来たのか、とあらためて感じた。と同時に、住んでいる人々は次々と代替りして変っていくけれど、時間の染み込んだ土地は無言でそこに広がっているのであり、人が来て掘ったり叩いたりつついたりした時に、初めて内に秘めていたものを少しずつ見せてくれるかもしれない、と想像した。

自分の関る土地、生れた土地、育った土地、家庭を構えて子供を育てた土地、自分が死んでいく土地、そして墓の残る土地が、いかなるものであるかを知ることは、私とは何であるかを探る営みの中でも重要な領域を占めている。そしてもし本気でそれを知りたいと願うのなら、ただ講座をのぞいたり講演を聴いたり、文学散歩といった行事に参加したりしてとりあえずの知識を蓄えるくらいでは、とてもその目的を果すことは叶わない。それにはせめて、単なる知識を越える人知、趣味を越える〈学〉の入口近くまでは身を運ぶことがなくてはならぬだろう。

十年ほど前から数年間、家から電車で二駅ほどの距離にある武蔵野大学で、客員教授として小説の創作実習のゼミナールを担当していたことがある。大学の教授や助教授たちが時を過す研究室なるものがいかなる場所であり、そこに何があるか知ったのは、大学に籍を置いた時期の貴重な発見であった。

仕事の上で何か問題にぶつかって困った時、ふとそれを口に出すと、近くにいた教員達が、その問題ならあの先生に訊けばいい、そのことならこちらの先生の専門領域だ、などとたちどころに教えてくれた。そして事実、あちこちの研究室で多くの教えを受けることが出来た。あたかも、人間の形で整えられ、揃えられた文学辞典か百科事典がそこに並んでいるかのような印象を与えられて驚いたものだった。考えてみれば大学とはそういう場所でもあったのだ、と認識を新たにした。

本書の目次を眺めていて思い出すのは、その折の研究棟に似た感じなのである。一つの主題を巡って、専門家や研究者の方々が各々の領域のテーマを定め、それをより広い視野でより深い地点まで探ろうとする営みは、歴史と土地、時間と空間の関係を孕んだ壮大な力仕事である、ともいえる。そして本書は、土地に関した案内書でもなければ解説書でもない。一方でその役割は果しながら、この仕事を通して何か新しいことを探ろうともしている。

したがって、この本を読んだ人はそこでどこかに到達したのではなく、出発点に立ったのだ、と感じていただきたい。そこから未知の方向に向けて弾け飛んでいただきたい。そして文化とはこのような形で生き続けて来たのであり、これから先に何があるか、まで考えていただきたい。

目次

目次

武蔵野文化を学ぶ人のために

はじめに

土屋　忍

一、武蔵野文化を語ることの居心地の悪さ

「武蔵野」の正確な定義を国語辞典で知ることはできない。「武蔵野」という地域呼称は、かつての武蔵国に由来するとも言われ、また武蔵国以前からあったとも言われる。文学上の「武蔵」は、『万葉集』東歌の「むさし」（む・ざし）に遡ることができるが、その語源は諸説ある（「東歌のなかの武蔵野」を参照のこと）。地理的範囲については近世中頃より繰り返し言及されてきた。狭義の武蔵野は江戸城の西方、多摩郡の一部、あるいは川越以南、府中までの間の原野ともされたが、広義の武蔵野は、「武蔵（国）」の平野部と認識され、さらに広く関八州にまたがる一大廣野とも言われた。明治期に入り、新たに設置された東京府や東京市は、武蔵野の中心に据えられることになる。それに対して国木田独歩「武蔵野」は、武蔵野から「東京」を除外する視点を提示し、「東京」との「波打ち際」に「武蔵野」を見出した。この恣意性は、行政上の区分（市・府・都・区・村など）

の恣意性に対する対抗として現象し、近代における「武蔵野」が指し示す意味内容において、非常に曖昧ながらも対抗的かつ創造的なものを包摂させていくことになった（「武蔵野の範囲」論の降盛とその意味については、「二つの『武蔵野』」を参照のこと）。その一方で、『万葉集』や『伊勢物語』、『源氏物語』から『ノルウェイの森』に至るまで、様々な文献に登場する「武蔵野」「MUSASHINO」「武野」は、海外の知日派の脳裏にもひとつの文化的イメージとして記憶されたひとつの表徴であったと考えられる（近世漢詩文において武蔵野が「武野」と表記されていたことについては、「「武野」と「武陵」と」を参照のこと）。

それに対して「武蔵野市」は実体的な行政区分である。公式の地名の中に「武蔵野」を含み、地図上の境界線も明確である（武蔵野市の「地名教育」については、コラム「「地名」としての「武蔵野」から学ぶもの」を参照のこと）。しばしば「住みたい街」全国第一位と報じられる吉祥寺が武蔵野市を代表する街として知れ渡り、吉祥寺の好ましいイメージが武蔵野を表象してきたとも言える。紛糾した末に武蔵野市との合併案を否決した因縁をもつ三鷹市、保谷と田無の合併によって捩れを抱えた後続の西東京市。近接する調布市、小金井市、小平市、東久留米市…。それらは、独歩の「武蔵野」などに記述されている武蔵野の範囲とも重なる。しかし、「武蔵野」の名声を独占してきたのは武蔵野市である。もちろん「武蔵野市」それ自体が恣意的な行政区分である。もしも独歩作品の示す旺盛な接収、流用、対抗表象とその鷹揚さ――五感を働かせた空間認識を打ち出し、古今東西の引用を駆使して自然を描写し、「東京」との近接性と差異によって「武蔵野」を表象した、のんしゃらんな姿勢――を鑑みるならば、そのつど「今の武蔵野」の「俤《おもかげ》」を探し、武蔵野を歩き、武蔵野をめぐって思索することは、けっして特定地域にとどまる営みではないはずである。

市民版の『武蔵野』を刊行し、「独歩の森」と「森を育てる会」をもち、独歩＝武蔵野をひとつの文化遺産として大事にしている武蔵野市（民）であるが、「独歩の（歩いたであろう）森」（独歩の言葉に則するならば正確には「林」であろうが）は、歌志内（北海道）にも佐伯（大分県）にも山口県にもある。三鷹駅北口の詩碑に刻まれた「山林に自由存す」の「山林」も同様であり、場所の特定にこだわることにはさほど意味はないのかもしれない。にもかかわらず、独歩の名前が活用される背景には、「武蔵野」という作品（の知名度）を（無意識に）観光資源とみなしている事実があるように思われる。近年「太宰治」で集客を企図してきた三鷹市にも同様のことは指摘できるし、市制十周年を迎えて文学を通じた街おこしに注目しはじめた西東京市についても同様である。

以上のような動静は、本書の成立とも無関係ではない。編者が単独で、あるいは本書の執筆者らとともに関わってきた各種講座や講演会、紀要や冊子類を、武蔵野ものに限って列挙しておこう。

1、武蔵野市寄付講座「武蔵野の記憶と現在」全十五回（二〇〇九年）
2、武蔵野大学文学部『武蔵野日本文学』第十八号（二〇〇九年）における特集「武蔵野」
3、武蔵野市寄付講座「武蔵野の記憶と現在　第二信」全十五回（二〇一〇年）

4、武蔵野地域自由大学「武蔵野の記憶と現在―古典文学を中心に」全六回（二〇一〇年）
5、武蔵野大学文学部「武蔵野学」（二〇一〇年～二〇一三年）
6、武蔵野大学『武蔵野文学館紀要』創刊号（二〇一〇年）※3の一部を収録
7、武蔵野市『季刊 むさしの』（No 91）における鼎談「武蔵野に新しい価値を与えたマルナクリエイター、国木田独歩」（二〇一〇年）
8、武蔵野文学館 企画展示「武蔵野の教壇に立った文学者―土岐善麿・秋山駿・黒井千次」（二〇一〇年開催・二〇一一年図録刊行）
9、武蔵野文学館 企画展示「武蔵野に迷う―保谷・三鷹・小金井の作家たち」（二〇一一年開催・二〇一二年図録刊行）
10、西東京市高齢者大学・ひばりが丘公民館市民講座「西東京市と作家たち―五木寛之と村上龍を中心に」各一回（二〇一一年）
11、武蔵野の森を育てる会・武蔵野市教育委員会「今、身近な自然と私たち―国木田独歩の『武蔵野』から読みとく」（二〇一二年開催・二〇一三年報告書刊行）
12、武蔵野市郷土史会「明治期の武蔵野―国木田独歩の《武蔵野》から読みとく」（二〇一二年）
13、武蔵野地域学長懇談会（五大学共同講演会）「文学から武蔵野を考える」（二〇一三年）

以上を概観すると、本書もまた「地域に開かれた大学」の活動を社会に還元することを標榜して

刊行されてきた類書と違わないのではないか。すなわち、大学周辺の地方公共団体が主催するカルチャー・スクールのニーズに合わせたお勉強をまとめたものにすぎないのではないか、という指摘を甘受することになるかもしれない。実際、求めに応じて公へのサービスを実践し、その中で、みずからの学問の流儀や研究上の約束事とは合致しない局面を経験し、葛藤し、折合いをつけてきたことがないわけではない。研究者個人としては、特定の行政に奉仕し過ぎてきたきらいのあることも認めざるを得ない。むろん、第一に考えるべきは、研究か啓蒙か、文学的な作品論か教養的な作家人物論（偉人論）かといったような二項対立的な垣根を超克した汎用性なのだろうが、まだそれは試行錯誤の途上にある。

今ここで、編者がみずからの編著を通して自己批評的に喚起している注意点は何かと言えば、文学・文化の表面をなぞった観光資源化、安易な名作主義や教養主義、ワイドショー的な人生観に基づく評伝的解釈、一義的に期待の地平を追認するだけのご高説的読解の踏襲といった学問倫理上の問題である。しかし、それはそのまま行政のルールやコードに反するわけではないし市民のニーズに合致しないわけでもない。今や国策でもある「地域と連携した共同研究」の成果を刊行する際に、以上のような問題点について自己言及する類書はまずないと言ってよい。したがって、なぜそこに問題が潜んでいるのか、なぜそこまで問題視するのか、にわかに了解される一般読者は少ないかもしれない。それでもなおここで言っておきたいのは、武蔵野という土地における作家の人生だけが作品の読み方を規定するものではない、ということである。武蔵野と文学文化との関わりを知ることは、読むという内的行為を誘うひとつのきっかけにはなり得るし、歴史的な系譜から文学文化をみわたす際にひとつの観点を与えるものとなるのは確かだが、市民講座や講演会、文学館という場所でおこなってきた私たちの仕事は、ともすると無意識に訴えかける抑圧的教養主義を通じて、（作品を読むということを飛び越えて）ご都合主義的な郷土の偉人づくりに向かっていく危険性をもっているのだ。

武蔵野（市）とは、住むにはよい街なのかもしれないが、武蔵野文化を総論で語ろうとするとたちまち居心地悪くなってしまうのである。

二、「武蔵野文化」を学ぶ人のために

日本文化という言葉があるように、たいてい国名に文化をつけるとそれらしい単語が成立する。しかし、関東甲信越文化という用例を耳にすることがないように、地域呼称に文化を付してもこなれた用語になるとは限らない。そうした中で「武蔵野文化」という言葉が成り立つ条件があるとしたらそれは、「武蔵野」をめぐって語られてきた言説の総量と語り継がれてきた時間の長さであろう。いや、文化としての実質がともなっているか否かが大事だ、という異見もあろうが、文化というものは、高低優劣を測るようなマネさえしなければ生物の集団があるかぎりどこにでも生成し得るものであり、あとはそれがどう語られるのか（どのように言語化され、記録され、記憶され、創造さ

れるのか）によって決まる。ある文化的事象の誕生の地がその位置と範囲とを地図上に定められたとき、〇〇文化なるものが言わば文学的に成立する。各時代の文献の中にしばしば登場し、それも単発的で一過的なものではなく継続的に登場するのであればなおさら〇〇文化は生成しやすい。その点で「武蔵野」は、「文化」と結びつきやすい地域呼称のひとつである。

しかし、だからと言って本書は、いわゆるサブカルチャーについての論考を含んだ総花的な文化論集として編んではいない。教科書的な文学作品を主たる対象にして、じっくり調査と考察を重ねながら掘り下げていくオーソドックスな方法意識に貫かれており、武蔵野という場所《トポス》を設定しなければ浮かびあがることのない諸問題の発見と提示を目指して書かれている。

武蔵野の文学を論じた文章は多くあるが、国木田独歩の「武蔵野」にはじまる近代以降の武蔵野言説や郊外言説が概説的にとりあげられて終わっているものが多い。それに対して本書は、古代から中古、中世、近世、近現代までを視野に入れながら、従来の指摘を乗り越え、捉えなおすような論考を揃えたつもりである。また考察する対象も、場当たり的な編集により時代やジャンルに著しい偏りがみられないよう努め、和歌や物語、日記文学、浮世絵、歌舞伎、幸若舞曲や古浄瑠璃、能、謡本、地誌、漢詩文、古文書、碑や書、俳句や短歌、小説や紀行文、地図、評論、童話や詩、児童文学、事典、民俗誌など、多岐にわたる。執筆者に武蔵野大学関係者が多いのは、内発的に続けてきた学内共同研究の伝統と成果の一部を活用するためである。より充実をはかるため、特に近代文学の重要な部分については、学外の専門家の協力を仰ぎ、巻頭言は、武蔵野を代表する作家黒井千次氏にお願いした。

本書を通読し、郷土史や地域史を通じて浮かびあがる武蔵野とは異なる言語空間としての武蔵野を想い、そしてその点在性と継続性、豊かさと多様さについて実感していただけたら幸いである。その意味では、各領域の専門家、そして武蔵野地域と縁のある人たちはもちろん、それ以外の国内外の人たちの目に触れることを願っている。

最後になるが、ひろく土地と文学（者）の関わりについては、文学によって大学を支えてきた大河内昭爾氏が継続的に追究されてきたテーマでもある（その大著『文壇人国記』などを参照のこと）。本書編集中の二〇一三年八月十五日に鬼籍に入られた氏の墓前に本書を捧げ、あらためてご冥福をお祈りするとともに、どこまで発展的に継承することができたのか、問いかけてみたいと思う。学生を連れて全国を旅してまわられていた氏からは、なんだ、武蔵野だけなのか、と言われそうな気がしてならないのだが――。

また本書編集中の二〇一三年十月二日には秋山駿氏の訃報をうけた。当初の予定では、氏の団地居住者としてのエッセイ（新稿）が寄せられるはずであった。「悪いことをしたな」という言葉とともに、「まだ教えておかねえといけねえことがあるんだよ」という声がきこえてくる。襟を正すしかない。

古代

東歌のなかの武蔵野

並木宏衛

一、東歌について

『万葉集』巻十四は、東国の歌を集めたもので、「東歌」と総称し、二百三十首（他に或本・一本の歌八首）の短歌を収める。「東歌」は国名の判明する勘国歌（九十首）と不明の未勘国歌（百四十首）に大別し、前者を雑歌（五首。冒頭には雑歌とはなく単に東歌とある。従って「東歌」とは冒頭の五首を指す可能性もある）・相聞（七十六首）・譬喩歌（九首）に分けて、その所属する東海道・東山道の国順に歌を挙げ、後者は雑歌（十七首）・相聞（百十二首）・防人歌（五首）・譬喩歌（五首）・挽歌（一首）に分類している。武蔵国歌（武蔵は「牟射志」と表記する。「射」は濁音の仮名であるから当時はムサシではなくムザシであった）は相聞歌に相模国歌と上総国歌との間に配列されている。これは武蔵国が東海道に所属していたことを示している。この事を問題にしたのが山田孝雄で、大正十三年（一九二四）「万葉集の編纂は宝亀二年以後なるべきの証」（『心の花』）という短い論文の中で、次のように述べる。東歌の中の武蔵国の位置が東海道に入っているというのは、武蔵国は東山道に属していたのだが、宝亀二年（七七一）十月の条（『続日本紀』）に、「己卯、太政官奏すらく、武蔵国は山道に属《つらな》ると雖も、兼ねて海道を承《う》けたり。公使繁多《くししげ》くして祗供《しく》堪へ難し」とあり、武蔵国は東山道に属しているけれども、東海道にも通っており、人々は多くその道を使っているので、そこで武蔵国は「東山道を改めて東海道に属らば」と、東山道から東海道へ移せという命令が出た。そこで、東歌をみるともうすでに、武蔵国は東海道に入っているから、東歌というものの編纂がこの宝亀二年以降にされたのであろうという。つまり七七一年以降に巻十四東歌ができたのではないかというのだ。従って当然『万葉集』は七七一年以降にできたのであろうというのである。

『万葉集』はそれまでは、一番最後の歌が、天平宝字三年（七五九）の大伴家持の正月元旦の歌「新《あら》たしき年の始めの初春の今日降る雪のいや重《し》け吉事《よごと》」（四五一六番歌）で、これが最も新しいので、この歌ができた天平宝字三年以降、そんなに経たないうちにできたのではないか、奈良時代の半ばごろできたのではないかと普通いわれてきた。それを山田孝雄は初めて具体的に宝亀二年以降できたのであろうという説を出したのだ。

ところがこの太政官の命令でもわかるように武蔵国は東山道に属しているが、東海道をも通っている。巻三の次の歌、

田口益人大夫、上野国の司に任《よ》さす時に、駿河国の浄見の崎に至りては作る歌二首

庵原《いほはら》の清見の崎の三保の浦の寛《ゆた》けき見つつもの思ひもなし（二九六）

昼見れど飽かぬ田児の浦大君の命恐み夜見つるかも（二九七）

をみると、田口益人大夫は、上野国に行くのに、本来は東山道を通るべきなのに、東海道の駿河国の清見の崎や田児の浦を通って下向している（上野国は東山道に属している）。

また、巻二十の防人歌に、

足柄のみ坂に立して袖振らば家なる妹はさやに見もかも（四四二三）

とあり、この歌の作者は、武蔵国埼玉郡の上丁の藤原部等母麻呂という人で、防人として難波の津に行くのに、武蔵国から東海道の相模国の「足柄のみ坂」を通っている。この防人歌は天平勝宝七年（七五五）の作であるから、都と武蔵国との往来というのは、万葉時代は東山道よりも東海道が多く用いられていたようだ。武蔵国は行政上ははっきり宝亀二年から東海道に属するが、実質上はもうほとんど東海道を通って往き来していたということだ。従ってこの巻十四東歌の配列上から、東歌が宝亀二年以降に編纂されたという山田説は、そうかもしれないが、はっきりそうだともいいきれなかったわけだ。

二、武蔵について

武蔵野といわれるところは大変広く、現在の川崎市にあたる橘樹郡から武蔵国・下総国にまたがるいわゆる武蔵野丘陵の地域で、川も多摩川・荒川・入間川などがあり、また「野」という語に国名がつくのも珍しい。

さて、「武蔵」と書いて、「ムサシ」と読むが、なぜそう読めるのか不明である（前述したように古くはムザシである）。

地名に関して、『続日本紀』和銅六年（七一三）五月条に、

甲子、諸国の郡郷名に好字を着けしめ

とあり、また『延喜式』民部上に、

凡そ諸国部内の郡里等の名は、並びに二字で必ず嘉名を取りて用いよ

とある。『続日本紀』和銅六年の条では「二字」という文字がないのは、それが落ちたのではない

かと思う。いずれにしても地名には「好字で二字」を用いるようになったようだ。鎌倉時代の仙覚の『万葉集注釈』には、国郡郷村などにおいて、二字で好字を用いるとあり、元明天皇の和銅六年に諸国の風土記をつくらしめる際に、郡郷などの小さい地名にも好字二字をつけよという命令だったと思われる。国名についてはそれより以前、大宝年間（七〇一～七〇四）以前より二字で好字をつけたらしく、藤原宮の木簡をみると国名が二字で出てくるので推測できる。

実はこの命令が、日本の地名を難しくした。今まで一字・二字や三字だった地名を無理やり好字二字にしたのだから。たとえば和歌山の「木国→紀伊国」、大阪の「泉国→和泉国」、栃木の「下毛野国→下野国」。字一字をつけ足したり、とったりしたので、わかりにくく、読みにくくなってしまったのだ。

また、「春日《かすが》」、「飛鳥《あすか》」は枕詞からきた地名である。『日本書紀』に「春日《はるび》のかすが……」というのがあり、「春日の」は「かすが」に係る枕詞。「飛ぶ鳥のあすか……」も同じで「飛ぶ鳥の」が「あすか」に係る枕詞であり、それぞれ「春日《かすが》」「飛鳥《あすか》」と読むようになった。

西郷信綱は、「こうした国名（例えば出雲、无邪志《ムザシ》、常陸、科野《シナノ》等）の多くが名義不詳であるという事実の前にたたずみ、その不思議さに驚くことをしないと、文化というものの持つ深さを忘却することになろう。古代社会がようやく文字を持ち始めてその国名を記録化したとき、すでにもうその名義は明らかでなく、不透明なものになっていたと推測される(1)」といっている。

ところで武蔵という国名になぜこの漢字を用いたのか、またなぜ「ムザシ」と読めるのか、ということは不明である。本居宣長もわからないという。

賀茂真淵は『語意考』という論文の中で次のようにいう。昔相模国と武蔵国が一緒になった「ムサ」の国があったと考え、この「ムサ」の国が上と下に分かれた。「ムサガミ」と「ムサシモ」である。その「ムサガミ」の上の「ム」を省略して「サガミ」になり、「ムサシモ」の下の「モ」が省略されて「ムサシ」になったという説である。

国を上・下に分けた時は、上・下は国名の前につけるようで（上毛野・下毛野、上総・下総）、また前・後、前・中・後などの文字を用いて二ないし三つに分ける場合、この字は国名の後につけるきまりのようで、たとえば「越《こし》の国」は越前・越中・越後、「豊の国」は豊前・豊後のように。つまり真淵のいうように「ムサガミ」「ムサシモ」にはならないと思われる。また相模は古くは「サガム」であり、平安時代になると「サガミ」と読むようになる。武蔵も古くは「ムザシ」であり、仮に「ムザ」の国が上・下に分かれたとしたら、「サガミ」は「ザガミ」にならなければ変である。従って真淵説はやはり無理があると思われる。

では「ムザシ」とはどういう意味であったのか。それについてもよくわからないが、次のようなことが指摘できる。

……春さりくれば　野ごとに　著きてある火の　風の共《むた》　靡くがごとく……（万葉集　一一九）

これは高市皇子が亡くなった時の柿本人麻呂の歌であるが、赤い旗が野焼きの炎のように靡く様子を歌っている。他にも「相模の小野に燃ゆる火の」（古事記）、「春野焼く野火と見るまで」（万葉集　二二〇）、東歌の「おもしろき野をばな焼きそ古草に」（三四五二）等々の歌から、当時野焼きが行われていたことがわかる。また、

武蔵野は今日はな焼きそわかくさの妻もこもれり我もこもれり（伊勢物語）

とあり、この歌から武蔵野でも焼畑が行われていたことがわかる。

これらのことから「ザシ」「サシ」「サス」は野焼、焼畑を指す語ではなかったかと思われる（『総合日本民俗語彙』第2巻、平凡社、昭和三十年）。現在の東京にも雑司ヶ谷、指ヶ谷などの地名も残っており、所沢市の小手指の「さし」も焼畑の意であったであろう。埼玉県新座市の平林寺横を野火止用水というが、これも裏付けとなりそうだ。ただし「ムザシ」の「ム」が不明。大きいとか広いとかという意かもしれない。なお私見で何の根拠もないが、武蔵は「武蔵志」というように最初は三文字だったのではないか。「武」は「ム」と読めるし、「蔵」も「蔵王《ざおう》」の「ザ」で、それに「シ」という字があったのが、好字で二文字にするということで三文字目が省略されたのではないかと思うのだが。

三、武蔵野の相聞歌一首について

ともあれ、「東歌」には武蔵国歌は相聞に九首採録されており、うち武蔵野は五首歌われている。その武蔵野の最初の歌が、

武蔵野に占《うら》へかたやきまさでにも告らぬ君が名占に出にけり（三三七四）

である。「武蔵野で占をし、象《かた》を焼いたので、真実に打ちあけもしない君が名が、占に出てしまったよ(2)」という意味で、「君が名」とあるから作者は女性である。この歌は誰にもいわずに隠していた恋人の名前が、占いによって判明してしまったという意味の歌である。

四、占と「かたやき」

『魏志』倭人伝に、

其の俗、挙事行来に、云為する所有れば、すなわち骨を灼きて卜し、以って吉凶を占い、先ず

卜する所を告ぐ。其の辞は令亀の法の如く、火坼《たく》を視て兆を占う。

という記述があり、何事によらず卜占によって吉凶を占ったという。「骨を灼く」とあるからこの骨は獣骨、特に鹿の骨であったろう。鹿卜は、『古事記』天石屋戸神話に、

天児屋命《あめのこやね》、布刀玉命《ふとだま》を召して、天の香山《かぐやま》の真男鹿《まをじか》の肩を内抜《うつぬ》きに抜きて、天の香山の天の波《は》波迦《はか》を取りて、占合《うらな》ひまかなはしめて……

とあるように、鹿の肩甲骨を用いたもので、波波迦（カニワサクラという）の木で焼き、そのひび割れによって吉凶を占ったのである。それ故「武蔵野に占へかたやき」と歌う「かたやき」についても、「かたやき」は「肩灼《かたやき》」で、鹿の肩甲骨を焼く意であると先達は説いた。この説は仙覚以来の説で、『代匠記』精撰本の亀卜説以外は、『詞林采葉抄』・『拾穂抄』・『考』・『略解』・『古義』など古注はすべてこの「肩灼」説をとっている。それに対して井上通泰の『万葉集新考』は、「かたやき」は「兆灼《かたやき》」であるとし、占いのあらわれる兆《かた》を焼く意であろうという説を出した。亀卜では亀甲の裏側に町《まち》と称する方形の穴をいくつも彫り、そこに火を入れる。その結果、表に亀裂が生じるのであるが、その亀裂を卜者は読んで判断したのである。その卜兆が、鹿卜でも同じだが、要するに兆《かた》であった(3)。

東歌には、

生ふ楉《しもと》この本山の真柴にも告らぬ妹が名かたに出でむかも（三四八八）

という似かよった発想を持つ歌がもう一首ある。これは男性の歌で、めったに口に出さない彼女の名が占いの「かた」で出てしまうであろうかとやはり占いの結果を心配している歌である。この「かた」は「かたに出でむ」と詠んでいるので、「肩」ではなく占いにあらわれる意の「兆」でなければならないと思う。また巻十五の三六九四番歌では、

……壱岐の海人の　上手《ほつて》の卜占《うらへ》を　かた焼きて　行かむとするに……

と歌う。この歌の「かた焼き」も「肩焼き」ではなく「兆焼き」の意であろうと思う。「壱岐の海人の上手の卜占」と歌うのであるから、この卜占は鹿卜ではなく亀卜であったと思われるからである。

壱岐島は卜占の盛んなところで、弥生時代の原ノ辻遺跡や加羅加美遺跡から卜占に使用された鹿の肩甲骨が発掘されており、鹿卜が古くから行なわれていたようだ（鹿卜・亀卜はともに中国から渡来したものであるが、前述の『魏志』倭人伝、記紀神話および考古学遺物などからすると、わが国では鹿卜の

方が古くからあり、その後に卜部による亀卜も行なわれるようになったようだ)。しかし壱岐国の卜占は鹿卜より亀卜の方が有名で、また勝れていたようである。『令義解』の「職員令」をみると、神祇官に「卜占廿人」とあり、その卜占は『延喜式』(「臨時祭」)によると、「三国より卜術優長者を取る」とある。そしてその三国は「伊豆五人。壱岐五人。対馬十人。」と割注で記している。卜占に長じた者五人が壱岐より卜者として出仕していたのである。この卜占は「卜者は亀を灼く也。兆は灼いた亀の縦横の文也。凡そ亀を灼いて吉兆を占うは是卜部の執業」と『令義解』にあるように、亀卜をもって奉仕していたのである。壱岐の海人はまさに「上手の卜占」であり、この三六九四番歌の「かたやき」も『新考』説の「兆灼」が良いと思う。

五、夕　占

さて、『万葉集』にはいろいろな占いが詠まれている。亀卜・鹿卜はいうまでもなく、足占《あうら》・石占・道行占《みちゆきうら》・水占《みなうら》・夕占《ゆうけ》などがあり、中でも夕占は、夕方、たそがれ時に道の辻(辻占)や橋(橋占)などに行き、そこを往来する人の言葉を聞いて吉凶を判断した(『万葉集講義』巻三に引く三善為康の「二中歴」によれば、一定の地域を区切って米をまき、櫛の歯を鳴らし、その地域内を通る人の言葉を聞いて占ったという)[(4)]。たとえば、結婚するかしないか迷っている時、橋に行き、そこに立っていると第三者が往来する。その人達が仮に「いいねえー」といいながら通ったとすれば、結婚は吉ということになる。夕方に行なうのは、神や精霊が出現し活躍するのは夕方から夜であったからで、第三者の言葉を聞いて判断するのは、それが神意の発現とみたからである。「戻り橋」「思案橋」などの名はこの橋占に由来する。

ところで夕占の歌は全部で九首あるが、挽歌一首（巻四の四二〇）を除いていずれも恋歌である。

言霊の八十の衢《ちまた》に夕占問ふ占正に告る妹はあひ寄らむ（二五〇六）

玉桙の道行占に占なへば妹は会はむとわれに告りつる（二五〇七）

二首の歌を並べているところをみると、道行占は夕占と同じものと思われる。この二首は夕占をしてみたら彼女と結婚できるというお告げがあったことを歌っている。一方、

夕占にも占にも告れる今夜だに来まさぬ君を何時とか待たむ（二六一三）

夕占にも今夜と告らろわが背なはあぜぞも今夜寄しろ来まさぬ（三四六九）

の歌は、夕占では今夜来るとでたのに、やって来ない夫のことを妻がやるせない気持で歌っている。結婚しても別居生活の当時は、待つ身もつらいであろうが、訪れる男性の方も、

　月夜には門に出で立ち夕占問ひ足占《あうら》をぞせし行かまくを欲り（七三六）
　月夜良《よ》み門に出で立ち足占して行く時さへや妹に会はざらむ（三〇〇六）

と、夕占をし足占（諸説ある。①あらかじめ定めた地点までの歩数が奇数か偶数かで判断する(5)〈奇数が吉〉。②その地点での左右どちらの足かで判断する(6)〈左が吉〉。③その地点まで吉凶の言葉をいいながら歩く。(7)等々）をして行くか行かないかを判断したようだ。この二首の歌から推測すると、二六一三番歌の「占」は足占のことであったのかもしれない。

六、名前について

三三七四番歌「武蔵野に占へかたやきまさでにも告らぬ君が名占に出にけり」という歌について、『新考』は、

　女の作にて其女に男ありて子孕みなどせしにより親が男の名を責め問へど白状せざれば武蔵野なる卜師の許へ率て行きて占はせしに男の女の卜兆《ウラカタ》にあらはれし趣なり。

とおもしろい注をつけ、『全註釈』(8)も、

或る女子が、たとえば妊娠でもしているような場合に、占ないによって相手の男を定める風習などがあったのだろう。

という。また佐佐木幸綱は、母親が娘を問い詰め、そのため娘はついに白状してしまい、それを相手の男に、占いに出てしまったのと言いわけしている歌であって、「恋する女の精一杯の嘘ではなかった」という(9)。佐佐木説はともかく、占いによって、今まで誰にも告げず秘密にしていた「君が名」がなぜ明らかになってしまったのであろうか。

『古事記』垂仁天皇の条に、

天皇、其の后に命詔《みことの》りしたまひしく、凡そ子の名は必ず母の名づくるを、何とか是の子の御名をば称さむ

とあり、子供の名前は必ず母親が名づけるのだとある。古代において子の名前というのは母親が名づけるきまりだったようで、垂仁天皇条では続けて母が、火の稲城、火の中から生まれたから、その子の名を「本牟智和気命」と名づける云々とある。要するに子供の名前というのは父親でなくて母親が名づけた。ということは、もしかすると父親でさえ娘の本名は知らなかったかもしれない。

上代において、この名前というものは非常に重要なもので、たとえば、結婚相手にプロポーズす

る時にはまず男は相手の女性の名前を聞く。

　　丹比真人の歌一首

難波潟潮干に出でて玉藻刈る海未通女《あまをとめ》ども汝が名告らさね（一七二六）

　　和ふる歌一首

漁《いさり》する人とを見ませ草枕旅行く人にわが名は告らじ（一七二七）

これを見ると、丹比真人は、海未通女《あまおとめ》よ、あなたの名前をおっしゃいと、名前をまず聞く。それに対して海女は「旅行く人にわが名は告らじ」と、自分の名前を旅行く人には名告らないといってい る。

紫は灰指すものぞ海石榴市《つばいち》の八十《やそ》の衢《ちまた》に逢へる児や誰（三一〇一）

たらちねの母が呼ぶ名は申さめど路行く人を誰と知りてか（三一〇二）

同じように、これは巻十二に出てくる問答歌であるが、海石榴市の衢で会ったあなたは一体どこの誰かと名前を聞かれたのに対し、「たらちねの母が呼ぶ名」はあなたが誰だかわからないので言うわけにはいかないという。プロポーズに際し、男性はまず自分の名前を名告り、それから相手の

名前を聞く。それに対して女性がOKする場合には女性も自分の本名を名告ったのである。巻十一には、

隼人《はやひと》の名に負ふ夜声いちしろくわが名は告りつ妻と恃《たの》ませ（二四九七）

とあり、私は名前ははっきりと名告ったのだから妻と思って頼りにして下さいと歌う。

住吉《すみのえ》の敷津の浦の名告藻《なのりそ》の名は告りてしを逢はなくもあやし（三〇七六）

では、名告ったのに会ってくれないのは変なことだという。

こうした名前に関する歌をみてくると、名前というのは滅多に他人には言ってはいけないものだったようだ。

あらたまの年の経ぬれば今しはと勤《ゆめ》よわが背子わが名告らすな（五九〇）
隠《こもり》沼《ぬ》の下ゆ恋ふればすべを無み妹が名告りつ忌むべきものを（二四四一）

などの歌をみると、名前を知られないようにし、名を告げることは忌むべきものであった。従って、

百積《ももさか》の舟隠り入る八占《やうら》さし母は問ふともその名は告らじ（二四〇七）

とあるように、たとえ母があれこれと占いをし、問い詰めたとしても、決して相手の名は告げなかったのである。それが三三七四番歌の「武蔵野に占へかたやき」の歌では、占いによって相手の名がわかってしまったというのである。たとえば相手はA・B・C・Dのうちの誰かだとわかっていて、その四人を占ったら当人に見事あたり判明したというのならわかるが、そうでないとしたら、占いで相手の名が判明するというのは不思議である。

七、結婚と母親

ところで、恋愛に関して二人の仲の噂が立つということを古代では非常に嫌っている。

葦垣の仲のにこ草にこよかに我と笑まして人に知らゆな（二七六二）
夕凝りの霜置きにけり朝戸出にいたくし踏みて人に知らゆな（二六九二）
我が門に千鳥しば鳴く起きよ起きよ我が一夜夫《ひとよづま》人に知らゆな（三八七三）

などの歌は、二人の仲を第三者に知られないようにと歌う。人に知られてしまうと、噂に立つということであり、噂に立つということは、多分その噂に立つ人の名前が知られてしまうということなのであろう。

巻二の藤原鎌足が鏡王女をよばう時の鏡王女の歌に、

玉櫛笥《たまくしげ》覆ふを安み明けていなば君が名はあれど我が名し惜しも（九三）

とあり、夜が明けてから帰ったならば、あなたの名前はともかくとして、私の名前が人に知られてしまうのは惜しいことだと歌う。つまりあなたの名前が噂に立つのはかまわないが、私の名前が噂に立つのは嫌だといっている。名前が知られるということに抵抗があり、非常に嫌がっているのだ。そのために、古代の女性の名前は特にわからない。紫式部・清少納言といっても本名は不明である。あるいは藤原定子・彰子とか、字はわかっていても正確には何と呼んだかわからなければいいわけで、近世に至っても人の名前は非常にわかりにくい。言われてみないとわからないという名前が多い。名字を書いてもその名前を書かない、言わないということもある。藤原鎌足に対して「内大臣藤原卿」とあったり、「大伴宿禰巨勢郎女《いらつめ》によばう時」とか、貴人や女性の名前を書かない場合が多い。巨勢郎女・石川郎女・藤原郎女とか出てくる「郎女」というのは普通名詞である。従ってこれらの女性の本名は何というのか、不明である。

さて、娘の結婚というものに対し、母親がそれを邪魔をする、あるいは母親が娘を見張っているという歌もある。

魂合へば相寝るものを小山田の鹿猪田《ししだ》守るごと母し守らすも（三〇〇〇）

「魂合へば」は具体的に何なのか不明だが、「魂合へば」共に寝るのに、小山田の鹿猪田を見張るように母が監視している、番をしていると歌い、

筑波嶺のをてもこのもに守部すゑ母い守れども魂ぞ合ひにける（三三九三）

は、母が娘を見張っているが「魂ぞ合ひにける」とある。また、

たらちねの母に障《さは》らばいたづらに汝《いまし》も我も事のなるべき（二五一七）

は、母に邪魔されたならば二人の仲は台無しになるであろうと歌い、

上野の佐野の舟橋取り放し親は放《さ》くれど我は離《さか》るがへ（三四二〇）

は、「佐野の舟橋」のように母親は二人の仲を引き離すけれども、私は決して離れまいと歌う。母親が娘の結婚に賛成しない、邪魔をするということがあったようだ。なぜそうなのか、娘を嫁に出すのをなぜ嫌うのか、については別に書いたので今は触れない(10)。

八、結び

つまり、三三七四番歌の「武蔵野に占へかたやき」の歌は、母親に問い詰められてもいわなかった彼の名前が、占いによって判明してしまった。その結果、母親は自分の結婚に反対するのではないか、邪魔をするのではないかと心配しているのである。母親が二人の仲を賛成してくれるかどうか、それによって自分が結婚できるかどうか心配している歌なのである。

ところで、占いによってひそかに交際していた男女の仲が明らかになってしまったという歌が巻二にある。

大津皇子、竊《ひそ》かに石川郎女に婚《あ》ふ時、津守連通その事を占へ露《あら》はすに、皇子の作りませる歌一首未詳

大船の津守の占に告らむとはまさしに知りてわが二人寝し（一〇九）

大津皇子と石川郎女との仲を津守連通が占いによって暴露したというのである。また『日本書紀』「允恭紀」には占いによって二人の仲が知られ、その結果悲劇に終ったという話がある。木梨軽皇子と軽大娘皇女は同母兄妹であったが、同母兄妹は結婚できないという古代のタブーを犯して二人はひそかに結婚する。ところが卜者によってタブーを犯した者がいることが明らかにされ、軽大娘皇女は伊予国に移されたというのである。津守連通は養老五年（七二一）正月に陰陽道に勝れた人として恩賞を賜ったほどの人で、卜占の専門家である。木梨軽皇子と軽大娘皇女との話での卜者もまた専門の卜部であったであろう。従ってこの人達は亀卜か鹿卜で以って卜占の道に従事していたのである。

夕占の歌でみてきたように、普通の人々の占いは素朴簡単なもので、その占う対象も、彼女と会うことができるであろうかとか、今夜来てくれるだろうかといった身近な問題であった。彼等は生活に根ざした卑近な事柄に対して、専門家を煩わせてまでいちいち亀卜・鹿卜などで占うようなことはしなかったはずである。それに対して木梨軽皇子の話では、夏に「御羹《おもの》汁凝りて氷《ひ》」となったためあやしんだ天皇が卜者をよび、占わせたのである。津守連通にしてもなぜ大津皇子と石川郎女の仲を占ったのかよくわからないが、しかし気まぐれで占ったのではないことは確かであろう。専門家に頼むにはそれなりの理由が存したはずである。

要するに三三七四番歌は、占いによって大事な名前が判明してしまったと歌うが、その卜占の方法が鹿卜であったことに注意したいのである。夕占・足占などとは相違して、鹿卜の「兆」をよむのは専門の卜者でないと無理である。津守連通ほどではないにしても、専門家に占ってもらうにはそれなりの理由が存したはずである。その理由は不明だが、作者の女性はそのムラにとって特別な存在の女性だったのではなかろうか。

なお、東京都あきる野市の阿伎留神社（十月。肩灼神事）、青梅市の御嶽神社（一月三日。太卜祭）、群馬県富岡市の一宮貫前神社（十二月八日。鹿占神事）に鹿卜が伝承されている。

注

（1）西郷信綱『古事記注釈』第三巻、平凡社、一九八八年
（2）沢瀉久孝『萬葉集注釋』巻第十四、中央公論社、一九六五年
（3）伴信友「正卜考」（『伴信友全集二』国書刊行会、一九〇九年）
（4）山田孝雄、宝文館、一九四一年
（5）武田祐吉『増訂萬葉集全註釋』角川書店、一九五七年
（6）日本古典文学大系『萬葉集一』岩波書店、一九五七年
（7）注（3）に同じ
（8）武田祐吉、前掲書
（9）『萬葉集東歌』東京新聞出版局、一九八二年
（10）「受難の女―長田大郎女をめぐって―」（『上代文学』第二十八号）、一九七一年

中古

王朝の武蔵野

川村裕子

一、はじめに

武蔵野のイメージは王朝文学のなかで様々な変容・変奏を見せ続ける。武蔵野が放つ光は土地の風物を照らし出すだけではなく、ある時は罪を背負ったロマンの激しくもせつない光を、そしてまた愛しい人につながる血縁のイメージを、そしてまた古代性を背負った伝説の漲る光をはっきりと映し出す。

このように王朝の武蔵野、平安時代の武蔵野は表現の明暗を孕みながら様々な姿を見せていた。武蔵野は単なる地名でもなく、都から遠く離れた歌枕でもなく、作品や表現に絶えざる光陰を与え続けていたのであった。

これから、そういった武蔵野の風景――王朝の作品に於ける――の代表的な光芒を辿っていきたい。

二、武蔵野の変容――恋の逃避行と『伊勢物語』

周知の如く、『伊勢物語』には業平とおぼしき男が流浪する話が入っている。「昔、男ありけり」といった無記名の人物は、いうまでもなく業平の事跡とは一致しない。しかしながら、そこには様々な人の歌語りが混じり、溶け合い、新たな世界が構築されている。

その豊饒な世界は美的な風情をちりばめ、「昔、男」の一代記風の作りのなかに、新しい雅の価値観を紡ぎ出していた。語りを礎として雅の世界に作り替えていった『伊勢物語』のなかで、武蔵野はいったいどのような風趣を作り出していたのだろうか。そしてまた『源氏物語』を経て『更級日記』に続く武蔵野の風景は、いかなる変遷を遂げていくのか。ここでは主に、武蔵野の代表的な場面を線として捉えた時の表現位相の変化について見ていきたい。

それでは、まず『伊勢物語』の武蔵野関係の段を挙げてみることにしよう。

○むかし、男ありけり。人のむすめを盗みて、武蔵野へ率てゆくほどに、ぬすびとなりければ、国の守にからめられにけり。女をば草むらのなかに置きて、逃げにけり。道来る人、「この野はぬすびとあなり」とて、火つけなむとす。女わびて、

武蔵野は今日はな焼きそ若草のつまもこもれりわれもこもれり

とよみけるを聞きて、女をばとりて、ともに率ていにけり。

（『伊勢物語』一二段）

見渡す限りの大地、遙かに広がる草むら、茫漠たる土地に二人は逃げてきた。男は捕獲される前に女に累が及ぶことを避けようと草むらに隠した。男の一瞬の判断には、繁茂する武蔵野の草よりも、遙かに深い思いが込められている。

また一方、女は男が捕まったことを知らずに、追手の者たちが武蔵野を焼くことを止めようとする。そして女は歌を詠んでしまった。結果的にはこの和歌で二人とも捕まってしまうのであった。男は女を救おうとして武蔵野の草むらに女を隠し、女は男を救おうとして武蔵野に火をつけることを防ごうとした。二人の一瞬の判断が極度に凝縮された文体のなかで煌めいている。ここには男女の心理的説明は一切ない。それにもかかわらず、事実だけが淡々と記された描写のなかに、都から離れた武蔵野の原で、瞬時にお互いを思い合う心が重なり合い、かつまた罪の炎が激しさとともに燃え上がっている。ここで描かれる武蔵野は広大な野原であり、罪の恋におののきながら、逃げ落ちてくる鄙の土地であった。

さて、この女の歌――今日だけは焼かないで欲しいと懇願する歌――の風情はもとの歌といわれる「春日野は今日はな焼きそ若草のつまもこもれりわれもこもれり」（『古今和歌集』春歌上・一七・よみ人しらず）の趣とは甚だしく異なる。もとの歌はまず「春日野」であり、野焼きの時の風景である。野焼きは、春のはじめに、新しい草が生えやすいように枯れ草を焼くこと。「春日野」の歌は、春日野のなかで睦み合う男女の姿が描き出された、おおらかで牧歌的な歌である。ところか、この『伊勢物語』の歌は、民謡風なもとの歌が一転して叫びのような恋の思いに変貌を遂げている。武蔵野の醸し出す恋は、果てしない思いを乗せて、窮地に追い詰められた罪の恋の主旋律を奏でているのであった。

三、武蔵野の変容――血縁と『伊勢物語』・『古今和歌集』

ところで、限りなく広がる大地のなかに醸し出される恋のイメージとともに、武蔵野には必ずといっていいほど登場する表現がある。それは血縁をあらわす「ゆかり」という含みのある言葉である。武蔵野とゆかりの物語は後に変奏の姿を見せながら、一筋の強い響きを持ち続ける。野原の続く武蔵野、広々とした武蔵野には後のキーワードになる「ゆかり」を支える植物が生えていた。それは「紫草」である。紫草は、ムラサキ科の多年草。夏に小さな白い花をつける。根が紫色の染料となった。この紫草という植物こそが、『源氏物語』の世界に大きな陰影をもたらす光源となったのだ。

○むかし、女はらから二人ありけり。一人はいやしき男のまづしき、一人はあてなる男もたりけり。いやしき男もたる、十二月のつごもりに、うへのきぬを洗ひて、手づから張りけり。心ざしはいたしけれど、さるいやしきわざも習はざりければ、うへのきぬの肩を張り破りてけり。せむ方もなくて、ただ泣きに泣きけり。これをかのあてなる男聞きて、いと心ぐるしかりければ、いと清らなる緑衫のうへのきぬを見いでてやるとて、

むらさきのいろこき時はめもはるに野なる草木ぞわかれざりける
武蔵野の心なるべし。

（『伊勢物語』四一段）

この段は最後に置かれた「武蔵野の心」がキーワードとなっているが、その前に少しこの段の本来の文脈を装束を中心に捉えておきたい。ここに登場するのは姉妹とその夫たちである。この姉妹のなかには、格差が生まれてしまった。それは夫の身分に因る。一人は貧しく、一人は裕福な暮らしとなってしまった。諸説あるが、裕福な夫の妻の方が姉、そして貧しい夫の妻が妹であろう。さて、十二月の末は正月の行事に纏っていくべき袍の調整時期であった。身分が低い男の妻（妹の方）は、たった一人で夫の袍の洗い張りに従事していたのである。洗い張りは装束を解いて各パートごとに張って乾かす、神経と力を伴う作業である。ところが、妻が気を遣って張ったにもかかわらず、夫の袍は破れてしまった。

ここの袍は正月参賀の為の正式な装束である。男性の正式な装束は束帯姿と呼ばれ、そのなかでも袍は最も上に着る装束なのだ。よって、人目につきやすい衣であった。形は、盤領《まるえり》、そして全身

をゆったりと包む大きな表着だった。この時代は、袍の色で、着ている人の身分がわかった。位の色は、徐々に変遷を遂げていくが、おおまかに分けると「黒系統」(一位〜四位)、「緋(赤系統の色)」(五位)、「緑系統」(六位)であった。ここでは、「緑衫」という色が示されているので、妹の夫は六位であったことがわかる。

それはともかく、実はこの段には末流の貴族の哀しさといったものが縫製の形をとって、浮き彫りにされている。姉の夫が見るに見かねて袍を贈るといった思いやりが記されているだけではなく、装束調達に於ける不如意が文脈の底に縫い込められているのだ。まず、繰り返される「手づから」、「いやしきわざ」といったコードから通常の家の装束調達とは相違する困窮状況があぶり出される。王朝貴族の家であれば妻自ら洗い張りに手を下すことはまずない。裁断から縫製、そして染色などに至る一連の作業は侍女たちの仕事であり、それを統括するのが妻の役目であった。一家には「縫殿寮」とまではいかなくとも、多量な装束を調える女性たちがいたのだ(『蜻蛉日記』八三段には「このごろものする者ども里にてなむ」とある)。

今考える以上に、「いやしき男のまづしき」の所に行った妻としての仕事は過酷なものであった。またそれに加えて、袍を破いてしまったことは、さんざめく正月の公的な行事に夫が行けなくなったことを意味している。いわば、慣れない装束調達を失敗したことによって、夫の社会性を奪いかねない危険性がそこには色濃く漂っている。他ならぬ我が手によって夫の立場を損なってしまうといった慚愧の念がそこには立ち昇っている。だからこそ、この政治的な立場をよく理解しうる姉の夫が、かつて自分が着ていた緑衫の袍を贈ったのだ。焦燥感と挫折感に苛まれている貧しい一家の心を感じ取ることができたのは、衣が政治的な身分を纏っていることを熟知している「夫」（かのあてなる男）の方であった。姉が仕立直しを手助けするのではなく（袍の仕立直しについては川村裕子「蜻蛉日記の服飾記述について――平安時代の服飾表現を考える――」参照。『蜻蛉日記の表現と和歌』所収、笠間書院、平成十年）、姉の夫が義弟に衣を贈ったのであった。

さて、延々と装束をコードにして読み解いてきたが、ここで武蔵野はどのように機能しているのであろうか。袍を贈ってくれた姉の夫の和歌、それは贈る側の優越感を抑えつつ詠われた。つまりは相手の屈辱感を導き出さないように、親しみを込めて詠ったのだ。

春の季節を染めている紫色の根が、新芽の緑と地面の底でつながっている。紫草と若い新芽も、色こそ違え地中では根を張り、どこかでお互いに絡み合い支え合っている。その姿が目も遙か（「芽も張る」と掛詞）に続く大地のなかを貫通し、網の目のような地脈を浮かび上がらせる。自分の好きな妻につながる草木の姿だからこそ、遙かに見晴らすことのできる草木も愛しく思われるといった意味。やや理の張った歌ではあるが、そこに「武蔵野の心」が追加されることによって、「むらさきのいろ」の内容と「血のつながり」がより鮮明になる。実はこの「武蔵野の心」は、ある歌がもとになっていたのだ。

○紫のひともとゆゑに武蔵野の草はみながらあはれとぞ見る

（『古今和歌集』雑歌上・八六七・よみ人しらず）

先の歌のなかにあった「むらさきのいろこき時」の意味がこの歌によって判然とする。紫は先に説明した紫草のこと。つまり、この歌は、武蔵野の風景から生まれ出た歌であった。武蔵野は早多い広大な地、そこにけなげな花が一本あるだけで、武蔵野にある何もかもが愛しく見える、という意味を持ったこの歌が「紫のゆかり」という地脈を「血縁」に変化させた源流だったのだ。だから「むらさきのいろこき時」に、見渡す限りの武蔵野の草木が愛しくなるという男の歌は、自分の妻につながる人に対しては分け隔てなく思いが募る、という意味になる。斯くして武蔵野の姿は紫草によって変貌を遂げた。この『古今和歌集』の歌が、その後、武蔵野という地名に新しい息吹と広がりを送り込むきっかけを作った。

ところで、この『伊勢物語』の裕福な夫が詠んだ「むらさきのいろこき時」の歌は、『古今和歌集』で「妻のおとうと（ここは「妹」の意）を持て侍ける人に、袍を贈るとて詠みてやりける」という詞書を有する（八六八・業平朝臣）。そのうえ、この歌の直前に、かの「武蔵野の心」（紫のひともとゆゑに）の歌が置かれているのだ。斯くの如き配置を以てしても、「ゆかり」が二つの歌をつなぐ強靭な糸となっていることが理解されよう。

以上の如く、『伊勢物語』の武蔵野が持つイメージは、無限に広がる野原、罪の恋、そして「ゆかり」であった。実は、このような武蔵野の持つ瞬きを一つの煌めきへと統括したのは、かの『源氏物語』――王朝の最も偉大な物語――であった。可憐でせつない面影を宿した「ゆかり」という言葉は、あの『源氏物語』正篇の筋を貫くキーワードとなって光源氏の人生を裏から動かす原動力になっていったのだ。

四、武蔵野の変容――『源氏物語』のゆかり

光源氏は、十八歳の時、マラリヤのような病気にかかって、北山に病気療養に赴いた。その時ある少女を目にした。小柴垣から見た少女は、光源氏の最愛の女性、藤壺にそっくりだった。小柴垣は背丈も低く、目も粗く、透垣などと違って見通すことのできる垣根なのだ。だからこそ光源氏は、この少女がよく見えたのである（ここの小柴垣の役割については川村裕子『王朝文学入門』（角川選書、平成二十三年）参照）。そして罪の恋の相手――藤壺――にそっくりな面影を持つ少女の姿は、一瞬にして光源氏の心に住みついてしまった。後になってから、この少女が、かの藤壺の姪とわかる。そして、光源氏は、この少女を藤壺の身代わりとして自分の手元に引き取ろうとするのだ。他でもない、この少女が『源氏物語』の女主人公、紫の上である。

さて、この紫の上発見の後、

○かの人の御かはりに、明け暮れの慰めにも見ばや、と思ふ心深うつきぬ。（「若紫」）

○かの人にも通ひきこえたるにやと、いとどあはれに見まほし。（「若紫」）

と紫の上が、藤壺（かの人）の形代《かたしろ》（身代わりのこと）であることが、繰り返し光源氏の心のなかで語られる。そして、光源氏の思いは次のような歌に昇華していくのであった。

○手に摘みていつしかも見む紫のねにかよひける野辺の若草（「若紫」）

武蔵野の原を遠景とする紫のゆかりは、ここにきて光源氏の心のなかで一体化する。「ね」には「根」と「寝」が掛けられている。そして、紫（紫草）が藤壺を、それに通う野辺の若草は紫の上を指す。『伊勢物語』と『古今和歌集』の合体（三）は、ここで武蔵野の原の新たな世界を生み出した。この親戚関係をあらわすゆかりは「ゆかりいと睦ましきに、いかでか、と深うおぼゆ」（「若紫」）、「あながちなるゆかりもたづねまほしき心まさりたまふなるべし」（「若紫」）と光源氏の心のなかで、満たされない藤壺との描写の隙間を縫って、醸成されていく。

斯くして武蔵野の紫草は「ゆかり」という言葉を生み出し、藤壺の血脈につながる女性たちに対する光源氏の果てない執着をあらわす記号となっていく。

ところで、この「ゆかり」は、紫の上が光源氏の邸（二条院）に引き取られた後、他ならぬ光源氏と紫の上の贈答歌に登場するのだ。

光源氏は紫の上に、絵や手習を実際に書いては見せていた。もちろん紫の上に一流の教育を施すためであった。手習は連綿体を主とする習字の練習である。このお手本のなかに、光源氏が「武蔵野といへばかこたれぬ」と美しい墨継ぎ（墨の濃淡）で紫の紙に書いた物があった。これは「知らねども武蔵野といへばかこたれぬよしやさこそは紫のゆゑ」（『古今六帖』三五〇七）の歌の一部。「行ったことのない土地なのに武蔵野というとつい恨み言を言いたくなってしまう。それこそ、あの武蔵野に咲いている、愛しい紫草のせいなのだ」といった意味で、紫（紫草）は当然藤壺を指す。この歌は先の『古今和歌集』の歌（紫のひともとゆゑに武蔵野の草はみながらあはれとぞ見る）を下敷きにしている。つまり武蔵野と紫で紫の上（姪）と藤壺の血脈を示しているのだ。

但し、それだけではなくこの「武蔵野といへばかこたれぬ」の言辞は、その横に書かれた光源氏の歌と反響し合っていた。その歌は「ねは見ねどあはれとぞ思ふ武蔵野の露わけわぶる草のゆかりを」であった。「露わけわぶる草」は当然藤壺を指す。武蔵野の原を露に濡れながらさがしまわる光源氏の心がゆかりを見つけたことを告白している。寝ていないけれど愛しく思う紫の上の存在は、最初からゆかりの名のもとにくるまれていたのであった。

紫の上が手に取って目にした光源氏の歌のなかには、光源氏の許されざる恋の苦悩、そして紫の上がゆかりであることがはっきりと塗り込められていた。

一方それに対する紫の上は、どのような反応を示したのか。

幼い紫の上は、あどけない様子で返歌とおぼしき歌を書く。それは「紫のゆかり」になった人物の、一見幸福に満たされたなかに兆す不幸――解決のつかない不幸――を既にして象徴するが如き次のような和歌であった。

○かこつべきゆゑを知らねばおぼつかないかなる草のゆかりなるらん

なぜ光源氏が武蔵野に対して恨み言を言いたくなるのか、また自分はいったいどのような草のゆかりなのか。光源氏の歌を見て生まれた、一見たわいない疑問である。但し、この「いかなる草のゆかり」につながるのかわからない、という出発点が、果てしない形代《かたしろ》の悲劇を生み出すことになる。

光源氏にとっては藤壺への罪の恋とその代償を追い求める行動は一貫している。ところが、相手の女性たちはその理由を知らないのだ。自分がなぜ光源氏の寵愛を受けるのかを。そして、この後、紫のひともと故に、女性たちの持って行き場のない不安があぶり出されていくのである。

さて、この少女が三十代になったころ、またしても「紫のゆかり」が登場する。それは朱雀院が娘の女三の宮の婿選びをしている時であった。光源氏は既に四十歳近い。当初は朱雀院の懇願にも光源氏の心は動かなかった。ところが朱雀院からの使いが来た時、ふとしたきっかけで心を動かすことになる。光源氏は女三の宮の母のことを思い出したのだ。女三の宮の母は名前もまぎらわしく藤壺女御といった。藤壺女御はかの藤壺中宮の妹である。つまり女三の宮は藤壺中宮の姪。血縁からいうと紫の上と同じ立場。このことに光源氏は思いを馳せる。そして紫のゆかりであることが光源氏の決意を促すことになった。

この新たなるゆかりのなかで、それまでの紫の上はどうしたのか。女三の宮は高貴な朱雀院の娘。自分は引き取られた身。正妻ではなく正妻格であったことを思い知らされた紫の上は、徐々に明るさを失っていく。同じゆかりの紫の上は、女三の宮の所に行く光源氏の装束を用意しなければならない苦悩のなかで、時々ぼんやりしたり、身の消え入るような苦悩に苛まれる。

劣等感や物思いに無縁であった紫の上は、いきなり闇のなかに突き落とされてしまった。紫のひともと故に愛されていた過去を彼女は知らない。それは光源氏側の一方的な想いに貫かれていた。もちろん藤壺の形代として紫の上は、光源氏の溢れるような愛情を受けつつ、完成度の高い女性に成長した。それは当然個人的な魅力となって彼女を包んでいた。しかしながら、完成度が高ければ高いほど、本人が見捨てられた時に、その闇はどうしようもない深さを湛えてしまう。なぜなら、そこには自分自身が愛されている根拠がないからである。そしてゆかり故に女三の宮に光源氏の心が動いた刹那、空虚と虚無を導き出してしまった。形だけの空洞――まるでどこまでも続く出口のないトンネルのような闇――に閉じこめられて、紫の上の心はさまよい続ける。ゆかりは理由もわからずその栄誉と賞賛のなかで陽の光を纏い、しかし、一旦放り出されたゆかりは、それまでの陽の光に反比例するような重い陰り――武蔵野の鬱蒼とした闇よりも深い陰り――を背負ってしまった。

一方、もう一人のゆかりである女三の宮はあまりにも幼稚だった。光源氏は「かの紫のゆかり尋ねとりたまへりしをり思し出づるに、かれはされて言ふかひありしを、これは、いといはけなくのみ見えたまへば」（「若菜上」）と同じゆかりの紫の上と比較して、無念な思いに苛まれる。紫の上に比してあまりにも幼い女三の宮。ところが光源氏はこの「ゆかり」にものの見事に復讐されることになる。この「ゆかり」――女三の宮――は、光源氏を裏切った。そして柏木という男性と道ならぬ恋に落ちてしまうのだった……。

以上の如く藤壺につながる罪の恋は「ゆかり」であるが故に「ゆかり」であることのわからない女性たちの悲劇、そして光源氏の絶望までをも生み出していく。斯くして、武蔵野の原は、遙かに広がる罪の恋のイメージを背負いながら、また紫草のゆかりを継承しながら、『源氏物語』正篇を貫く。まるで、紫草の根のように光源氏の人生のなかに根を張り、見えない罪の広がりとそこから生まれ出る悲劇を紡ぎ出す。『源氏物語』の武蔵野は『伊勢物語』の紫のゆかりを背景に新たな光を帯び、話を動かす原動力としての地脈を形成していったのだった。

今までの武蔵野は、『伊勢物語』の駆け落ちして捕獲されてしまう悲しい恋、また『伊勢物語』のゆかりを昇華させて見せた『源氏物語』の暗い輝きの音律を奏でていた。そこには鄙の地が持っている侘びしさと許されざる恋が重なり合って、重い響きを主旋律としていた。ところが、不思議なことに、『更級日記』のなかの武蔵野は、そこからは飛翔した調べを奏でていたのだ。

五、武蔵野の変容――原型への回帰『更級日記』

『更級日記』のなかの武蔵野は全く予想外の展開を生み出していく。『更級日記』の作者は、熱狂的な『源氏物語』の読者であったにもかかわらず、否、あったからこそ、あの鬱然とした趣を湛えていた『源氏物語』を超えたところで武蔵野を再生させた。そこでは、今までにない新しくも逞しい命が輝いていたのである。

それではまず、『更級日記』のなかの武蔵野の描写を見ていこう。

○今は武蔵の国になりぬ。ことにをかしき所も見えず。
○むらさき生ふと聞く野も、蘆荻のみ高く生ひて、馬に乗りて弓持たる末見えぬまで高く生ひ茂りて……。

武蔵の国の風景は「特におもしろい景色も見えない」という否定から始まっている。そしてまた武蔵野もあの『源氏物語』のゆかりの源流――紫草――すら見えないことが強調され、丈高い草（蘆と荻はイネ科の多年草）に覆われた武蔵野の姿だけがことさらに刻印される。

この記述は、『更級日記』の始発部である旅の記の部分に置かれている。『源氏物語』をはじめとする物語を読みたくてたまらない少女は上総から都へと旅立つ。その旅の途中に武蔵野に行き着いたのであった。

実は『更級日記』のなかに、かの紫の上登場の巻である「若紫の巻」を読んでいたことが明記されている（「紫のゆかりを見て、つづきの見まほしくおぼゆれど」）。また、「后の位」よりも大切な『源氏物語』を几帳のうちで読み続ける有名な話も記されている（「はしるはしる、わづかに見つつ、心も得ず心もとなく思ふ源氏を、一の巻よりして、人もまじらず几帳の内にうち臥して、引き出でつつ見る心地、后の位も何にかはせむ」）。これほどまでに『源氏物語』に没頭していたことが描かれる『更級日記』のなかで、その紫草――あの光源氏の人生を動かしていた武蔵野の草――が見えないことがあたかも興ざめといった体で記されている。いったいその先には何があるのか。『源氏物語』の武蔵野を一蹴するがごとき記述はどこにいくのか。

『更級日記』は、鬱蒼とした背の高い草が生えている武蔵野を分け入りながら、武蔵野をそのまま否定のなかには置き去りにはしなかった。武蔵野は、武蔵国の伝承を生み出す母胎として、再生され光芒を放つことになる。その話はだいたい以下のような筋を持っていた。

……孝標女一行は、武蔵野のなかを分け行った。すると竹芝という寺があり、何やら建物の跡地と思えるものも見える。そこで土地の人とおぼしき人から竹芝伝説という物語を聞く。それは、毎日つらい勤めをしている火の番人（火たき屋の火たく衛士）と皇女との恋物語であった。

ある日、番人が故郷の酒壺に浮かんでいる瓢がのんびりと風になびく風景をつぶやいた。それを聞いた皇女が番人の故郷・武蔵の国に行ってみたくなり、自分から頼み込んだ。番人は皇女を背負って武蔵の国に連れて行く。姫を背負った番人は、飛ぶように瀬田の橋を駆け抜け、七日七夜で武蔵国に行き着いてしまった。一方、心配した皇女の両親（帝と后）が使いを出して皇女の居場所を突きとめる。ところが、娘は都に帰らないと言い放つのであった。そこで、連れ戻すことが不可能であると悟った娘の父（帝）は、武蔵の国を番人に与える。そこで二人は家を内裏のように作って裕福に暮らし続けた。その跡地が竹芝寺である。ただ、この時以降、火の番人には女性が置かれたそうな……。

昔話というよりは、お伽話のような明るさが、話のなかに漲っている。まるで翼が生えたような二人の駆け落ち、裕福な結末、都ではない場所で、都のような最高級の生活を送る二人（「この家を内裏のごとく造りて」）。

この話には、広々とした大地に根差す逞しさが謳歌されている。ここの武蔵野は、鄙びた土地でもなく、漂泊の土地でもなく、侘びしさに包まれた土地でもなく、楽しげで幸福で豊かな光を浴びてまばゆいまでに輝いている。武蔵野の光のざわめきが聞こえてくるような話は、竹芝寺（諸説あり。港区三田の済海寺、さいたま市大宮区の氷川神社の辺り、柴又・亀戸など）という土地で聞いた長い長い語り、つまり伝承である。「それよりのち、火たき屋に女はゐるなり……と語る」という言辞からは、明らかにその土地（竹芝）にまつわる古代の語りを印象付ける筆致が窺える。

武蔵野を分け入りつつ「紫のゆかり」がないと断言した後に、延々と書き続けられている伝承。『源氏物語』の武蔵野を否定しつつ語られていく竹芝寺の伝承は、それまで武蔵野のなかに隠されていた語りの形を装いながら、新たな世界――鄙の地・武蔵野で裕福に暮らす恋――を顕現させた。ここには、『伊勢物語』のような逃げ落ちる恋の暗さもなく、『源氏物語』のようにおののくような罪の恋の陰りもなく、東国という地で成就する恋が謳歌されている。斯くして、『更級日記』の武蔵野には、許されない恋から結ばれる恋へと今までの闇の恋を反転させた如き明るい旋律が響き渡っているのであった。

ところで、孝標女は『夜半の寝覚め』や『浜松中納言物語』などの物語作者といわれている。その視線は『伊勢物語』の悲恋やあれだけ熱中した『源氏物語』の母胎となった「ゆかり」の追随を潔しとはしなかった。『更級日記』の武蔵野は、物語の原型とも思える「語り」のなかで、躍動感を湛えている。都を去って武蔵野で結ばれた二人は、武蔵野の溢れる光に祝福され、幸福な生活を生み出した。『更級日記』の武蔵野は、遙か彼方から誰とも知れない人々の息吹が幾重にも重なる物語の原型、語りという開かれた物語の姿を開示して見せたのである。そして鄙の価値がそこには謳われていたのであった。

六、まとめ

このように見てくると、武蔵野は諸作品を動かす強力な磁場を持った土地であることが判然とする。『伊勢物語』に於ける哀調の雅ともいうべき罪の恋の武蔵野は、ゆかりとともに発展し、『源氏物語』のなかで陰りの土地としての姿に変貌を遂げた。草に覆われた武蔵野は、そこに咲く紫草とともに光源氏の隠された恋と形代の悲劇を生み出していく。

ところが、『伊勢物語』と『源氏物語』を貫く鬱蒼としたイメージは、『更級日記』のなかで一変する。武蔵野は陰りのなかから救い出され、活気に溢れる明るい恋にその風貌を変えた。『更級日記』は最初に今までの武蔵野のイメージを否定した。そして、語りとともに広がる野原と鄙に守られる恋を新たに描いた。

以上の如く、武蔵野は単なる風景ではなく、王朝文学の裾野に、見えざる根の如く広がり続け、まさに文脈の根本を支え続けていたのであった。

中世・近世

渋谷区金王八幡宮の金王桜

――中世・近世文芸が武蔵国に伝えた源氏再興伝承

岩城　賢太郎

一、江戸三名桜「金王桜」

歌舞伎をよく見る人が次頁右の浮世絵を見ると、「これは『暫』の鎌倉権五郎か。団十郎家の歌舞伎十八番の荒事だな」と思うかもしれない。いかにもこれは歌舞伎の『暫』である。だが、これは『暫』を演ずる市川団十郎ではあるが、鎌倉権五郎の役ではない。画題左に「渋谷　金王丸昌俊」とあるように、平安時代末の若武者渋谷金王丸なのである。この金王丸に扮した八代目団十郎は、家の三升紋入りの柿色の素袍に、筋隈の隈取をし髻に白く立派な力紙が目を引く若衆髷の姿であるが、その背景には、うっすらと紅色がかった満開の桜の木が数本見えている。これは渋谷の地を取り上げ、金王丸にゆかりの「金王桜」を描いたものであろう。

三代目豊国画『江戸の華名勝会 渋谷』
（http://dl.ndl.go.jp/info:ndljp/pid/1305054）

三代目豊国画『江戸名所図会 廿四・渋谷』
（http://dl.ndl.go.jp/info:ndljp/pid/1311058）

再開発に沸く渋谷駅からほど近く、渋谷三丁目のビル群の谷間に鎮座する金王八幡宮には、常円寺の枝垂桜、白山神社の旗桜とともに江戸三名桜の一と言われた金王桜がある。現在は渋谷区指定天然記念物でもあるこの桜は、長州緋桜とも言われ、一枝に一重の花と八重の花とが入り交ざったかたちで咲く珍しい桜である。同八幡宮には甲冑を着けた童髪の「金王丸木像」も蔵され、毎年三月最終週末には、木像の開帳とともに「金王桜まつり」が催される。中世・近世期の渋谷は、広大な武蔵野の一角であり、金王八幡宮は往時の様を留めているかのようでもあるが、現代に至るまで、その謂われはともかくとして、渋谷の地と金王丸・金王桜の結びつきは受け継がれている。

この金王丸とは、「渋谷金王丸常光」ともその名が伝わる、平安末期の平治の乱（一一五九年）で源義朝に従った若武者であり、同八幡宮の現在の「金王八幡宮参拝の栞」には、金王桜の由来について、以下のようにある。

当八幡宮の「社伝記」によれば、文治五年七月七日（一一八九）源頼朝が藤原泰衡退治の凱陣の折り、渋谷高重の館に立ち寄り当八幡宮に太刀を奉納された、その際金王丸御影堂に親しく参られ、父義朝に仕えた金王丸の誠忠を偲び、その名を後世に残すべしと厳命、鎌倉亀ヶ谷の館にあった憂忘桜をこの地に移植させ「金王桜」と名づけたとされる。

右に言う「社伝記」とは、明応九年（一五〇〇）に村岡五郎左衛門重義が記したとされる同八幡宮宝物の一つである。この社伝記の記述には、由縁の知れない内容も含まれるが、源氏の義朝・頼朝父子と金王丸との関わり、頼朝による源氏再興と金王桜との関わりは、中世・近世の文学や芸能の作品等を介して、武蔵国・江戸の市井に深く根付いてきたと思われる。市川団十郎演ずる『暫』の役は、近世江戸の人々にとっては、単に芝居の一登場人物にはとどまらない、邪気を払い江戸を護るヒーローの象徴でもあった。金王丸がこのような江戸の現人神的なヒーローにまで注目された背景には、いかなる経緯があったのか。本稿では、中世・近世の諸文芸作品に見える金王丸を俯瞰しつつ、武蔵国の地における金王丸と金王桜の伝承について追跡してみたい。

二、中世文学・芸能に見える金王丸の活躍

渋谷金王丸の名が最初に見えるのは、『平治物語』であろう。金刀比羅宮に蔵される本（版行本とは系統が異なるものの最も流布した系統の本文の一つ。日本古典文学大系『保元物語 平治物語』岩波書店所収）では、都へ上った金王丸は、義朝の愛妾常葉のもとを訪れて義朝の最期を報告する。

今若とて七歳、乙若とて五歳、牛若とて二歳になる公達おはしけり。牛若殿はをさなければ是非をしらず。七つ・五つになる少人、金王がたもとにとりつき、「父御前はいづくにおはしますぞ。われらを具してまいれや。」とてなき給へば、金王泪をながして申けるは、「是はいそぎの御使にて候。明日は御迎に参り候べし。」ととかうこしらへたてまつり、いとま申てはしりいで、ある山寺に髪切、法師に成て、諸国七道修行して、義朝の御菩提をとふらひたてまつる。やさしくぞおぼえける。（下巻・金王丸尾張より馳せ上る事）

常葉腹の今若・乙若・牛若（後の義経）の三兄弟は、事情を弁える歳でもなく、金王丸はなだめすかして常葉のもとを去り、義朝の菩提を弔うため諸国への巡礼に出る。『平治物語』に見える金王丸は、義朝近くの侍童として登場し、その都落ちに同行して最期を見届け、菩提を弔う旅に出て

作中場面より退場する。

だが、古態系の本文を留めると言われる陽明文庫や学習院大学図書館等に蔵される『平治物語』（新編日本古典文学全集『将門記 陸奥話記 保元物語 平治物語』小学館所収）に見える金王丸は、物語の語り方という点において、少し異なる役割を担っている。金刀比羅本等の『平治物語』と同じく、金王丸は京に上って常葉達に義朝が討たれたことを報告する。

同じき（平治二年正月）五日、左馬頭義朝が童金王丸、常葉が許に忍びて来たり、馬より崩れ落ち、暫しは息絶えて物も言はず。程経て起き上がり、「頭殿は、去んぬる三日に、尾張国野間と申す所にて、重代の御家人長田四郎忠致が手に懸かりて、討たれさせたまひ候ふ」と申しければ、常葉を始めて、家中にある程の者ども、声々に泣き悲しみけり。

（中「金王丸尾張より馳せ上る事」）

この陽明学習院本系統の金王丸は、右の本文に続いて、「金王丸、語り申しけるは」と、戦に敗れて都落ちし、尾張で最期を迎える義朝の様を克明に語り聞かせる。つまり、義朝の最期は、そこに居合わせたであろう金王丸の視点を以て、金王丸自身の体験談というかたちで報告されるのである。

> 頭殿、軍に打ち負けさせたまひて、大原へ懸からせたまふ。八瀬、竜華越、所々にて御合戦候ひしが、打ち払ひて、西近江へ出でさせたまひ、北国より馳せ上る勢のやうに、東坂木、戸津、唐崎、志賀の浦を通らせたまひしかども、何とも申す者も候はず。瀬田を御舟にて渡り、野路より三上の岳の麓に沿ひて、鏡山の木隠れに紛れ、愛知川へ御出で候ひしが、「兵衛佐」と仰せられしかども、御返事も候はざりし程に、「あな、無慚や。早下りにけり」と御歎き候ひしかば、……

義朝一行は、京より比良山系を越えて近江へ抜け、琵琶湖西岸を南下して湖南方の瀬田川を渡り、今度は湖の東岸を北上して美濃国へと抜けて行く。「兵衛佐」とは、当時八歳の三男頼朝のことであり、雪道の中、この時一旦はぐれたものの追いつくが再び遅れ、ついに義朝一行とは離れてしまう。義朝はとりわけ愛情を注いでいた頼朝とはぐれたことを、「あな無慚や。人に生捕られんずらん」と、涙をはらはらと流して嘆く。金王丸は、義朝に愛情を注がれていた幼き日の頼朝の姿を見届けていたわけであり、金王丸と頼朝との関わりは、義朝の敗走の過程にあった。

この後、義朝は乳母子鎌《かま》田《だ》正清《まさきよ》らと共に尾張国へと落ち、源氏重代の家臣で鎌田の舅に当たる長《おさ》田《だ》忠致《ただむね》を頼るが、長田の変心により湯殿で謀殺される。金王丸はこの時も、義朝の刀を携え近くに控えていた。

この童は、御佩刀を抱きて伏して候ひしを、幼ければとや思ひ候ひけん、目懸くる者も候はざりしを、御佩刀を抜きて、頭殿討ち進らせ候ふ者二人、斬り殺し候ひぬ。同じくは忠致を討ち取り候はばやと存じて、長田が家の中へ走り入りて候へども、内へ逃げ入りて候ひし程に、力及ばで、庭に鞍置馬の候ひしを、取りて乗り、三日に罷り上りて候ふなり。

長田の従者を二人斬り殺し、なおも主君の仇をと、勇ましさを見せる金王丸であったが力及ばず、京の常葉のもとへ上ったという。ここまで、原稿用紙にして五、六枚分もの報告談であるが、陽明学習院本系統では、それを金王丸が一気に語り伝えるというかたちになっている。

金王丸、重ねて申しけるは、「道すがらも、君達の御事をのみ御心もとなき事に仰せられ候ひし。この事遅く聞し召されば、立ち忍ばせたまふ御事もなくて、いかなる御事か候はんずらんと、幼き人々の御ために、効なき命生きて、これまで参りて候ふなり。苔の草の蔭にても御覧候へ。奉公これまでにて候へば、今は出家つかまつり、御菩提をこそ弔ひ奉り候はんずれ。暇申して」とて、正月五日の夕、泣く泣く出でにけり。

金王丸は、主君を失っては惜しくもない命を、義朝の最期を報告するために生き長らえ、乳呑み児であった義経らに愛情深い父義朝の姿を伝えた。陽明学習院本系統では、常葉も「頭殿の余波とては、この童ばかりこそあれ」と、義朝の侍童としての金王丸の存在を注視しているが、この系統の『平治物語』における金王丸は、義朝の最期を克明に語り伝える役割を担っており、またその最期を実際に見届けた可能性のある人物でもある。そのため、『平治物語』研究では、陽明学習院本系統は、実際の金王丸の報告談を採り入れて、右のごとき本文を形成しているのではないか、金王丸の語りは原初の『平治物語』の形成に関わっているのではないか、との見方も提出されている。『平治物語』に金王丸が登場するくだりは多くはないが、頼朝が再起して源氏を再興する以前の、いわば源氏雌伏期の伝承に、金王丸が占めている役割は、決して小さなものではない。

但し、『平治物語』の金王丸をめぐる記事には、諸本間に多少の相違はあるものの、その足跡が辿れるのは、義朝の菩提を弔う修行に出るまでであり、その後の行方は知れない。

一方、中世期に能と並んで愛好された語り物芸能の一つである幸若舞曲には、『鎌田』という義朝の乳母子の名を冠した作品があるが、幸若舞曲の語る金王丸は、以下のごとく、その武勇や荒々しい若者としての描写が『平治物語』に比して際立っている（幸若流系の内閣文庫蔵本による）。

金王是を見て、「力及ばぬ次第」とて、又とつて返して大勢の中へ割つて入、西東北南、蜘蛛手・角縄・十文字、八花形といふものにさん〴〵に切つたりけり。手本に進む兵を五十三騎切ふせ、大勢に手を負ふせ、東西へばつと追つ散らし、海の渡りをさ右なくし、都を指ひて上りける、金王が心中をば貴賤上下をしなべ、感ぜぬ人はなかりけり。

幸若舞曲『鎌田』の金王丸は、語り物芸能に見える類型的な戦闘表現を交えてではあるが、長田の従者を相手に獅子奮迅の戦い振りを見せ都へ上ったという。そこには義朝の菩提を弔う意図も込められているのであろうか。これも類型的な表現ではあるが、人々が金王丸の心意気を称賛したと語る。

また、中世末期から近世初期にかけての語り物芸能には、古浄瑠璃や説経浄瑠璃もあるが、これらの芸能に見える金王丸のその後には、多少相違がある。古浄瑠璃『待賢門平氏（平治）合戦』六段目では、都に上った金王丸は六波羅の平清盛のもとを訪れ、主君義朝を討った長田親子の首を請い受ける。

金王聞て、「愚かの君の御でうかな。義朝御世に出給はゞ、御身や重盛を、人手にはかけまじき。この金王めが手にかけんに、源氏運命尽き果てたるとて、平家へ従ふにはあらず。命は露ほど惜しからず。さりながら主君のために、高野山へ参たく候。」と、慎んで申す。清盛聞し召し、「悪口なる侍かな。この上は取らする也。」「忝し」と御前を立ち、六条河原に引出し、割け切りにぞしたりける。その後、清盛に御暇を申し、高野山に参り、義朝の御跡を、よきに弔い申けり。鎌倉に下り、頼朝にかしづき、しやうぞんとぞ申ける。貴賤上下をしなべて、感ぜぬ者こそなかりけり。

（寛永二十年版行本）

平清盛・重盛は、その勇猛振りと忠誠心に感じ入り、平氏への仕官を勧めるのであるが、金王丸はそれを拒絶して仇を討ち、菩提を弔うために高野山へ入る。金王丸に清盛父子とも交渉を持たせ、敵方平氏からも称賛される若武者であったと語るなど、金王丸への注目は、幸若舞曲や古浄瑠璃といった芸能を経て深まって行った。また、古浄瑠璃が、金王丸が高野山へ入ったとするくだりなどは、『平家物語』巻第三に見える俊寛に仕えた童有王《ありおう》の存在や、中世以降盛んに活動する高野聖の諸国行脚や語りとの関わりを想起させ（柳田國男が提唱した有王が語り伝えた説話が原『平家物語』の生成に関与したとする説は『平家物語』研究に大きな影響を与えてきた）、やはり、源氏再興伝承における金王丸の語りの関与や、金王丸による語りが何らかのかたちで伝存していた可能性を示唆するように思われる。

ところで、能の作品にも金王丸は度々登場するが、室町期に成立したことが確実視される作品としては、世阿弥の子息観世元雅作説が有力な『朝長《ともなが》』が挙げられるぐらいであり、『朝長』に語られる金王丸は、『平治物語』の本文内容の域を出るものではない。また室町後期に成立した能に、『正尊《しょうぞん》』という作品がある。右の古浄瑠璃に見える「しやうぞん」と同一人物である。だが右の古浄瑠璃に「鎌倉に下り、頼朝にかしづき、しやうぞんとぞ申ける」と、金王丸が鎌倉に下って頼朝に仕え名を改めたとあるように、金王丸の後身が出家して「正尊・昌俊《しょうしゅん》」（異称も多い）と名を改め、『平家物語』巻第十二や『義経記』巻第四に見える、頼朝の命により京堀川殿の義経一行を追討に向かう土佐坊昌俊となったという伝承がいつごろからか見られるようになる。古浄瑠璃の他に、幸若舞曲『鎌田』『堀川夜討』のような中世末期あたりの作品にも同様の伝承との関わりが見える。五七ページ右所掲の浮世絵「江戸名所図会」の題に「渋谷　金王丸昌俊」とあるのも、金王丸と土佐坊昌俊とを同一人物と見ているわけである。正徳五年（一七一五）版行の井沢蟠竜『広益俗説弁』巻之十二をはじめ、同人説を否定するものも多く、もはや真偽の程は知れないが、若くして足跡の途絶えたはずの金王丸は、中世末期から近世期にかけて再び、昌俊という頼朝股肱の悪僧として活躍の場を得ることにもなるのである。

しかし中世期文芸における金王丸には、桜どころか、武蔵国の地とも何ら関わりが窺われない。その金王丸が、近世期に武蔵国と関わりを持つようになるのには、やはり、源氏の義朝に伺候し、幼き日の頼朝や義経とも交渉があったことに関係するのであろう。幸若舞曲や古浄瑠璃等の文芸における勇猛で忠節に厚い金王丸像の拡大が、近世期における武蔵国の金王丸をめぐる源氏伝承にまで展開して行くことになる。次節では、近世期における金王丸の伝承について検討したい。

三、江戸の地誌類に見える金王桜

近世期には数々の地誌の類が版行されるが、江戸に関する地誌類には、金王桜に触れるものが多くある。寛文二年（一六六二）に浅井了意の著した地誌『江戸名所記』第七には「金王桜」の項目が立てられており、金王丸の行状を摘記して義朝を追弔する諸国への修行を記した後、以下のように続ける。

かの修行のつゐで故郷なれば、渋谷に帰りて此桜を植へしとなり。ある説には、頼朝の仰せによりて、判官義経の打手になりて都にのぼり、堀川の御所夜討の大将土佐坊正尊は、これそのかみの金王丸也といひつたへし。桜はことの外に陰ふるびたる古木なり。花咲といへども、こゝかしこにありて数すくなく、枝つきまばらなるが、花の色は白し。

渋谷なる柿の木ならばいかにせん　桜なればぞ見にもこんわう　（二・渋谷・金王桜）

由縁は記されていないが、渋谷は金王丸の故郷であり、金王桜は金王丸の手植えであるとしており、前節に見た金王丸・土佐坊同人説にも触れている。古木であるためか、白く花つきの少ない桜とあり、同書の挿絵には、ほどほどに花の咲いた金王桜と見える桜の木の下に集って音楽や遊興にふける江戸の人々の姿が描かれている。『江戸名所記』版行から二十年ほど後に写されたという、天和三年（一六八三）奥書の和学者・戸田茂睡《もすい》の著した地誌『紫の一本《ひともと》』（新編日本古典文学全集『近世随想集』小学館、本文・注釈所収）も、次のような金王桜の伝承を載せる。

渋谷の金王丸が植ゑしにより、金王桜と云ふといへり。この桜の実を、紀伊大納言頼宣卿の御母養珠院殿、御庭に伏せさせ給ふに、生ひ育ち漸く花咲く比に、渋谷の金王桜枯れたる由、養珠院殿聞こし召し、御内の士、渋谷の是入と云ふ者を召し、「汝は金王が子孫のよし聞こし召す。いま金王桜枯れて名木たえぬ。幸ひ我が庭に実植ゑの桜あり。余人の植ゑたらんよりは、子孫の汝が植ゑたらんには、先祖の孝にもなるべし」とて、この桜を是入に賜び給ふ。是入謹んで忝なく、すなはち桜を植うる。今の金王桜これなり。（巻四・花・渋谷）

この二十年ほどの間に金王丸の手植えという古木は枯れてしまったということだろうか。だが金王桜はひとたび枯れたものの、種子から育てられた桜が別に育っていたため、移植されて残ったという。金王丸の子孫と言われる「是入」の詳細は知れないが、家康十男で紀州徳川家の家祖となった頼宣、その生母養珠院の計らいによって、金王丸が植えた金王桜は、武蔵国渋谷の地に辛うじてその命脈を繋いだというのである。

因みに、金王八幡宮と徳川家との関わりについては、文化七年（一八一〇）～文政十一年（一八二八）に昌平坂学問所で間宮士信らによって編纂された地誌『新編武蔵風土記稿』（大日本地誌大系『新編武蔵風土記稿 第一巻』所収）にも、以下の記述が見える。

又記録に云、慶長年中青山常陸介忠成夢想のことありて厚く当社を信仰し、其子伯耆守忠俊も深く信じければ春日局と謀て、慶長十七年三月十三日竹千代君御武運ため、当社に於て御祈禱あり、九月十五日竹千代君御元服ましまし、同十七日社堂修造のため、春日局より金百両、伯

耆守より材木若干を寄附す、元和元年八月官より華表、瑞籬等御寄附ありしよし見ゆ

（巻之十・豊島郡之二麻布領　中豊沢村・八幡社　割書）

家康の頃から徳川家に仕え老中も勤めた青山忠成・忠俊父子は、その邸を近くに構えたこともあり、金王八幡宮を深く信仰した。有力な幕閣と春日局による信仰、家光の元服等、金王八幡宮は、近世期初頭から徳川家と深く結びついていた。

因みに同書「下豊沢村」の「氷川社」項中にも金王丸と関わる記述が幾つも見えるが、その中に「金王桜」の項目が見え、「金王八幡社の木と同木なり、是も古木は朽て萌蘖数株となれり」（原本は割書）とあり、金王八幡宮にほど近い氷川神社にも金王桜が移植されていたことが見えるが、氷川神社の金王桜も古木は枯れて、蘖《ひこばえ》が数株残る程度だったという。この金王丸縁とされる江戸の名桜をめぐっては、辛うじて受け継がれたという記述が屢々見える。

先に見た『紫の一本』の金王桜の記事は、享保十七年（一七三二）刊の菊岡沾凉著『江戸砂子』巻之四・十四赤坂・渋谷、天保七年（一八三六）刊の『江戸名所図会』ほか、江戸の地誌類に繰り返し引用される（両書とも金王丸子孫の「是入」は「善入」とある）。『江戸名所図会』（角川文庫、ちくま学芸文庫に翻刻）は、以下のようにも記す（〈　〉は原本割書）。

金王桜《こんのうざくら》〈一名、憂忘《うさわす》れの桜とも号《なづ》けたりしとぞ。伝へいふ、往古《そのかみ》久寿の頃、源義朝、鎌倉亀が

谷の館に植ゑおかれしを、金王丸《こんのうまろ》に賜ふの後この地に移し、氏神八幡宮の瑞籬《みずがき》にうゑるとなり。あるいは社記にいふ、「文治五年七月、頼朝公奥州泰衡退治凱陣の頃、当社に詣でたまひ、太刀一振りを収めたまひ、また金王丸の影堂に立ち寄り、その誠忠《せいちゅう》を感じたまひ、鎌倉亀が谷より桜一株を栽ゑられて、金王桜と号けられける」ともあり。……〉

（巻之三 天璣之部 渋谷八幡宮）

『江戸名所図会』は、主君義朝が鎌倉の館に植えていた桜を金王丸が賜り、自ら手植えしたという説を載せる。また「社記」とは、最初の項で見た室町期写と伝える「社伝記」であるが、そこには、頼朝による奥州制圧後、即ち鎌倉開府前夜に金王八幡宮を訪れた頼朝が太刀を奉納し（現在も金王八幡宮に「天国宝剣」という宝物が蔵されるという）、金王丸の忠誠心に感謝して鎌倉から桜を移植したとする。鎌倉亀ヶ谷は、現在の鎌倉の源氏山を背景にした寿福寺辺りとされるが、ここには代々の源氏の棟梁の館があったと言われる。金王桜の由来については、先に見た『江戸名所記』等、その子細は他にも異説があるものの、義朝が金王丸に下賜した、頼朝が金王丸のために奉納したなどと、鎌倉亀ヶ谷の館から移植された、源氏の棟梁に縁のある桜だということを伝えているものが多い。いわば、鎌倉の源氏を象徴する桜が、ここ武蔵国渋谷の地に、金王丸という源氏股肱の若武者を介して移され、金王桜と称されるに至ったわけであり、金王桜は義朝・頼朝父子をめぐる源氏再興伝承と共に伝えられてきた桜であったと言えよう。なお金王桜の別称という「憂忘《うさわす》れの桜」とは、『江戸砂子』には「むかしは憂忘桜《いふもうざくら》といふ」とあるから、或いは元は金王丸や源氏の武勇を讃えた「勇猛桜」だったのかも知れない。

地誌類の金王桜をめぐる記述の中に、徳川家との関わりが記された点についても、源氏の血統に連なることを意識した徳川家が、源氏の再興伝承への関心から、金王八幡宮、金王丸、金王桜に注目していたことを裏付けるものと思われる。金王丸の出自を渋谷氏とする点については、系図類はじめ歴史資料にも辿れないのではあるが、相模国鎌倉を拠点とする源氏に関わる伝承が、金王丸を介して、ここ武蔵の国に伝承の源となる場を得たとも言えるわけであり、花付きの少ないどこかはかなげな金王桜という桜は、近世期に源氏の再興伝承の象徴として人々に浸透していったものと思われる。次節では、近世期の江戸の人々の金王丸や金王桜への関心の深化に大きく関わったと思われる、近世期の芸能について俯瞰したい。

四、近世の芸能に見える金王桜

金王丸をめぐる能の作品を室町期から江戸初期にまで降って概観しても、金王丸の名に触れる能『朝長』『鎌田』（「乙」と通称される方の『鎌田』）の二作品が指摘できる程度である。共にシテである主人公が武将の幽霊である修羅能だが、どちらも金王丸はシテではなく、その詳しい事績も語られない。一方、成立期は明らかではないが、戦国時代から近世初期頃の成立とも指摘されている能に

『金王丸』（別名『内海金王』）があり、これは幸若舞曲『鎌田』と同様に、義朝を討った長田の配下を散々に蹴散らす剛勇の金王丸をシテとする現在能であるが、金王桜のことに触れるくだりは見えない。他の近世期以降に成立したと考えられている能の作品の中では、シテが金王丸の幽霊である修羅能として『義朝』と『金王桜』の二つが挙げられるが、金王桜との関わりが窺えるのはその名の通り、『金王桜』（古典文庫『未完謡曲集十九』所収）である。

ワキ次第／草分衣いくへ着て。〳〵。行けば東の果ぞなき、
ワキ詞「是は一所不住の僧にて候。我未だ武蔵野を見ず候程に。只今思ひ立ち一見せばやと存じ候。急候間。是は、や武蔵野のあたり渋谷の里とかや申し候。又あれを見候へば一木の桜の候。立ち寄り詠めばやと思ひ候、
サシ／草木心なしといへ共。其の折を得て咲く花の。色は一しほ紫の。こくも薄くも染め分ぬ。桜の枝の一かたに。分けぬ詠めぞ面白き。

能『金王桜』のワキは、武蔵野を訪れたことのない諸国一見の僧であるが、このワキ僧は、「武蔵野のあたり渋谷の里」に至ると、折も折、金王桜と見られる桜の満開の時期に木陰に至り、シテ金王丸の幽霊に出会う。そしてシテ金王丸の幽霊から、在りしこの世での奮戦の様を聞く。作品の中核となっているのは、金王丸の幽霊によるいくさ語りであるのだが、修羅能の作品一般において、

シテの幽霊が立ち現れる場には、生前のシテにとってはとりわけ現世への執心が強調される景物、或いはシテの墓標そのもの、等が存在する。能『金王桜』の中心となるいくさ語りは、シテ金王丸幽霊の語る義朝の最期とその際の自身の奮戦の様であるが、その語りが展開される、冥界の金王丸が現世に立ち戻ってくる作中の場には金王桜が存在し、その存在に特なる説明もなく、その存在が自明のごとく扱われている点に、能『金王桜』成立の背後には、金王丸の事績と金王桜とが自然と結びつけられていたであろうことが窺われる。他には、『金王塚』という「むさしの国しぼや（「渋谷」の訛か）」における金王丸の古墳を扱った能が作られたようであるが、特にその古墳と桜との関わりに触れるくだりは見えない。従って近世期まで降っても、金王桜に触れる能の作品は少ないようであるが、中世期よりも近世期に至って、金王丸その人の事績を扱う能が多く成立している背景には、金王丸伝承への関心が窺われるように思う。

なお、芸能の影響を想起させる記述が地誌にも見える。前掲『新編武蔵風土記稿』は、金王八幡宮の別当寺である隣接の東福寺本尊について、以下の記事を載せる。

別当東福寺〈天台宗江戸山王城琳寺末開山僧円鎮、養和元年閏二月七日寂す、……本尊弥陀は慈覚大師の作、長三尺二寸なり、此像は開山円鎮旅僧より授与す、鎮其報として地蔵像を贈る、彼僧欣然として携去て行方を知らず、鎮其忽行方を失ふを怪て是を尋るに、金王丸影堂中に彼贈りし地蔵の像あり、是金王丸の仮に旅僧に現じて授けしに疑なしとて、益信仰浅からず、終

に彼弥陀を本尊と崇め八幡の本地仏とす〉

（巻之十・豊島郡之二麻布領　中豊沢村・八幡社〈　〉は原本割書）

前掲『江戸名所図会』が「本尊は慈覚大師の作にして、金王麿尊信の霊像なりといへり」とするのは「矢拾ひ観世音」のことであり、矢拾観音像は、東福寺に現在も祀られている。『江戸名所図会』では金王丸像は「金王丸影堂」に祀られているとするが、現在の金王丸影堂は金王八幡宮境内にある。『新編武蔵風土記稿』が、東福寺の本尊は慈覚大師円仁作の阿弥陀仏であるとし、東福寺開山の円鎮が、旅僧の姿になって仮に現れた金王丸から授けられたものとするのは、既に幾つかの伝承が交錯しているためであろう。だが、金王丸の霊が旅僧となって現れたという、霊の出現や旅僧を設定する点などは、まさに幽霊が現れる夢幻能の劇構成と通ずるところがある。

かわって近世期に隆盛をみる浄瑠璃の金王丸関連の作品に目を転じると、古くは先に第二節で見た古浄瑠璃や説経浄瑠璃以外にも、幸若舞曲『鎌田』以来の金王丸の武勇を強調した作品が幾つか見出せ、近松門左衛門の『源氏烏帽子折』『鎌田兵衛名所盃』にも、血気に溢れた若武者金王丸の活躍が語られている。これらの浄瑠璃作品は、様々な芸能や伝承との交渉を経ながら成立していると見られ、『平治物語』や史書とされる類の書が記すところとは、既に登場人物や事件の時期等の設定に幾つも相違があるが、注意しておきたいのは、金王丸の造型に、義朝の弟で鎮西八郎とも称される為朝の人物像が影響していることである。上方で版行された浄瑠璃『勇士の三つ物』三段には、以下のようにある（『古浄瑠璃正本集 角太夫編 第三』大学堂書店刊所収の本文を私に校訂）。

為朝、御心よげにうち頷かせ給ひ、「扨は金王丸といふ者よな。あつぱれ剛の者ぞかし。近ごろ頼もしき心底かな。さあらば向後、主従の契約ぞ。」と御差添を下さるれば、金王、取て押し頂き、「事を好むには候はねども、源家に敵対者あらば、御馬の先に進み出で、何十万騎もあらばあれ。この金王が命限りに働かば、いかなる天魔・鬼神なりとも、など安穏に置くべきぞ。源氏繁盛万々歳、武運長久千秋楽。」とこの太刀にて切り払ひ、「浄め申さん、いざさらお立て」と勇みをなし、御供申て立ち帰る。

為朝にその剛勇を認められた金王丸は、脇差を与えられ主従の契約を結び、為朝のためにその力を振るうことを誓い、源氏の末永い繁栄を祝福する。続いて『勇士の三つ物』は、「「金王が勇力・鎌田が知謀・為朝公の弓勢、実にや誠にこれぞこの、勇士の三つ物これなるは。」と人皆、勇みをなしにける」と、義朝の乳母子鎌田を交え、金王丸の勇力を、為朝と並べて称賛して語るのである。この『勇士の三つ物』は、さらに金王丸に注目して本文が改編され、『源氏蓬莱三物』という一中節の浄瑠璃としても語られたが、やがては江戸の書肆鱗形屋から草双紙『新板知仁勇 三鼎《みつがなへ》金王《こんわう》桜《ざくら》』としても版行され、明和八年（一七七一）には『新版 渋谷金王出世桜』と名を改め、同じく江戸の蔦屋からも版行されていた。これらの浄瑠璃や草双紙は、作品内容からすれば、中心人物としてその活躍に焦点が当てられているのは為朝であり、金王丸は為朝の従者として共に活躍するのであるが、草双紙では以下のごとく、金王丸の名を冠する作品に相応しく改められている。

武蔵の国渋谷の辺に村岡氏基と言へる侍有り。倅金王丸に良き主人を求むべし、と五畿内の方へ遣わす。金王、「我、武運ひらけ大願成就せば大木に栄へよ」と、桜の木を植へて故郷を出でける。

（金王）「親人、この桜はそれがしが出世の根ときています。」

草双紙は、金王丸の出世譚として話を整えるために、冒頭部を右のように作り、桜の木を植える金王丸と父とを初丁に描くが、次丁以降の内容は、皇位継承争いを義朝・為朝の活躍と共に描くものであり、金王丸は為朝に出仕するものの中心人物とは言い難い。だが右大弁国虎の謀叛が露見し捕らえられた後、この草双紙の最終丁は、金王八幡宮の鳥居の下に、立派な侍として仕官した金王丸を大きく描き、次のように閉じる。

さてこそ、源氏繁盛して金王もその名高し。これを渋谷の八幡宮金王桜と申すなり。一説にこの金王は土佐坊なりと言ふは誤し。桜を以てその名を広めしは、この金王丸なりとかや。

草双紙は冒頭に対応するよう、金王丸の出世譚として締めくくり、源氏の繁栄と金王丸の出世の象徴として金王桜を位置づけており、やはり金王桜は、源氏の繁栄と共に語られているのである。

また、延享元年（一七四四）刊の草双紙『頼朝一代記』に見える、以下のくだりも注目される（黒石陽子「『頼朝一代記』について」『叢 草双紙の翻刻と研究 第16号』所載の本文を私に校訂）。

（金王）「義朝公の御最期折から、間に合ませぬは私が無念、御勘気御免下されませふ。」渋谷の金王丸、勘当の訴訟叶わぬゆへ嘆く。

（頼朝）「めそ〳〵泣かづと一つの功を立てよ、勘当許さん。」

六波羅より瀬尾の太郎、頼朝を搦めに来る。「頼朝は角前髪だ、やにわに踏ん込んで捕れ〳〵。」

……金王丸角前髪なるゆへ、頼朝に替わり搦められ六波羅へ行く。……

金王、頼朝に成る。「我が受けし勘当許す」と言ふ。

頼朝、金王に成りて、「勘当許し給へ」との給ふ。

（捕り手）「引つ立てろやい、こいつらは狂言の真似をするか。」

この草双紙では、金王丸は忠臣どころか、義朝の最期を助けられなかったために、頼朝から勘気を蒙っていることになっている。金王丸は、頼朝と同様に元服前の角前髪姿であることから、頼朝の身替わりとなって六波羅へ引っ立てられて行く。その際の捕り手の科白に「狂言の真似」とあるから、頼朝に勘当されている金王丸という同様の趣向を盛り込んだ歌舞伎狂言等が演じられていたことも考えられよう。歌舞伎狂言の作品には、こうした近世文芸の様々な金王丸像が投影されていたはずである。

歌舞伎では、金王丸が宝暦期（一七五一〜一七六四）を中心に、特に江戸の顔見世狂言に盛んに登場していることが指摘されている（丹和浩「『新板知仁勇　三鼎金王桜』について」『叢　草双紙の翻刻と研究　第12号』）が、二代目市川団十郎以来、『暫』が顔見世狂言として繰り返し演じられるに至り、金王丸も『暫』に登場することになる。歌舞伎の『暫』といえば、現代は本稿冒頭に触れたように、「奥州合戦の世界」を背景に仕組まれた、鶴岡八幡宮社頭の場における鎌倉権五郎景政を主人公とする演目として固定しているが、本来の江戸の歌舞伎における『暫』は、歌舞伎狂言の名題ではなく、様々な歌舞伎狂言作品中で、場所、役柄を替えて主人公がヒーローとして登場する作品であった。例えば、江戸後期の歌舞伎や浄瑠璃の作者が座右に置いた『世界綱目』には、「平治物語」の項目の「役名」中に、「悪源太義平　鎌田兵衛正清……長田庄司忠宗　渋谷金王丸正俊〈後に土佐坊次郎〉……長田太郎重宗　中宮太輔進朝長　右兵衛佐頼朝」と見え、「平治物語の世界」に土佐坊の同人説をも包摂しながら、例えば「義経記の世界」をも取り合わせたり、或いは様々な趣向を加えて仕組まれ、様々な歌舞伎狂言の中に金王丸という役が登場していた。

そうした様々な世界に基づく『暫』が演じられていた江戸の歌舞伎において、金王丸も「しばらく」の声と共に勇猛果敢な若武者として登場し、豪快な連ねを述べる役として登場していた。例えば、立川焉馬著『歌舞伎年代記』には、宝暦六年（一七五六）に市村座で演じられた顔見世狂言『復花金王桜《かゑりばなこんわうざくら》』に、市川海老蔵（二代目市川団十郎）扮する渋谷金王丸が出ていたことが見え、敵役平清盛らから頼朝・鎌田を救う英雄という役であった。『しばらく（暫）』の若武者の役どころとして金王丸が江戸歌舞伎に定着していたことは、歌舞伎評判記の類に、度々、金王丸の役が見えることからも知られる。五七ページ所掲の二枚の浮世絵のごとく、度々、浮世絵の題材としても描かれた。右の浮世絵は、嘉永五年（一八五二）頃の三代目豊国画『江戸名所図会 廿四 渋谷 金王丸昌俊』であるが、八代目団十郎の金王丸が、現代の『暫』の鎌倉権五郎と違わぬ扮装で大きく描かれており、その背後には金王桜を踏まえていると見られる数本の桜が描かれている。また、左の浮世絵は同じく三代目豊国が描く、文久三年（一八六三）の貼交絵『江戸の華名勝会』であるが、下段右に金王丸に扮した四代目市川新之助（八代目海老蔵）が、幸若舞曲『鎌田』等が金王丸が携えていたとする長刀である毒蛇長刀を手にして描かれており、上段には玉蘭画「金王丸所持霊器」が、下段左には貞秀画「渋谷八幡 金王桜」が共に描かれている。歌舞伎を通しても、渋谷の地と金王丸、そして金王桜という連想は既に江戸では定着していたのである。

また平賀源内は福内鬼外《ふくちきがい》の筆名で浄瑠璃の作者としても活躍したが、その遺作の浄瑠璃『実生源氏金王桜《みばえげんじこんのうざくら》』が、源内死後の寛政十一年（一七九九）に江戸肥前座で初演された。「平治物語の世界」に取材する本作は完結しなかったらしく、全三段のかたちで浄瑠璃正本が伝えられているが、外題に関わると思われる詞章は、以下の一段目のみである（『平賀源内全集 下』平賀源内先生顕彰会編、所収）。

地　義朝公も感心有。いかにも汝等兄弟が恨むは尤去リながら。爰の道理を聞分よ。

詞　斯傾きし我運命。行先迚も頼ならず。汝等迄も伴ひて親子一所に討れんは。謀なきに似たり。

地　我レは死ス共生長《おいさき》有。源氏の実生《みばへ》を残しなば。花咲ク春にも逢フべしと。そこを思ひし我計略。

詞　親が手元ト放しやるは谷に投打獅子の子の。勇士の器量備はらばいかなるうきめにあふ迚も。命全ふながらへて再び靡く白旗の。源氏の世と刎《はね》かへせ。合点が

地　いたか兄弟と残る方なき庭訓は。骨身に通る御兄弟政家も目に余マる。

尾張に落ちる義朝は、美濃国で二男朝長・三男頼朝兄弟と別れ、右のごとく言い聞かす。自身は死すとも実生の桜のごとく、正しく父義朝の血を引く若き朝長・頼朝兄弟は生き延びて源氏を再興して欲しい、そうした義朝の思いが外題『実生源氏金王桜』に関係しているのであろう。但し、外題に言う「金王桜」とは何を指すのであろうか。金王丸は、義朝の勇猛な忠臣として一段目から活躍しているが、二段目・三段目には登場しておらず、現存の浄瑠璃正本からは、金王丸との関わりが窺われない。恐らく源内は、続く四段目・五段目に、朝長や頼朝を助ける金王丸を描き、源氏の繁栄を讃える結末へと書き継ぐつもりであったのではないかと推測される。その源氏繁栄の礎となった金王丸の働きや忠節を想起させるものが、外題の「金王桜」だったのであろう。古木は枯れても、実生の桜や蘖が引き継がれている。正に先の地誌類に見たような金王桜をめぐる伝承を踏まえ

た浄瑠璃として、源内は構想していたのではなかろうか。

かくして近世期の様々な芸能作品を通しても、渋谷八幡宮の金王桜は、金王丸の活躍とともに、源氏の再興伝承を象徴する景物として、江戸の人々の記憶に留められたのであった。

五、金王桜をめぐる武蔵国における源氏再興伝承

中世期の『平治物語』や能・幸若舞曲といった芸能に、源義朝に伺候した若武者、忠臣として描かれていた金王丸は、近世期に入って、浄瑠璃や歌舞伎といった芸能でも勇猛な若武者振りが誇張して描かれ、義朝・頼朝父子に縁のあったことから、源氏再興の伝承においても注目されていた。その過程において、渋谷区の金王八幡宮は、武蔵国にはさして縁の地の多くはなかった源氏や頼朝と、源氏を称する徳川家の治める江戸とが結びつく地として神聖視されるに至ったものと思われる。若武者金王丸も、猛々しい荒武者としての造型ばかりでなく、義経誅殺に派遣された土佐坊昌俊として、頼朝股肱の臣とも伝承されるに至っている。鎌倉から下賜されたとも言われる金王丸縁の金王桜とは、源氏再興伝承の一環として、武蔵国における源氏の象徴としても、江戸市井の人々に記憶され、愛でられたのである。

以上に見てきた、金王丸や金王桜をめぐる伝承は、例えば近世演劇の作者たちの多くが座右に置いていたと言われる『吾妻鏡』にも、准官撰史とも言える『日本王代一覧』にも見えるものではな

い。体制側や幕府の影響下に成立した史書や正史の類には、全く見えない伝承であり、現代の我々はこれを「歴史」とは認めないであろう。しかし、物語や地誌、芸能等、様々なジャンルの文芸に触れて江戸に暮らしていた近世の人々にとっては、遙かに鮮明かつ身近な源氏に関する伝承として、史書や正史に記されるところ以上に意味を持つものであったはずである。それは、現代人にも、歴史教科書や専門書に説かれる内容よりも、小説・漫画・アニメーション・ゲーム等のメディアに取り上げられている人物や内容に慣れ親しみ、記憶している人が多くいることと、どこか通ずるものがあるのかも知れない。芸能のように広い階層の人々が集い、視覚的にも享受された文芸の影響は、殊に江戸では強かったであろうことが想像される。

※本稿に引用した版行本、写本、画像資料等の大半は、国立国会図書館WEBサイト「国立国会図書館デジタルコレクション」や早稲田大学図書館サイト「古典籍総合データベース」等で原本のデジタル画像を参照出来る。また、二〇〇七年一月～三月に白根記念渋谷区郷土博物館・文学館で開催された特別展「伝説のつわもの　渋谷金王丸」の図録には、金王丸に関係する資料や史蹟の画像・写真資料が網羅されている。

コラム　武蔵野合戦

漆原　徹

「肥前松浦家文書」に、足利尊氏から九州探題一色範氏に宛てた一通の文書が残されている。その観応三年（一三五二）六月八日の将軍御内書は次のようにいう。

「松浦治部左衛門尉秀の事、武蔵国金井原合戦の時、討死しおわんぬ。子息幼稚の間、参洛に及ばずと云々、恩賞の事、便宜の土地を以って計らい沙汰致さるべく候也、六月八日（尊氏花押）　一色入道殿（一色範氏）」

武蔵野合戦の戦場のひとつ金井原で、遠く九州肥前の松浦党の武士が討死をとげた。討死した松浦秀の子息は幼く京都に赴いて恩賞の沙汰を受けることができないので、松浦（相知）氏本領に近い土地を恩賞として与えるように、という内容の御内書である。九州探題一色範氏の報告から遺児が幼いことを知っていた尊氏が、一色に対して特に指示を与えたものである。すでに同年二月二十日、松浦秀の遺児太郎宛に、「去る月二十日武蔵国金井原合戦の時、父治部左衛門尉討死と云々、もっとも以って神妙なり、賞を抽んずべきの状件の如し、」と父の討死について尊氏の感状が発給されているが、父討死の恩賞として本領に近い所に恩賞の地を与えることを命じ、また手続きのための上洛免除を九州探題に伝えたものである。松浦太郎の父秀が討死した金井原合戦は、正平七年（一三五二）閏二月二十日、現在の小金井市付近での「武蔵野合戦」と『太平記』に語られる戦いである。

戦乱が続いた激動の南北朝時代には、武蔵野もしばしば合戦の舞台となった。『太平記』巻二十一「武蔵野合戦」は、観応擾乱終結の足利直義毒殺後間もなく起きた一連の戦いで、長い南北朝の動乱期の大きな転回点となった合戦である。観応二年（一三五一）十一月、足利尊氏は南朝に降伏する形で講和をすすめ、弟直義討伐のため鎌倉に下向したが、京都出発後から南朝の正平年号で文書を発給するようになった。正平の一統である。尊氏は直義と戦うため、南朝方を利用しようとしたのだが、南朝方も尊氏を利用しようとしたのは同じであった。直義軍と戦うだけでなく尊氏との合意を無視して京都を攻撃し、京都守備の幕府侍所頭人細川頼春等を戦死させて尊氏の子義詮を近江に敗走させた。このとき北朝の崇光天皇は廃され、その春宮及び光厳、光明両上皇ともに南朝によって身柄を京都から八幡、さらに河内東条そして賀名生へと移された。このため持明院統の北朝としての再建は困難を極めた。また南朝方も京都占領を一時的に実現し、後村上天皇自らも帰京のため八幡まで進出したが、やがて頽勢を挽回した義詮によって都を奪回されてしまった。南朝方による京都占領は、その後文和二年（一三五三）、文和三年（一三五四）、康安元年（一三六一）とさらに三回成功するが、いずれも尊氏と対立する旧足利直義党の守護級有力部将の軍事力によるものであり、京都を確保したのは短期間に留まり南朝固有の勢力の衰退はこの正平一統の失敗以後決定的となった。しかし、正平一統での南朝方の戦略的構想は雄大なもので、北は奥羽の北畠顕信、守永王の蜂起、西は直義の養子直冬勢の中国・四国・九州での活動に及ぶ全国的大攻勢が文書や記録から確認される。通信手段に時間がかかった当時としてはかなり以前から計画されたものであったと思われる。一時的にせよ京都と鎌倉双方がほぼ同時に南朝方に占拠されたのはこのときをおいてほかにはない。京都と同じく南朝方の鎌倉占拠も短期間に終わったが、事態を重視した尊氏は、以後約二年にわたり自ら関東に駐留して東国の安定に努めなければならなかった。武蔵野合戦は、長期にわたった南北朝動乱の帰趨を決した意義深い戦いであったといえよう。

この正平一統の時期は、南朝方の全国的な攻勢によって各地で激戦となったので、関係する文書は写しを含めてかなり多い。一連の武蔵野合戦の文書に限ると、最初の文書正文は、正平七年閏二月二十三日の新田義興発給とされる南朝方の武士水野平太（致秋）宛の感状（「尾張水野家文書」）と、尊氏から安房国守護高南遠江守宗継に宛てて発給された同日付幕府御教書（「下野清源寺文書」）である。新田義興感状は、具体的内容や合戦の日付が記されていないが、後者では新田義興と三浦高連等が安房に没落したらしいので守護代に命じて討伐するよう命じており、閏二月二十三日の時点で足利方は新田方の義興等が安房へ退去したとの勝利の認識を持っていたことがわかる。翌二十四日には、尊氏は駿河の武士に足利一門の大将今川範氏を差遣する旨を伝え南軍討伐を命じている。ついで同三月三日に新田義興の証判を受けている水野致秋軍忠状（「尾張水野家文書」）によれば、二月十九日に武蔵国鶴見宿から関戸に向かい、二十三日に三浦に移り二十八日には鎌倉で合戦してその後平塚に至っている経緯が述べられている。一方、足利方の武士が提出した軍忠状や尊氏などが発給した文書は二十通以上にのぼるが、軍忠状三通の内容を紹介してみよう。『鶴岡社務記録』、『園太暦』などの記録類や『太平記』の記事も参照すると興味深い。

（証判）（足利尊氏）
（花押）
着到
八文字一揆高麗四郎左衛門尉季澄軍忠事、
右、去る閏二月十七日、武州御発向の時、お供せしめ、同廿日、金井原御合戦のとき、薬師寺
加賀権守入道（公義）同道せしめ、散々太刀打ち致しおわんぬ、
同じく二十八日、高麗原において戦功を抽んじおわんぬ、
後証に備えんが為、着到くだんの如し、
観応三年五月　日
（「武蔵町田文書」）

これは武蔵国の八文字一揆に属していた高麗季澄という武士が、閏二月二十日金井原と二十八日高麗原の一連の武蔵野合戦に尊氏方として戦い、その戦功を五月になってから申請して袖（文書向かって右）に尊氏の証判を受けた軍忠状である。着到書き出しになっているので紛らわしいが、軍勢として到着した際に提出する着到状ではなく、戦功を確認してもらう軍忠状である。「八文字一揆」は、流布本には見られず、『太平記』諸写本の中でも古態本の西源院本にのみ記されておりその史料的価値の高さが確認できる。

（故将軍）（足利尊氏）
（東北大学図書館所蔵「倉持文書」）

着到（同御判）

倉持五郎三郎師胤

右、去る閏二月十七日武州御下向の間供奉せしめ、同二十日金井原において軍忠を致し、石□浜へ御供仕り、同二十八日小手指原御合戦忠節を抽んじ所々の御陣ならびに鎌倉入りに至り御供せしめ奉り候いおわんぬ、然れば早く御判を下し給わり、末代に備えんが為、恐々言上件の如し、

この文書は、倉持という足利方の武士の軍忠状である。『太平記』「武蔵野合戦」にいう「小手指原」の合戦は、足利方の軍忠状では、「人見原合戦」、「金井原合戦」、と記され、「笛吹峠軍事」は、「小手差原合戦」、「入間河原合戦」、「高麗原合戦」と表現されている。南北両軍は、正平七年閏二月の二十日に、府中市東部人見から小金井市南部にかけて交戦し、尊氏は石浜に至っている。『太平記』では、二十日に尊氏が敗北し、小手指原より坂東道四十六里（坂東道は六町一里なので約三十キロメートル）を石浜まで逃げたとしているが、写しとはいえ足利方武士の軍忠状に記されているので事実と確認できよう。「石浜」がどこに比定されるかは新井白石の考察以来諸説あるが、台東区浅草付近とするのがよいと思われる。次に二十日の合戦後、新田義興・脇屋義治が三浦高連等と鎌倉へ突入して足利方と戦った事実が知られる軍忠状を次に示す。

佐藤蔵人元清申す軍忠の事

（津市、石水博物館所蔵「佐藤家文書」）

右、今年観応三年閏二月廿五日武州国府御立、鎌倉御発向之間、御共仕り、同廿八日新田兵衛助・三浦介以下凶徒等に対して御合戦之時、岩屋堂前より中下馬橋にいたり、散々太刀打ちを致しおわんぬ、次に、毛和井（化粧坂）攻めにおいて返し合わせ、大将御合戦の時、御供せしめ軍忠致すの条、御見知の上者、御判を賜り後証に備えんが為、恐々言上如件、

観応三年三月　日

「承了（石塔義基）（花押）」

尊氏方の部将石堂義基が証判を与えた佐藤元清という武士の軍忠状である。この文書によれば、足利方の石塔義基は、二十五日武蔵府中から南下して新田義興・三浦高連と鎌倉で戦っており、『鶴岡社務日記』では石堂が敗績して南軍が鎌倉を占領したと伝えることからも史実と確認される。また同じ二十八日には、所沢市北方から入間川にかけての高麗原・小手指原において、尊氏と宗良親王・新田義宗の両軍主力が戦って尊氏軍が勝利し、宗良親王・新田義宗が没落した経緯が高麗、倉持の軍忠状からも判明する。つまり、二十日の人見原・金井原合戦以後、南北両軍は二十八日に高麗原・小手指原と鎌倉に分かれて各々戦っているが、『太平記』の記述によれば、南軍の鎌倉攻略は偶然であったとする。両軍主力の交戦は二十日に尊氏が敗北して一時東方の石浜へのがれたが、優勢に転じて二十八日には北上して南軍を次第に北に追ったことが軍忠状に記載される地名から推知される。残されている南軍の軍忠状の証判や恩賞給付の文書は、新田義興のものであって、征夷大将軍に任じられていた宗良親王や、新田義貞の後嗣であったはずの義宗発給の文書は確認されない。

つまり文書史料からは、南軍は宗良親王が総帥として鎌倉攻めの新田義興等を指揮した形跡がなく、宗良親王・新田義宗等の主力から分れて新田義興・脇屋義治が鎌倉攻略を成功させたのは偶然の経緯と述べる『太平記』は事実を伝えているものと思われる。南軍は周到な戦略的計画で全国的な攻勢に出たとはいえ、新田一族ですら武蔵野合戦での統一的な指揮ができていない。一方尊氏や尊氏指揮下の守護などの部将が発給した文書または証判を施した軍忠状からみると、足利軍は合戦に重要な将軍から部将への指揮命令の体制が南軍より整っていたことが明瞭に看取される。

中世の武士団は、一族の族縁的な結びつきをもとに構成されるが、その結合の基本的な性格から、総領家といわれる一族の族長の統制力が強力な惣領制的な武士団と、総領の統制力が比較的弱くて総領と庶子の関係が緩やかな共和的結合の武士団とがあった。武蔵国では、武蔵七党といわれる中小領主層の地縁的な結合をもつ武士団が特徴的である。これは源氏や平氏の子孫といった貴種性がない中小領主層が族縁的結合だけでなく地縁的な結合によって戦闘集団として定着していったものと考えられている。鎌倉幕府草創期には、総領制的大武士団は源頼朝にとって意のままにならない存在であった。源頼朝が富士川合戦直後に平家追撃を断念せざるを得なかったのは、上総氏、千葉氏など総領制的大武士団の総領が当面の西国遠征に同意しなかったからであり、彼等の利益に考慮しながら平氏追討の戦略をたてるという制限を受けていたのである。やがて武蔵国の御家人が将軍直属軍としての性格を持ち、武蔵国が将軍御分国となるのは、武蔵国には総領制的大武士団が存在せず中小領主層が直接に頼朝と個々に御家人として主従関係を結んだからであり、頼朝との結びつ

き も強かった。武蔵国のこのような武士団のあり方は、南北朝期に至って一揆という形で現れる。従って武蔵野合戦当時の東国の武士たちには一揆という結合が多く見られる。一揆は一致団結を意味するが、南北朝期では武士たちの地域的結合である国人一揆をさしている。一揆は、その成立事情から、鎌倉公方や奥州探題、守護などの広域的上部権力が、将軍と個別に結びついている御家人以外の中小国人領主層を一郡規模程度で組織したものと、上部権力との関係で国人領主層が軍事的に同一行動をとることを盟約して組織されたものの大きく二種類の存在が指摘されているが、いずれも軍事的な編成がその前提である。一方、南北朝期の九州では、少弐・大友・島津が九州三守護家として伝統的に大きな勢力を有しており、幕府に対しても一定の独立性を保持しようとする傾向が強かった。その中で肥前国の国人層は、青方・相知・白魚・有浦・宇久・斑嶋・佐志・波多など松浦党の武士たちに見られるように尊氏直属軍や尊氏が派遣した足利一門の九州探題指揮下軍勢としての活動が目立ち、肥前国人層は関東における武蔵国人層と武士団の性格に類似性が認められる。武蔵野合戦で討死をとげた松浦（相知）秀は、観応元年十月以来、中国地方や京都、九州を転戦し、尊氏・高師直が打出浜合戦で直義軍に敗れた際にも、多くの尊氏軍将兵が逃散し降伏する中で、尊氏を守り続け特に尊氏の冑を賜っている。その後も京都から直義討伐のため関東に下向した尊氏に忠誠を尽くし続けた近侍の武士の一人であった。軍忠状をはじめとする文書の多くは、戦功認定から恩賞給付に至る制度的手続きの過程で作成され、史料としての信頼性は高いが、心情的な内容を伝えるものは殆どない。冒頭に紹介した尊氏の将軍御内書は、九州から遠く離れた武蔵野で討死した松浦秀とその幼い遺児を思いやる尊氏の心情が伝わってくる稀有な文書といえよう。

「武野」と「武陵」と——近世漢詩文に見える武蔵野

今浜通隆

一

近世漢詩文において、武蔵野（地名）のことを表記する場合には漢語「武野《ぶや》」（武蔵野の唐名）が使用されることになっていて、そのことは、例えば、『近古史談』（巻三「徳篇第三上」松平信綱）中に、

「蓋《けだ》シ川越ノ地為《た》ルヤ、武野ノ曠漠《くわうばく》ノ中ニ在リテ、土ノ燥《かわ》キテ風ノ多ケレバ、人家ハ皆塵《みなちり》ヲ吹キテ座ヲ満タシ、客ノ至ル有レバ、必ズ席ヲ掃《は》キテ後ニ之ヲ延《ひ》ク。」

（蓋川越之為㆑地、在㆓武野曠漠之中㆒、土燥風多、人家皆吹㆑塵満㆑座、有㆓客至㆒、必掃㆑席而後延㆑之。）

との一文を見れば分かる。安政元年（一八五四）に成立したとされる史談集に見えている、それは

用例ということになるわけであるが、さらに、例えば、林羅山（一五八三〜一六五七）の七言絶句に「武野晴月」と題する作品があり、内容的に、それが以下に引用するように、武蔵野の地において詠作されたもので、その武蔵野の夜空を渡る月のことを述べていることからして、その詩題中の詩語「武野」もまた地名としての武蔵野のことを表記した漢語の用例ということになるはずなのである。すなわち、江戸時代前期から後期までを通して、漢詩文において武蔵野の地名を表記する場合には、一般的には漢語「武野」が使用されているわけなのだ。

一方、「武陵」であるが、これは言うまでもなく、今の中国湖南省常徳県に所在する地名とされていて、東晋の陶淵明の作品「桃花源詩并記」で物語られる仙境（桃源郷）の舞台となっている有名な地名なのである。その一文には、

「晋《しん》ノ太元中（三七六〜三九六）ニ、武陵ノ人ノ魚ヲ捕《とら》フルヲ業《げふ》ト為セルモノ、渓《たに》ニ縁《そ》ヒテ行キ、路《みち》ノ遠近ヲ忘ルルニ、忽《たちま》チ桃花ノ林ニ逢フ。岸ヲ夾《はさ》ミテ数百歩、中《うち》ニ雑樹無ク、芳草ハ鮮美ニシテ、落英《らくえい》（散る花）ハ繽紛《ひんぷん》（みだれ落ちるさま）タリ。漁人ハ甚《はなは》ダ之《これ》ヲ異《い》トシ、復《ま》タ前《すす》ミ行キテ、其ノ林ヲ窮《きは》メント欲ス。林ハ水源ニ尽《つ》キテ、便《すなは》チ一山ヲ得タリ。山ニ小口有リテ、髣髴《はうふつ》トシテ（さながら）光《ひかり》有ルガ若《ごと》シ。便チ船ヲ舎《す》テテ口《くち》ヨリ入ル。初メハ極《きは》メテ狭ク、纔《わづか》ニ人ヲ通《つう》ズルノミ。復タ行クコト数十歩ニシテ、豁然《かつぜん》トシテ（からりと開けるさま）開朗《かいらう》ス。土地ハ平《たひ》ラカニシテ曠《ひろ》ク、屋舎ハ儼然《げんぜん》トシテ（いかめしいさま）、良田・美池・桑竹ノ属《たぐひ》有リ。阡陌《せんぱく》（田の

あぜ道）ハ交《まじ》ハリ通ジ、雞犬《けいけん》ハ相聞コユ。其ノ中ニ往来して種作《しゆさく》スル（耕作する）ノ、男女ノ衣《い》著《ちやく》ハ、悉《ことごと》ク外人《ぐわいじん》（よその土地の人々）ノ如ク、黄髪《くわうはつ》（老人）モ垂髫《すいてう》（子供）モ、並ビニ怡然《いぜん》トシテ（喜び楽しむさま）自《みづか》ラ楽シメリ。……停《とど》マルコト数日ニシテ、辞シ去ル。此ノ中ノ人ハ語リテ云フ、外人ノ為《ため》ニ道《い》フニ足ラザルナリ、ト。既《すで》ニ出デテ、其ノ船ヲ得《え》、便チ向《さき》ノ路ニ扶《そ》ヒ、処々《しよしよ》ニ之ヲ誌《しる》ス。郡下ニ及ビテ、太守ニ詣《いた》リ、説クコト此《かく》ノ如シ。太守ハ即《すなは》チ人ヲシテ其ノ往クニ随ヒテ、向ニ誌ス所ヲ尋ネシムルモ、遂《つひ》ニ迷ヒテ復タ路ヲ得ズ。南陽ノ劉子驥《りうしき》ハ、高尚ノ士ナリ。之ヲ聞キ、欣然《きんぜん》トシテ往カント規《くわだ》ツモ、未《いま》ダ果タサザルニ、尋《つ》イデ病《や》ミ終《を》ハリヌ。後ニ遂《つひ》ニ津《しん》ヲ問フ者無シ。」

（晋太元中、武陵人捕レ魚為レ業、縁レ渓行、忘二路之遠近一、忽逢二桃花林一。夾レ岸数百歩、中無二雑樹一、芳草鮮美、落英繽紛。漁人甚異レ之、復前行、欲レ窮二其林一。林尽二水源一、便得二一山一。山有二小口一、髣髴若レ有レ光。便舎レ船従レ口入。初極狭、纔通レ人。復行数十歩、豁然開朗。土地平曠、屋舎儼然、有二良田美池桑竹之属一。阡陌交通、雞犬相聞。其中往来種作、男女衣著、悉如二外人一、黄髪垂髫、並怡然自楽。……停数日、辞去。此中人語云、不レ足下為二外人一道上也。既出、得二其船一、便扶二向路一、処々誌レ之。及二郡下一、詣二太守一、説如レ此。太守即遣下人随二其往一、尋中向所上レ誌、遂迷不二復得一レ路。南陽劉子驥、高尚士也。聞レ之、欣然規レ往、未レ果、尋病終。後遂無二問レ津者一。）

との内容が記述されていて、いわゆる、それは仙境（桃源郷）を訪れた漁師の話ということになっている。その漁師が「武陵」の人であったということから、彼が偶然に訪れることになった平和な別天地そのもの、それを後世はもっぱら指示することになっているわけなのである。「武陵」とはそうした地名なのである。

二

ところで、近世漢詩文においては、かの国の「武陵」がこの国の「武野」にたびたび見立てられることになっているのである。つまり、武蔵野が仙境（桃源郷）と認識され、近世漢詩文においてはそのように詠述されることになっているわけなのであり、例えば、前述の林羅山の七言絶句「武野晴月」からしてが、そうなのである。すなわち、

「武陵ノ秋色ハ月ハ嬋娟《せんけん》トシテ（あでやかで美しいさま）、曠野《くわうや》ノ平原ハ晴レテ快然《くわいぜん》タリ。青々《せいせい》（青い夜空）ヲ輾破《てんぱ》セントシテ轍迹《てつせき》無ク、一《ひと》タビ輪《めぐ》ル千里ノ草ノ天ニ連ナルヲ。」

（武陵秋色月嬋娟、曠野平原晴快然。輾㆓破青々㆒無㆓轍迹㆒、一輪千里草連㆑天。）（『羅山先生詩集』巻九）

との、その起句中に地名「武陵」が見えていて、それが詩題中の漢語「武野」の見立て表現として明白に使用されている。

武蔵野の夜空、その晴れ渡った夜空に輝く大きな満月を車輪に見立てて詠述した作品ということに、内容的にそれはなっているわけであるが、確かに、詩題中に見えている地名「武野」がここでは「武陵」（起句）に置き替えられている。「武野」が仙境（桃源郷）である「武陵」に見立てられている。季節が秋で時間は夜、あでやかで美しい月が見渡す限り続いている武蔵野の草原の、その上空の晴れ渡って青々とした空をゆったりと渡って行く景色が詠述されていて、そこには雄大な武蔵野の景色が余すところなく描写されていると言えるだろう。その月が夜空を渡ることを「輾破」（車輪が廻《めぐ》ること）と言い、その月の通った軌跡のことを「轍迹」（轍《わだち》の跡）と言い、その月の空を渡ることを「輪」（輪《めぐ》る）と言っていることからして、作者が当夜に目にしている月たるや、明白に車輪に比喩されていることになるはずで、それは月輪（満月）ということでなければならないはずなのだ。恐らく、それは、いわゆる「仲秋の名月」のことを指示しているのであろうが、そうした月輪を目にしている作者が身を置いている武蔵野の平原、それも、千里四方の草原の果てが天空に達する程に続いているのが、そこでは見えているということになっているわけなのである。作者が現在立っているその場所は、武蔵野の、それはどの辺りということになるのであろうか。

古代以来の原野名としての「武蔵野」（武野）が地域的にどの範囲にまで及ぶのか、というそのことについては、近世以後には次のように二説があることになっている。一つは『新編武蔵風土記稿』（巻六「山川名所附」）中に見えている、

「武蔵野地名考曰、古は十郡に跨《またがり》て、西は秩父峯、東は海、北は河越、南は向ヶ岡、都筑原に至ると云々。最《もつとも》曠漠の野なりしことは諸書紀行の類にも載《のり》たり。……是《これ》らに拠《より》ても、古《いにし》へいと曠野なりしさま推《おし》て知らる。」

との説で、それを広い範囲に解釈し、関東または武蔵国の原野を指示するものとしたもの。他の一つは、それを狭い範囲に解釈したところの、『続江戸砂子温故名跡志』（巻五「四時遊観」虫聞）中に見えている、「武蔵野、江戸より五六里程ひがし（東）なり」との説で、関東平野西部の武蔵野台地を指示するものとしたもの（角川日本地名大辞典『東京都』）。ちなみに、未詳ながら、武蔵野が江戸から五、六里程東方向に位置するとここで言っているのは、北を背にして南面することになっている将軍を中心にして見ての、そこが将軍にとっては右方向（東方向）に位置すると言いたかったのであろうか。

もとより、後者の説の方が今日では一般的なそれということになっているが、前者の説の方は伝統的なものとして古代から継承され、確かに、「諸書紀行の類にも載」せられているのはこちらの方なのである。例えば、

「今は武蔵の国になりぬ。ことにをかしき所も見えず。浜も砂子《すなご》白くなどもなく、小泥《こひぢ》のやうにて、むらさき生《お》ふと聞く野（武蔵野）も、葦《あし》・荻《をぎ》のみ高く生ひて、馬に乗りて弓もたる末《すゑ》見

えぬまで高く生ひ茂りて、中をわけ行くに、たけしばといふ寺（今の東京都港区三田の済海寺がその跡とされている）あり。」（『更級日記』）

との一文中に見える用例は勿論のこと、「行く末は空もひとつの武蔵野に草の原より出づる月影」（『新古今和歌集』巻四「秋歌上」摂政太政大臣）との歌中に見えるそれも、前者の説に従って解釈しなければならないことになるはずなのだ。

さて、前出の林羅山の七言絶句「武野晴月」のことに話を戻すことにするが、作者が現在立っている具体的な場所は未詳とせざるを得ないが、やはり、その地名「武野」の地域的な範囲ということになると、伝統的な、広範囲のそれに従っていると、ここでは考えるべきなのだろう。そこには、季節が秋で時間は夜、あでやかで美しい月が見渡す限り続いている武蔵野の草原の、その上空の晴れ渡って青々とした空をゆったりと渡って行くという、それこそ、雄大な武蔵野らしい景色が余すところなく詠述されていたわけであるが、同様に、前出の『新古今和歌集』中の摂政太政大臣（藤原良経）の歌にも広漠とした武蔵野の草原の果てから上る秋の月のことが詠述され、それこそ「行く末は空もひとつの武蔵野」とあるように、いかにも武蔵野らしい雄大な景色が内容的に取り上げられているのである。両者の影響関係についてはひとまず措くとして、林羅山の「武野」の場合にも、その地域的な範囲としては伝統的なそれに従っていて、そうした観点で詠述されたものと見なしていいことになるのではないだろうか。

地域的な範囲において、敢えて、伝統的な観点に従って「武野」のことを詠述しているということで言えば、皆川淇園（一七三四～一八〇七）の七絶「留別」に見えるそれも同様と言えるのではないだろうか。林羅山の場合のように、淇園もまた、その作品中において、「武野」を「武陵」に見立てて、以下の如く詠述しているのである。すなわち、

「雨ハ歇《や》ム武陵ノ南渡ノ頭《ほとり》、君ト馬ヲ繫《つな》ギテ江楼ニ上《のぼ》ル。酔《ゑ》ヒ来リテ忘却ス摂州《せつしう》（今の大阪府と兵庫県の一部）ノ道、笑ヒテ指《さ》ス長江ノ天際ニ流ルルヲ。」

（雨歇武陵南渡頭、与㆑君繫㆑馬上㆓江楼㆒。酔来忘却摂州道、笑指長江天際流。）（『淇園詩集初編』巻三）

と。

江戸から大阪に帰ることになって旅立つことになった淇園が、彼を見送るために付いて来た友人と共にその「武陵」の南方にある河畔の酒楼に上り、改めて別れの宴席を設けた時に作ったとされる、それは七絶なのである。留別詩と送別詩の相違はあるとしても、内容といい表現といい、盛唐の李白の「黄鶴楼ニ孟浩然ノ広陵ニ之《ゆ》クヲ送ル」（黄鶴楼送㆔孟浩然之㆓広陵㆒）との詩題を持つ七絶、

「故人ハ西ノカタ黄鶴楼《くわうかくろう》ヲ辞シ、烟花ノ三月ニ揚州ニ下《くだ》ル。孤帆ノ遠影ハ碧空ニ尽キ、唯《た》ダ見ル長江ノ天際ニ流ルルヲ。」

（故人西辞二黄鶴楼一、烟花三月下二揚州一。孤帆遠影碧空尽、唯見長江天際流。）（『唐詩選』巻七）

のそれに類似していて興味は尽きないが、それはそれとして、淇園が江戸御府内のことを指示して「武陵」と詠述していることに、ここでは注目しないわけにはいかないだろう。

江戸を離れて「摂州」に帰るというわけなのであり、恐らく、淇園はこれから東海道を旅していくことに、一般的にはなるに違いない。ということは、彼等が改めて別れの宴席を設けることにした「武陵南渡頭」とは、武蔵野の南方を流れる河川の船着き場ということになるが、そこは、具体的には、江戸御府内をそれほど遠く離れていない東海道の道筋に当たる場所であって、しかも、そこを流れる河川の岸辺の船着き場であったということになるだろう。もっとも、旅人を見送る友人も騎馬でその船着き場に至ったことになっているから、距離的に考えると、ここの渡しとは、やはり、荏原《えばら》郡八幡塚《はちまんづか》村（今の東京都大田区）と対岸の川崎宿とを結ぶ東海道の渡し「六郷渡《ろくごうのわたし》」（日本歴史地名大系『神奈川県の地名』）のこと、そして、その河川とは、多摩川河口の六郷川のことを指示していると考えるべきだろう。

「武陵」が「武野」の見立て表現ということになっていて、「六郷渡」がその南方に位置する船着き場「南渡」であったということになると、地域的には、淇園が詠述している「武野」とは維山のそれと同様に、江戸御府内をもとより含めたところの、関東または武蔵国の原野のことを広く指示していることになるだろう。広範囲の武蔵野、伝統的な武蔵野ということに、それはなるに違いない。この場合もまた、関東平野西部の武蔵野台地だけを指示していることにはならないはずなのだ。近世初期の林羅山だけではなく、後期の皆川淇園までもが伝統的な「武野」観に基づいて詠述していることになっているわけなのである。

勿論、羅山や淇園が漢語としての「武野」を「武陵」に見立てることにしたのは、表記上の類似性（「武」が共通で、「野《の》」と「陵《おか》」の意味が類似している。）の面白さだけが理由ではないだろう。それを敢えて「武陵」に見立てることにした一番の理由は、上述した陶淵明作「桃花源詩幷記」を強く意識し、そこに描写されている平和的な別天地「武陵」とわが「武野」との間に風土的な共通項を認めたため、もしくは、それを認めたいと願ったために違いない。「武陵」は、もとより、仙境（桃源郷）の別称となっていたはずなのであり、そのように考えれば、「武野」が「武陵」に見立てられ、作品中において詠述されているということは、武蔵野が平和的な別天地であり、仙境（桃源郷）そのものなのである、とのそうした意見を作者は主張していることになるだろう。

風土的な共通項についての、その具体的な詠述ということになると、上述の淇園の見立ての場合などには、そうした詠述はほとんど見えていない。強いて言えば、かの「武陵」には漁人が船に乗って進んだことになっている河川があり、彼が山の洞穴を探り当てた後に、乗っていた船から下りた場所「津《しん》」（船着き場）があることになっていて、それらと淇園のこの「武陵南渡頭」との間に、確かに、風土的な共通項を認めてやることも可能であると言えないこともないだろうが、具体的な詠述ということには、やはり、それはならないだろう。平和的な別天地であり、仙境（桃源郷）そのものであるとの、そうした「武野」の風土的特色についての具体的な詠述をわざわざする必要を淇園は恐らく認めなかったということになるのだろう。「武野」を「武陵」に見立てることだけで、読者をして両者の風土的な共通項を暗黙のうちに了解せしめるほどに、つまり、読者にとっては常識的な事柄ということに、それはなっていたということになるのだろう。

　羅山の見立ての場合には、もう少し、風土的な共通項についての具体的な詠述があるように思えるが、どうなのであろうか。というのは、彼の場合には、あくまでも、わが国の伝統的な「武野」観を踏襲していることになるわけであるが、千里四方の草原が天空の果てにまで続いているという、そうした別世界としての雄大な武蔵野の景色を詠述しているからなのである。「桃花源詩幷記」中には、その仙境（桃源郷）の風土的な特色として、「土地平曠、屋舎儼然、有良田美池桑竹之属。阡陌交通、雞犬相聞。」というようなことが記述されているわけであるが、少なくとも、土地が平らかで広々としているという点は、両者の風土的な共通項となり得るはずだろうし、何よりも、羅山の詠述からは、「武野」が風土的にはまさしく平和的な別天地となっていて、仙境（桃源郷）としての「武陵」そのものなのであるとの認識、それがはっきりと読み取れることになっている。具体的な詠述となっていると言えるだろう。

三

さて、「武野」が地域的にどの範囲にまで及ぶのか、という問題に話を戻すことにしよう。近世以後になると、それについては二説が存在することになっていた。一つは関東または武蔵国の原野を指示するものとした説、他の一つは関東平野西部の武蔵野台地を指示するものとした説で、前者は広い範囲に解釈するもの、後者は狭い範囲に解釈するものということになっていた。前者が伝統的な「武野」観であるのに対して、後者は近世以後に新しく形成された「武野」観ということになるだろう。後者が新しく形成されることになった理由なり時期なりについては判然としないが、江戸が大城下町に発展して、十八世紀には武家・町人合わせて百万人以上の人口が集住する大都市となり、市域も次第に拡張して多摩郡・葛飾郡・荏原郡にも及び、外延拡張型の都市圏を形成していくことと（日本歴史地名大系『東京都の地名』八五頁）、それは決して無関係であるはずはないだろう。「武陵」に見立てられて然るべきであった平和的な別天地としての「武野」が、江戸の大都市化に従ってその根拠とされたところの風土における共通項、それを次第に失っていくことになるのは理の当然なのであって、その結果として、「武陵」的な風土と「武野」的なそれとの間に共通項を相変らず求めてやまない人々にとっては、拡張する都市圏の外延に向かって「武野」の範囲を移動させる必要性が生じて来たに違いない。「武野」が関東平野西部の武蔵野台地を指示するものとした説が生まれて来る必然性の一つをそこに求めても、決して誤りということにはならないだろう。

菊岡沾凉著『続江戸砂子温故名跡志』が刊行されたのは享保二十年（一七三五）のことで、上記のように、そこに「虫聞」の名所としての武蔵野が取り上げられ、「江戸より五六里程ひがし（東）なり」との記述が見えていたはずであるが、まさに、その「武野」の範囲は狭いものになっている。刊行年代は十八世紀の前半ということになるが、関東平野西部の武蔵野台地が「虫聞」の名所として取り上げられているわけなのであり、「武陵」とその「武野」との関連で注目しないわけにはいかないのではないだろうか。

なお、前述の通り、江戸の市域が次第に拡張して都市圏を形成していくことになるのは十八世紀になってからであるが、例えば、関東平野西部の武蔵野台地が積極的に新田開発されることになるのが、まさしく、「享保の改革」（一七一六〜一七四五）以後のこととされているのである（同上『東京都の地名』八六頁）。時期的には『続江戸砂子温故名跡志』が刊行された年代にそれは重なっており、恐らく、そうした新田開発ということも江戸御府内に居住する人間に対して、改めて、もう一つの「武野」としての、その地の存在価値を広く認知させることになったに違いない。江戸郊外の、そこにはいまだに「武陵」に見立てられて然るべき、平和的な別天地としての「武野」が残されているはずだ、と。

仙境（桃源郷）とされる「武陵」にも、「屋舎儼然、有二良田美池桑竹之属一。阡陌交通、雞犬相聞。其中往来種作、男女衣著、悉如二外人一、黄髪垂髫、並怡然自楽。」との記述が見えているように、そここには家々がきちんと建ち並び、よく肥えた田圃や美しい池があり、桑や竹なども植えられていたことになっている。さらに、道路も四方に通じていて、あたりに雞や犬の鳴き声が聞こえて来るし、往来する人や畑で働く男女の服装も、外の土地の者たちのそれと同じであって、白髪の老人も垂らした髪の幼児も、みな心から生活を楽しんでいるように見受けられたことになっている。十八世紀になって新田開発を積極的に受けることになった武蔵野台地、その「武野」が、そのことで、平和的な別天地としての「武陵」、それに見立てられるための資格そのものを失ってしまうなどということには決してならなかったはずなのである。むしろ、逆に新田開発によって、「武野」が「武陵」に見立てられて然るべき条件、それが整ったということになるのではないだろうか。

しかも、十八世紀末から十九世紀の初めに至って、すなわち、寛政・享和・文化年間（一七八九〜一八一八）には「寛政改革の基本路線は継承されている」（西山松之助編『江戸町人の研究』第一巻・三五七頁）ことになってはいたが、一方では、「近世文化の極盛期を現出した」（『国史大辞典』）とされる「化政文化」が栄えることになるわけなのであり、その結果として、「（江戸）市民のあいだに物見遊山や年中行事が増し、……春は花見に浮れ歩き」（稲垣史生編『江戸編年事典』四一八頁）とか、より具体的に言えば、「また庶民の多くは、伊勢・熊野・西国三十三所観音・四国八十八ヵ所・親鸞上人二十四輩旧跡の巡礼、金毘羅・出羽三山巡拝、富士登拝、御岳・大山・江の島・成田・六阿弥陀・六地蔵などへの参詣が盛行」（『国史大辞典』）するとかといった、そうした社会現象が生まれたことになっている。

つまり、行楽せんとした江戸市民たちの行動の半径が、もともとは、「江戸日本橋中心の五里四方に多い。いいかえると一応日帰りコースといえる。」（前掲『江戸町人の研究』第一巻・四二五頁）とされていたそれが、「しかし行楽半径はこのような地域にいつまでもとどまっていたのではない。江戸を中心とした地廻り経済の発展は、漸次関東へと行楽圏を拡大していった。」（同上書）ことになるわけなのだ。であるならば、「化政文化」がもたらすことになったその社会現象の一つとしての、江戸市民にとっての行楽圏の拡大ということ、それは、こと「武野」についても、大いなる影響を及ぼさないわけにはいかなかったということになるだろう。なにしろ、「武陵」に見立てられて然るべき好条件をそこは整えているということになっているわけなのであり、江戸市民の絶好の行楽地の一つに、これまで以上に数え上げられることになっていったに違いないからなのである。

四

上記『続江戸砂子温故名跡志』にも見えていたように、距離的にも「江戸より五六里ほど」しか離れていない場所なのである、武蔵野台地の「武野」というところは。江戸市民の絶好の行楽地の一つとなる条件は、比較的に近いということで、距離的にも満たしていることになるはずなのだ。江戸市民たちの行楽半径は、上記のように、もともとは、「江戸日本橋中心の五里四方」とされていたわけなのであり、彼等の行動半径を「武野」にまで延長せしめることなどはいとも簡単であったに違いないだろう。少なくとも、距離的に言うだけでもそういうことになるだろう。まして、その行楽地が「武陵」に見立てられるほどの別天地ということになっているわけなのだ。当然に、そういうことになるに違いない。ともあれ、「化政文化」がもたらした社会現象の一つとして、「武陵」に見立てられて然るべき「武野」が江戸市民の行楽地の一つにはっきり数え上げられ、その存在価値が再認識される時期を迎えることになったわけなのだ。江戸市民の側からの、行楽地としての「武野」に対する期待感が高まったということになるだろう。

　そうした社会現象に乗じ、そして、それに応える形で、「武野」の行楽地としての存在価値を積極的に、より大々的に江戸市民に売り込もうとした人物がいた。例えば、漢学者の大久保（藤原）狭南（一七三五〜一八〇九）なども、その一人と言えるだろう。彼は武蔵国多摩郡清水《しみず》村（今の東大和市域の東部に位置する）の出身であるとされ、本名を五郎兵衛といい、狭南と号して江戸に出て三田の聖坂《ひじりざか》に居を構えていた人物であるが（平凡社刊『大人名事典』）、寛政九年（一七九七）に『武埜《ぶや》（野）八景』なる著述をものしたことになっている。まさに、「武野」における八箇所の名所を紹介するための、それは著述ということになっており、そのことは、狭南の撰文したとされているところの、玉川上水の小金井橋付近に建つ「小金井桜樹碑」（以下、「桜樹碑」と略称）中に、彼自身が、

「前《さきだ》ツコト十余年、余ハ女婿《じょせい》ノ石子亭《せきしこう》ヲ誘ヒ、郷里ノ親旧ト多摩郡中ノ名区ヲ歴覧《れきらん》シ、優《すぐ》レタル者八所ヲ択《えら》ビ、子亭ト其ノ目《もく》ヲ議定シ、各《おのおの》題辞ヲ附シテ事実ヲ審《つまびらか》ニセリ。其ノ一ハ金橋ノ

桜花ニシテ、即《すなは》チ此ノ所ナリ。遂《つひ》ニ題シテ武野八景ト為シ、梓《し》シテ以テ世ニ公《こう》ス。」

（前十余年、余誘二女婿石子亭一、与二郷里親旧一歴二覧多摩郡中名区一、択二優者八所一、与二子亭一議レ定其目一、各附二題辞一審二事実一。其一金橋桜花、即此所也。遂題為二武野八景一、梓以公二乎世一。）

と記述していることによって容易に分かる（ちなみに、「桜樹碑」の建立は狭南の亡くなった後の文化七年（一八一〇）三月二十一日のことで、門人たちの手によってそれはなされた。）。

　狭南は武蔵国多摩郡中の八箇所の名所を取り上げて『武埜八景』を著述し、彼の故郷である「武野」の風土的な素晴らしさを紹介することにしたのだという。『武埜八景』の成立、それが、前述の通りに寛政九年（一七九七）のことであったということからして、まさしく、「化政文化」がもたらすことになった社会現象を逆に利用し、江戸市民に向かって「武陵」的な、平和的な別天地としての「武野」を積極的に売り込むことにしたと考えていいのではないだろうか。そうした作業を彼は寛政九年に先立つこと「十余年」、すなわち、天明四、五年（一七八四、一七八五）頃から続けていたことになっている。彼は娘婿を誘い、郷里の親戚や友人と一緒にその作業を進め、多摩郡中の八箇所の名所旧跡を尋ね回ったのだという。狭南は武蔵野国多摩郡の出身ということであるから、多摩郡はまさしく彼の郷里ということになるわけなのだ。郷里の名を高め、そこを江戸市民にとっての行楽の場所にしたい、との強い願望を持つに至ったこと、このことは容易に想像がつく。

　ところで、上記の「桜樹碑」中の一文で注目しなければならないことが一つある。それは、「武野」の範囲ということなのだ。狭南たちは、あくまでも「多摩郡中名区」を尋ね回り、そのうちの名所旧跡八箇所を選んで「武野八景」と名付けることにしたわけなのである。ということは、彼等にとっての「武野」の範囲とは、多摩郡内に限定されるところのそれであったということになるだろう。「八景」については問題はなく、中国の「瀟湘《しょうしょう》八景」なりわが国の「近江八景」なりに擬して定めることにしたに違いないだろうが、多摩郡中の八箇所の名勝地を選び、刊行したその書名に「武野」を冠していることが問題なのである。

江戸時代の多摩郡は現在の東京都の地域のうちの、二十三区と島嶼部を除く全域、および二十三区のうちの、中野区・杉並区の全域と世田谷区・練馬区の各一部に相当することになっていた（日本歴史地名大系『東京都の地名』）。そこだけが、狭南たちにとっては「武野」の範囲ということになっていたわけなのであり、もはや、伝統的な、武蔵国の原野が「武野」であるとの認識を彼等は採用することなどはなく、関東平野西部の武蔵野台地、それも、いわゆる、多摩郡内だけを指示して「武野」と認識して当然なのだ、とのそうした意見を持っていたわけなのだ。その範囲としての、今日的な「武野」観が江戸時代中期の寛政九年当時（『武埜八景』の刊行年）にはすでに江戸市民の常識ということになっていたらしく、それだからこそ、問題なく、そうした書名を持つ書物の刊行が承認されることになったに違いない。

さて、ここで問題にしなければならないのは、『武埜八景』中において、その「武野」が、相変らず「武陵」に見立てられているのかどうかということなのである。平和的な別天地としての「武陵」にそこが比喩されているかどうかなのであるが、結論的に言って、多摩郡内の素晴らしい景色を売り出そうとした狭南たちが、そこを「武陵」に見立てることを中止するなどということをするはずはないだろうし、事実、これまで以上にキャッチ・フレーズとして、それを積極的に利用することにしているのである。以下、そのことを具体的に見ていくことにするが、ここでは、狭南たちが多摩郡内の素晴らしい景色として一番手に取り上げている標示題目「金橋桜花」の項目を中心に見ていくことにしたい。

『武埜八景』において、多摩郡内の第一の「名区」として取り上げられているのが、それが「金橋桜花」(小金井橋の桜花)なのである。四字一句(上の二字が地名で下の二字が特色を表示)の標示題目がまず付されることになっていて、その後に「題辞」(漢文による説明文)を狭南自身が書き加え、さらにその後には狭南以下の人々の「賛」としての五言絶句や七言絶句が載せられている。今、標示題目「金橋桜花」の後に書き加えられた狭南の「題辞」を読むと、

「金橋トハ、小金井橋ニシテ、……小金井村ニ在リ。所謂《いはゆる》玉川上水ノ橋ナリ。……東西一里ノ間ニ、元文中(一七三六〜一七四一)ニ郡官ノ川崎氏(川崎平右衛門定孝)ハ朝命(幕命)ヲ奉ジテ、桜樹千株ヲ種《う》ウレバ、今ハ皆大木ト為レリ。開花ノ時ニ当タリテヤ、芬芳鮮美ニシテ、尋常ノ観ニ非《あら》ズ。……其ノ景為《た》ルヤ、小金井ハ殊《こと》ニ好シ。橋上ニ於イテ西ノカタ富嶽《ふかく》(富士山)・函山《かんざん》(箱根山)ヲ望ミ、岸ヲ夾ミテ桜花ハ繽紛トシテ、前後尽クル所ヲ見ズ。……」

（金橋、小金井橋也、……在二小金井村一。所謂玉川上水之橋也。……東西一里間、元文中郡官川崎氏奉二朝命一、種二桜樹千株一、今皆為二大木一矣。当二開花之時一、芬芳鮮美、非二尋常観一。……其為レ景、小金井殊好。於二橋上一西望二富嶽函山一、夾レ岸桜花繽紛、前後不レ見レ所レ尽。……）

との記述が見えている。

以上の狭南の「題辞」を一たび目にすれば、それが、かの「桃花源詩并記」の内容表現を大いに意識してものされていることが分かるだろう。例えば、「芬芳鮮美」といい、「夾レ岸桜花繽紛」といい、確かに、咲き誇る花の見事さ、乱れ散る落花の美しさを表現する場合の常套語句ということにそれらはなるだろうが、ここは、やはり、陶淵明の上記の「忽逢二桃花林一。夾レ岸数百歩、中無二雑樹一、芳草鮮美、落英繽紛。」との一文をまさしく下敷きにしたところの、そうした狭南の記述と見なす必要があるのではないだろうか。「武野」（多摩郡内）を「武陵」に意識的に見立てているのだ、と。

その「題辞」の後に載せられている「賛」を見れば、ますます、小金井橋の桜花が「武陵」の桃花に見立てられていることについて、大いに納得がいくことになるはずなのだ。すなわち、例えば、狭南（藤忠休）自身の五絶

「桜花ノ発《ひら》クコト雲ノ若《ごと》ク、岸ヲ夾ミテ亦《ま》タ繽紛タリ。是《こ》レ桃源ノ趣《おもむ》キト、誰《たれ》ニ向カヒテカ勝

負モテ分ケン。」
（桜花発若レ雲、夾レ岸亦繽紛。是与二桃源趣一、向レ誰勝負分。）

からして、そうなのである。小金井橋の桜の景色を「桃源郷」の桃花のそれに、ここでは明白に見立て、両者の優劣にまで言及する内容ということになっている。こちらの「桜源郷」があちらの「桃源郷」に見比べられ、甲乙の判断がつきかねるほどに、こちらの桜の景色も素晴らしい、との結論がそこでは導き出されている。まさしく、「武野」（多摩郡内）が、「武陵」に見立てられている。しかも、積極的に。

勿論、それは、独り狭南だけの見立てということではなかったはずなのであり、「賛」に載せられている巘雲泉宗補という人物の五絶

「水ヲ夾ミテ桜花ハ発《ひら》キ、烟《かすみ》ノ如ク九村ニ映ズ。即《すなは》チ今ニ此《かく》ノ如キノ興《きょう》アレバ、何ゾ必ズシモ桃源ヲ問ハンヤ。」
（夾レ水桜花発、如レ烟映二九村一。即今如レ此興、何必問二桃源一。）

にも、「桃源」との詩語が間違いなく見えている。小金井橋の桜の風景があまりに素晴らしい故に、わざわざ「桃源郷」を尋ね求める必要など、もはやないのではないか、とのそうした内容というこ

とになっている。「桃花源詩幷記」の結末は、「後遂無二問レ津者一」との一文で終わっていて、漁人が訪れた後には二度と「桃源郷」を訪れる者がいなかったということになっていたはずなのである。小金井橋の「桜源郷」がすでにこうしてある以上は、「桃源郷」など訪れる必要はもはやないのではないか、との指摘、これはもとより「桃花源詩幷記」の結末のその一文を承けたものと見るべきであろう。

小金井橋の桜は上述の通り、「桃源郷」の桃花に見立てられている。通説では元文二年（一七三七）に植栽されたことになっているが（『江戸名所図会』巻四）、しかし、それが植栽されてから半世紀以上の時期を経過しても、その地の桜は人々の評判をなおも勝ち得ることが出来ないでいたらしい。というのは、寛政六年（一七九四）の序文が見えている古川子曜《しよう》（古松軒）の『四神地名録』（武蔵野国多磨《ママ》郡之記下「人見村」）中に、「梶野《かぢの》新田関野《せきの》新田を御上水流る。其左右大樹の桜数百本、土人（土地の人）は千本桜と称す。此節満開して其眺《ながめ》いふべからず。江戸近くならば貴賤群集して繁昌すべし。世にいふ、都の花は歌によみ田舎の花は陰《ひそか》に朽《くつ》と。誰称せる人もなくて徒《いたづ》らにちりうせぬべし。されども己《おのれ》が生活にて時を忘れず、今も盛りて咲《さき》乱れし風情、いとど優しく一入《ひとしほ》の眺なりき。」との記述が見えているからなのである。

寛政六年当時の小金井橋付近の桜は、いまだ「田舎の花」でしかなく、「誰称せる人もなくて徒《いたづ》らにちりうせぬ」べき存在であったというのである。「江戸近くならば貴賤群集して繁昌す」べき美しい景色を見せていながら、残念なことにそれを観賞する人が少なかったのだ、と。問題は、江戸御府内からの距離なのであった。小金井橋付近の桜については、確かに、「しかし江戸市街から六里もあり、ずっと花見客の訪れはなかった。享和三年ごろやっと知れかけて、段々人足がつくようになった。」（稲垣史生編『江戸編年事典』四五四頁）との指摘の通りで、江戸御府内から「六里」（二十四キロメートル）も離れているため、「享和三年ごろ」（一八〇三頃）まで花見客の訪れがほとんどなかったことになっている。

『四神地名録』の序文が書かれた寛政六年からすると、『武埜八景』が刊行された寛政九年はわずかに三年後ということになるわけなのだ。狭南たちが多摩郡内の素晴らしい景色について江戸市民にもっと知ってもらいたい、との思いで書物を刊行し、「金橋桜花」の標示題目を一番に掲げることにしたのは、小金井橋付近の桜を「田舎の花」から「都の花」へと昇華させたいと考えたからに違いない。そのために、どうするか。「六里」の距離をどのように克服するのか、残された答えは一つということになるだろう。小金井橋付近の桜を「桜源郷」と見なし、かの「武陵」の「桃源郷」にそれを見立てること、従来の、「武野」を「武陵」に見立てるという方法、それを改めて積極的に利用すること、答えは、これ以外にはなかったことだろう。

標示題目「金橋桜花」以下の「題辞」および「賛」中に、上述の通り、「桃花源詩幷記」の記述を多く引用しているのは、まったく、そのためであったはずで、そうした狭南たちの目論見は、狙い通りの結果をもたらすことになったらしい。というのは、「桜樹碑」の中で狭南自身が、

「(『武埜八景』を公刊してからというもの)是《ここ》ニ於《お》イテ、人ノ奇勝《きしょう》ナルヲ察シテ一覧セント欲スル者ハ尠《すくな》カラズ。爾《そ》ノ後《のち》、遊人ノ春毎《ごと》ニ相倍蓰《あいばいし》シテ、野路ハ緜々《めんめん》タリテ、人肩《じんけん》ハ摩《こす》リ馬蹄《ばてい》ハ連《つら》ナル。騒人《さうじん》(文人)・詞客(詩人)吟詠シテ相競フ。」

(於レ是、人察二奇勝一欲二一覧一者不レ尠。爾後、遊人毎レ春相倍蓰、野路緜々、人肩摩馬蹄連。騒人詞客吟詠相競。)

との言及をなしているからなのである。

小金井橋付近の桜を「桜源郷」のそれと見なし、その桜を「桃源郷」のそれに見立てることにしたわけなのである。玉川上水の流れを「渓」に見立て、その両岸を夾んで咲き誇る桜の花を「桃花」に見立てることにし、それを敢えてキャッチ・フレーズにしたわけなのだ。江戸御府内の多くの人々がそのような珍しい景色ならばと考え、是非とも一度目にしたいものだと思うようになったというのも、至極当然と言えるだろう。「倍蓰」とは、二倍あるいは五倍に増えることで、毎春の花見客の人数が倍加どころではなく、急激に増加したことをそれは指示している。キャッチ・フレーズが奏功したということになるだろう。野原の道に花見客が押すな押すなの行列を作り出すようになったというし、中でも、文人や詩人たちがやって来ては、その桜の美しい景色を競って吟詠するようになったというのである、文人や詩人たちの吟詠する対象となったということは、小金井橋付近の桜が「田舎の花」から「都の花」へと昇格を果たしたことになるだろう。なにしろ、「陰《ひそか》に朽《くつ》」べき運命にあったその花が「歌」や「詩」に詠まれる存在になったというわけなのだから。

『武埜八景』が公刊された寛政九年からすると八年後に当たる、その文化二年（一八〇五）三月十三日に、漢詩人の中村亮（字は大寅、俗称は文蔵）が小金井橋近辺の桜見物に出掛けたことになっている。彼の『金橋詩草』（「明遠館叢書」五五所収）の序文中には、

「是《こ》レ（文化二年の桜見物）ニ先《さき》ンジテ、寛政ノ末ニ山徳甫ト此《ここ》ニ遊ベリ。水声鳥語セシモ、四《し》顧《こ》（辺り四方）寥々《れうれう》タレバ、乃チ歎ジテ曰ク、地有リテ此《かく》ノ如ク、花有リテ此ノ如キモ、世ニ顕《あらは》レズシテ知ルニ及バザルハ、惜シム可キカナ、ト。試ミニ之《これ》ヲ土人（土地の人）ニ問へば曰ク、来《きた》リテ花ヲ訪《と》フ者ハ、一春《ひとはる》ニ数人ニ過ギズ、ト。……今茲《いまこ》ノ乙丑《きのとうし》（文化二年）ニ二三ノ親友ト復《ま》タ遊ブ。雨ニ会《あ》ヒテ、泥塗《どろみち》ノ艱《かた》キコト厭《いと》フ可キモ、其ノ今（今日）ヲ以テシテ果《は》タサザレバ、花ハ観ル可カラズ。遂《つひ》ニ意ヲ決シテ行ク。行キ且《か》ツ語リテ曰ク、雨ヲ衝《つ》キテ花ヲ二十里ノ外ニ（小金井橋付近に）観ル者ハ、豈《あ》ニ復タ等類（仲間）有ランヤ。其ノ花下ノ蕭条《せうでう》（もの寂しいさま）タルノ景ハ、適《まさ》ニ以テ幽致ヲ資《たす》クルニ足ル、ト。至レバ則《すなは》チ花陰ニ就《つ》キテ榼《さかだる》ヲ開ク者、吟ジテ帰《ゆ》ク者、蓑笠《みのかさ》シテ樹ニ倚《よ》リテ微吟スル者、敗薦《はいせん》（破れたこも）・幣席《へいせき》（破れたむしろ）ヲ被《かぶ》リテ雨ヲ冒《しの》グ者、後先《あとさき》シテ相属《つづ》ク。是《ここ》ニ於《お》イテ、愕然《がくぜん》トシテ驚ク。」

（先レ是、寛政末与二山徳甫一遊二于此一。水声鳥語、四顧寥々、乃歎曰、有レ地如レ此、有レ花如レ此、而不レ顕二于世一不レ及レ知、可レ惜哉。試問二之土人一、曰、来訪レ花者、一春不レ過二数人一。……今茲乙丑与二二三親友一復

遊。会レ雨、泥塗之艱可レ厭、以二其今一而不レ果、花不レ可レ観。遂決レ意而行。行且語曰、衝レ雨観二花于三十里外一者、豈復有二等類一哉。其花下蕭条之景、適足三以資二幽致一。至則就二花陰一開レ榼者、吟而帰者、蓑笠倚レ樹微吟者、被二敗薦幣席一而冒レ雨者、後先相属。於レ是、愕然而驚。）

との記述が見えている。

中村亮は、興味深いことに、小金井橋近辺の桜見物に二度にわたって出掛けたことになっている。それは、寛政年間の末年と文化二年であったという。一回目のそれが寛政年間（一七八九〜一八〇一）の何年であったのかは未詳であるが、その末年とあるからには、『武埜八景』が公刊された寛政九年（一七九七）の直後だったということになるだろう。訪れる者がほとんどいなかったと言っていて、『四神地名録』の記述とまったく重なっている。ところが、文化二年（一八〇五）の時には、雨天にもかかわらず、驚くほどの人出なのであった。まさしく、これは、『武埜八景』のキャッチ・フレーズの奏功と考えないわけにいかないのではないだろうか。

コラム　能「隅田川」のこと

羽田　昶

大田区（生まれた時は大森区）の上池上というところで生まれ育った私にとって、東京の川で親しみ深いのは多摩川であった。池上線の長原駅から蒲田方面へ三つ、雪谷大塚駅で降り、中原街道をまっすぐ歩くと多摩川に出る。その河原で遊ぶこともあれば、遊園地多摩川園にもよく行ったものだ。父に連れられて映画「仔鹿物語」を見たのも多摩川園内の映画館だった。その多摩川園に、観世銕之丞家が住むいまの銕仙会能舞台があったことを、当時は知らなかった。

いま私は江東区の木場に住んでいる。マンションの前は運河で、毎日カモメが飛び交っている。電車やバスに乗らなくても、ちょっと散歩の足を延ばせば永代橋に出る。隅田河畔は目の前だ。永代橋を越せばもう日本橋だから、その昔の荏原郡、山の中のような上池上とはたいへんな違いである。同じ武蔵の国、東京都でも、田舎から都会へ出て来たようで、なんだか愉快である。

さて、隅田川である。能の「隅田川」は周知の名曲といってよいだろう。しかし、能を知る前の少年期の私が、「すみだがわ」と聞いてただちに思い起こすのは戦前の流行歌「すみだ川」と小学唱歌「花」であった。「すみだ川」は佐藤惣之助作詞・山田栄一作曲、「銀杏返しに黒繻子かけて、泣いて別れたすみだ川、思い出します観音様の、秋の日暮れの鐘の声」と東海林太郎が歌い、「花」は武島羽衣作詞・滝廉太郎作曲、「春のうららの隅田川、のぼりくだりの船人が、櫂のしづくも花と散る、ながめを何にたとふべき」と学校で教わった。

「すみだ川」は永井荷風に同名の小説があり、その戯曲化につれて生まれた歌謡曲らしい。荷風の小説には青春の懊悩がよく描かれているが、歌のほうは甘ったるく通俗的な江戸情緒をおびる。それに対し「花」は近代の曙のように明るく美しい。ただ、どちらにしても、片や「観音様」や「仲見世」や「歳の市」が歌われ、片や「春のうららの隅田川」に「のぼりくだりの船」が通い、桜で「錦おりなす長堤」である。ともに都会の香りがする。隅田川は、事実、江戸時代以降は、江戸という大都会の重要な交通要路であり、花のお江戸の象徴となって近現代に及んでいる。

そういう甘さや明るさとちがって、能の「隅田川」は、この川が僻遠の地であった中世の、暗く悲しいドラマである。

人買いにさらわれたわが子を探し求め、都から東国に下った母親は、隅田川のほとりでわが子が一年前に死んだことを知り、その墓標に案内され、わが子の幻影に会う。

ストーリーそのものは、誘拐や人身売買の横行した中世にあり得た巷説に基づいているが、加えて、作者の観世元雅は『伊勢物語』第九段、業平東下りの挿話を効果的に採り入れている。すなわち、

「なほ行き行きて、武蔵の国と下総の国との中にいと大きなる川あり。それを角田河といふ。その河のほとりにむれゐて、『思ひやれば、かぎりなく、遠くもきにけるかな』と、わびあへるに、渡守『はや舟に乗れ。日も暮れぬ』といふに、乗りて渡らむとするに、みな人ものわびしくて、京に思ふ人なきにしもあらず。さる折しも、しろき鳥の嘴と脚とあかき、鴫のおほきさなる、水のうへに遊びつつ魚をくふ。京には見えぬ鳥なれば、みな人見知らず。渡守に問ひけ

れば、『これなむ都鳥』といふを聞きて、

名にしおはばいざこと問はむ都鳥わが思ふ人は在りやなしやと

とよめりければ、舟こぞりて泣きにけり。」

というのが『伊勢物語』第九段末尾の部分で、元雅が「隅田川」を書いたのはおそらく一四二〇年代だが、その当時の隅田川も、『伊勢物語』に描かれたとおり、辺境の地であったにちがいない。『伊勢物語』でも能「隅田川」でも、隅田川は「武蔵の国と下総の国との」境を流れていたことになっている。もちろん、いま隅田川は東京都と千葉県の境ではない。けれど、近世初期に下総の国葛飾領が武蔵の国に編入されるまでは、隅田川の東岸、いまの江東・江戸川・墨田・葛飾・足立の五区にあたる地域は下総の国だった。

能の詞章に当たってみよう。

渡し守（ワキ）が「これは武蔵の国隅田川の渡し守にて候」と名のる。この隅田川の渡し場はどこかというと、いま、台東区橋場二丁目と墨田区堤通一丁目を結ぶ白髭橋のあたりにあった、橋場の渡しという、隅田川最古の渡し場といわれている。

ワキの次に登場する旅の商人（ワキツレ）は、「末も東の旅衣、末も東の旅衣、日も遙々の心かな」と謡い、さらに都から隅田川までの道行を「雲霞、跡遠山に越えなして、いく関々の道すがら、国々過ぎて行くほどに、ここぞ名に負ふ隅田川、渡りに早く着きにけり」と謡う。――道行文は、ふつう、いくつかの地名を縁語や懸詞に織りこむものだが、ここには一つの地名も何の修辞もない。

それが、かえって、京都から関東までいかに広漠たる遙かな旅路であったかを感じさせる。「ここぞ名に負ふ隅田川」という表現にも、歌枕としてでなければ知るよしもなかった大河を目の前にした感慨がしのばれる。

そして、いよいよ物狂の女（シテ）が現われる。一声の囃子で登場したシテは、橋掛リ一ノ松で「人の親の心は闇にあらねども、子を思ふ道に迷ふとは、今こそ思ひ白雪の、道行ぶりに誘はれて、行方いづくと定むらん」と謡う。――古歌に託して、子を探し求める母親の、悲痛な思いというよりも、当てどない行路へのおののきを謡っている。

舞台に入ってカケリという所作を演じたのち、次のように、名ノリを兼ねて境遇を告白する。「これは都北白河に年経て住みし女なるが、思はざる外にひとり子を、人商人に誘はれて、行方を聞けば逢坂の、関の東の国遠き、東とかやに下りぬと、聞くより心乱れつつ、そなたとばかり思ひ子の、跡を尋ねて迷ふなり」――「逢坂の、関の東の国遠き、東とかやに下りぬ」というところにも、異境への不安がよく表われている。

そして地謡は、「千里を行くも親心」と謡い、「尋ぬる心の果てやらん、武蔵の国と下総の中にある、隅田川にも着きにけり」と謡う。シテが「武蔵の国と下総の」で、笹を持った右手で大きくサシ回シという型をすると、滔々と流れる隅田川の風景が見えてくる。

ウイットに富んだ都鳥問答を経て、いよいよ船に乗る時の女のセリフを代弁して地謡はこう謡う。「われもまた、いざ言問はん都鳥、いざ言問はん都鳥、わが思ひ子は東路に、ありやなしやと、問へども問へども、答へぬはうたて都鳥、鄙の鳥とや言ひてまし。げにや舟競ふ、堀江の川の水際に、来居つつ鳴くは都鳥、それは難波江これはまた、隅田川の東まで、思へば限りなく、遠くも来ぬるものかな。さりとては渡し守、舟こぞりて狭くとも、乗せさせ給へ渡し守、さりとては乗せて賜び給へ」――ここだけは『万葉集』大伴家持の歌「舟競ふ堀江の川の水際に来居つつ鳴くは都鳥かも」を引用し、都の近くにある難波江という地名を引き合いに出して、隅田川を対比する。「思へば限りなく」と、シテは橋掛りを振り返り、揚幕のほうを見はるかすので、遠い道程を一人旅してきた距離感が迫ってくる。

以上、『伊勢物語』第九段の文辞をちりばめながら、要するに、隅田川というのが、都人にとって、千里を隔てた、限りなく遠い、東の果てであることを、繰り返し強調している。島崎藤村の「椰子の実」ではないが、流離の愁いを催させる土地だったにちがいない。

能の曲名は、歌舞伎や浄瑠璃の外題のようにレトリックを凝らさない。まこと無愛想に地名、人名、寺社名などを、ぽつんと一つ投げ出したようなものばかりである。それで、たとえば「嵐山」とか「吉野天人」と聞けば誰しも桜花爛漫たる景色を想像するだろうし、「屋島」とか「敦盛」なら『平家物語』、「葵上」や「浮舟」なら『源氏物語』に拠った作だろうと容易に推測される。その伝で「隅田川」とくれば、如上のような、見も知らぬ、暗い、寂しい、僻遠の地という認識に結びつく。同じ物狂能で、榎並左衛門五郎作・世阿弥改作に「柏崎」というのがある。越後の柏崎が舞台で、この地名もまた、思いきりローカルで暗い。二百五十曲ある能の曲名中、「隅田川」と「柏崎」は辺地の双璧という気がする。

閑話休題。詞章に戻り、なお舞台展開をたどってみる。

舟が対岸に着くまでのワキの語リにより、母は去年ここでわが子が死んだことを知り、絶望と悲嘆にくれるが、渡し守は子の墓所（塚の作リ物）へ案内し、回向を勧める。シテは次のように謡って泣きくずれる。

「今まではさりとも逢はんを頼みにこそ、知らぬ東に下りたるに、今はこの世に亡き跡の、しるしばかりを見ることよ。さても無慙や死の縁とて、生所を去つて東の果ての、道のほとりの土となりて、春の草のみ生ひ茂りたる、この下にこそあるらめや」。

ワキは「すでに月出で川風も、はや更け過ぐる夜念仏の」と周囲の風景を述べ、鉦鼓と撞木をシテに渡す。シテは「隅田川原の、波風も声立て添へて」と、川面を見わたし、地謡の念仏で塚に向かい、鉦鼓を鳴らす。やがて塚の中から子方（子役）のボーイソプラノの念仏が地謡に交じって聞こえる。「いま一声こそ聞かまほしけれ」とシテがなおも鉦鼓を鳴らすと「声のうちより、幻に見えければ」と、黒頭・水衣の亡霊姿で子方が姿を現わす。しかし、幻影だから抱きかかえることはできない。「互に手に手を取り交」そうとしても「また消え消えとなり行」く悲しい現実が演じられる。

地謡は、終曲を次のように締め括る。

「面影も幻も、見えつ隠れつするほどに、しののめの空もほのぼのと、明け行けば跡絶えて、わが子と見えしは塚の上の、草茫々としてただ、しるしばかりの浅茅が原と、なるこそあはれなりけれ」――「明け行けば」と、シテは傷心のていで東の空を見上げ、塚に歩み寄り「草茫々として」と塚を撫でながら静かに左右を見回し、「浅茅が原と、なるこそあはれなりけれ」と正面を向き、シオリ留めといって、涙をおさえて一曲を閉じる。

世阿弥は『風姿花伝』で、物狂能を「この道の第一の面白づくの芸能なり」と言っている。この場合の面白さとは、華やかで詩情に富んでいて、しかもハッピーエンドを遂げることを意味する。その点、「隅田川」は例外的だ。詩情をたたえた名作ではあるけれど、華やかではなく、二十数曲ある物狂能のうち、唯一ハッピーエンドならぬ悲劇に終わる。「草茫々としてただ、しるしばかりの浅茅が原」――最後に荒涼とした関東平野を描き出すことで、観客は悲哀と寂寥感につつまれる。

こういう能を書いた元雅は、父世阿弥に先立ち、三十余歳で死んでしまう。生まれた時代が早すぎたのかも知れない。余談ながら、この名作に触れて「世阿弥が『隅田川』の能を作ったのは有名」(『古典の細道』一九七〇)だのと、悪い冗談で人を惑わしているのは白洲正子である。

武蔵野の碑と書・西東京市田無——養老畑碑・養老田碑考

廣瀬裕之

はじめに

「武蔵野」というと、明治時代の代表的な文学作品のひとつ国木田独歩の『武蔵野』を思い起こす人が多い。私もそのうちの一人で、武蔵野の地を愛した独歩に魅かれ、独歩が明治時代に歩いた武蔵野の道を今また実際にたどりながら散策し、またこの『武蔵野』を味読するということをライフワークのように楽しんできた。武蔵野の地にはいろいろな碑があるが、独歩の文学碑は二基ある。「国木田独歩・三鷹駅北口詩碑」（JR中央線三鷹駅北口ロータリー）と、「国木田独歩・桜橋畔文学碑」（武蔵境駅から徒歩十五分、桜橋畔）である。私は、時間があるたびに訪ねているが、四季折々に何回も行くと、それぞれの碑に最も美しい時期があることが発見できた。また、吉祥寺駅の近くに都会のオアシスともなっている井の頭公園がある。大正時代にその園内で起きた事件を記した「松本訓導殉難碑」(本文は漢文)がひっそりと建つ。これら三つの石碑に強い興味を覚え、書と石と刻からどれだけのことが読み取れるか挑戦してみたのが、拙著『刻された書と石の記憶』(1)である。前者二つはいわゆる文学碑であり、自然石のままを用いたものと、石をモダンな形に加工したものである。後者は中国の伝統と格式を踏まえ型式を重んじた慰霊碑である。これら三碑は、武蔵野市内にあり、いずれも玉川上水のほとりに建っている点が共通している。

今回は、「武蔵野の碑」のなかでも西東京市に眼を向け、同市内「田無」に建つ江戸時代の石碑「養老畑碑」と「養老田碑」に注目した。これらの石碑から、江戸時代に青梅街道の宿場町として大いに栄えた頃の「田無」の存在が浮かび上がってきた。「養老畑碑」と「養老田碑」は、田無つまり現在の西東京市における江戸時代の歴史と文化を語る上で欠かせないとても貴重なものであり、精読していくと江戸後期、武蔵野の地における田無を発展へと導いた名主下田半兵衛の教えが凝縮して記されていることが判った。また、当時、田無で活躍した能書家の存在も判ったのでここに記す。

一、青梅街道の宿場町「田無」について

多摩川と荒川に挟まれた広範囲な土地を「武蔵野台地」というが、その中の立川面と呼ぶ武蔵国の国府のあった地域(低位面)は水が豊かであった。しかし田無などのある武蔵野面と呼ぶ地域

（高位面）は、古くから水の乏しい地域として有名であった。それは地表部を覆う関東ローム層と段丘礫層が、いずれも水が透き通りやすい性質を持ち、降った雨がその層の間を伝って地下にしみ込んでしまうからといわれている。田無《たなし》という地名の語源について、『田無市史』は①田のない所の意味、②「棚瀬（生活源泉の湧水の流れが浅い階段状の棚瀬になっていた）」、③「田を成す」が変化した、④「『種なし』の村からの変化」といった四つの説を記す。①は、文字通り水が乏しい地域だったので水田がなかったとの意味と思われ、③は、①とは一見全く逆の意味のようにみえるが、「田」の漢字には水田の意味だけではなく、「陸稲」などを栽培する「畑」の意味が含まれているところからと思われる。④は、年貢の取り立てが厳しく種籾すら取りあげられなくなったという民間伝承があったからという。②については後で述べるが、田無の語源については定説が得られていないということである。今回調べていくとどれもなるほどと思われるところがあり、一つに絞れない理由が判ったような気がした。

江戸幕府が開かれて三年後の慶長十一年（一六〇六）、家康の命令によって、江戸城の大拡張工事に必要な石灰（当時は白土といった）運搬のために作られたのが青梅街道（別名成木街道）である。江戸から青梅の成木村まで茅の茂るほぼ無人の原野を切り開きつつ道を作り、江戸まで城の白壁に代表される漆喰の材料となる石灰を運んだのであった。その当時の田無の中心地は、現在の場所より少し北へ行った谷戸《やと》であった。谷戸付近は、水の乏しい武蔵野面において、浅い所に地下水面がありかつ湧水が地表に溢れてきたいわゆる棚瀬のあった所なので集落が形成されたと考えられている。

ところが青梅街道ができると、幕府御用（白土輸送が主）で人と馬を供出するために、田無の村人たちは、青梅街道沿いに移住させられたという。近くに現在「石神井川」と呼ぶ川があるが、江戸時代の古地図には、田無を含むこの川の三宝池以西においては「下水堀」「悪水堀」という名で記されている。豪雨や長雨の際、地下に浸透する量をはるかに超える降雨量のとき、地表面に溢れ出た水は地面を削りつつ流れ、やがて川状（堀）になる。ここは、川というより豪雨のときの一種の排水路であった。普段は水量がほとんどないが、雨が降ると水位が土手から溢れるほどに上昇した。また、水が金気《かなけ》臭く飲料水には適さなかったことなどから「悪水堀」と呼ばれたようである。困ったのが当然、飲料水の問題で、わざわざ谷戸から運んだということである。井戸を掘って補っていたという。その後、承応三年（一六五四）に武蔵野台地に玉川上水が引かれたことは有名だが、その約四十年後の元禄九年（一六九六）に玉川上水の流れる小川新田地先から「田無用水」（古い文献には、田無村呑用水・田無村上水筋とも記されている）が分水され、田無の街にもその恩恵が届いたのであった。また、田無新田用水も引かれ、新田が開発されたことは画期的なことであった。江戸時代前期の田無宿は、石灰輸送の中継地として栄え、石灰輸送が舟による輸送ルート変更によってなくなった後期は、商業の地として栄えた。用水に水車をかけて当時「水車稼ぎ」といった製粉業なども始まったのであった。

小金井桜で有名な玉川上水の堤の一画である小川新田から上保谷新田までの七か村は田無村の管轄下(2)にあった頃がある。そのとき、玉川上水に沿う約四キロメートルの桜の手入れは田無村でその責を請け負っていた。しかし上水に最初に植樹した桜は年を経て老樹となりしだいに樹勢が衰えてきた。そこでこの桜並木を蘇らせるために嘉永年間（一八四八〜一八五四）に新たに桜の植樹をしたのが、田無村名主の下田半兵衛（富宅《とみいえ》）であった。このように田無の地においても玉川上水との縁がとても深かったのである。

青梅街道の田無村は、江戸と青梅のほぼ中間地点にあたり、かつ所沢方面と志木方面にも道が分岐している地点なので交通の要所であった。そのため幕領となっていた。

二、代官と名主

幕領は幕府の直轄地だが、そこを統轄したのが奉行・郡代・代官と呼ばれる武士たちであった。田無村は、長い期間ほぼ代官の支配下にあった。当時の代官について少し触れておくが、代官は、一人で幾つかの場所（それぞれが離れていることも多い）の知行地を掛け持ちで任されていたので、代官所から遠い場所だとそれぞれの知行地を訪れることは少なかった。そのため現地においては、名主の存在が村役人として重要な役割を果たすこととなった。名主は、遠くにいる代官に常にお伺いを立てなくてはならない。そのため公式文書を作成して届けるだけではなく判り易く記した願い書などの書状を事あるごとにしたため代官宛に差し出す必要があった。つまり名主は、いかんなく行政手腕を発揮するには、その文章力と教養と知恵を兼ね備え、かつこまめに報告・連絡・相談をする、つまりこの時代の通信手段だといわゆる「筆まめ」の要素が多分に必要であったと考えられる。

　名主は、村役人であるが、その村の農民の有力者がなった。田無村の名主は、最初の頃は、持ち回り的に交代で務めていた。しかし一七八〇年代以後から明治政府になりこの制度がなくなるまで、ずっと「半兵衛」を当主とする家が、世襲的に名主を務め、村を守ってきた。

「半兵衛」の家の後継者は、当主になると代々「半兵衛」の名を受け継いだ。後に功績により半兵衛富宅の代に苗字を名乗ることを許されて以後は、「下田半兵衛」を名乗って名主を受け継いだ。また、下田半兵衛富潤《とみひろ》の代に帯刀が許され、武士待遇となった。近隣の村々を含めても有数の豪農であった下田家は、村役人としての名主の職務に励んだことはもちろんのこと、畑で収穫した穀物を水車を用いて粉にして江戸に運ぶといった製粉業やいろいろな事業をも営み、田無繁栄の基盤を率先して築いていったのであった。半兵衛の名主としての才覚は、行政面だけではなく福祉面にも及んだ。それが養老畑の設置である。村民に小作に出し、そこからあがる作徳金を七十歳以上の老人たちに分け与えた。また、江戸時代にしばしば襲った飢饉のときの備えを万全にして村民を救うなど、蓄えた財を庶民のために物惜しみせずに役立てたのであった。これら優れた功績を残した名主として特に名を馳せたのが、半兵衛（富永《とみなが》）、下田半兵衛（富宅）、下田半兵衛（富潤）であった。

　江戸時代の武蔵野を知る上で、もうひとつ大切なことは、寛永十年（一六三三）以後、（ただし「生類憐みの令」の発せられた時期に廃止され、吉宗の頃復活）田無周辺から入間・所沢や三鷹・小金井・国分寺といったかなりの広範囲の村々の一帯は、尾張徳川家の御鷹場に指定されていたことである。この境界を示す石製の杭（碑）が今でも西東京市や三鷹市などに現存する。以後、幕末まで尾張の殿様が鷹狩りに時々訪れたという。

三、養老畑碑について

養老畑《ようろうはた》は、江戸時代に名主下田半兵衛（富宅）が創った畑である。持ち地のうちから約一町歩（約一万平方メートル）を養老畑とした。かつてこの畑のあった場所は、現在、田無神社裏の所沢街道を挟んで宅地になっている場所で、現在の住所でいうと西東京市田無町一丁目三番・六番と北原町一丁目九番付近にあたる。横幅三十五・五センチメートル、高さ九十センチメートル、厚さ二十センチメートルの石に刻された「養老畑碑」は、かつてはその畑の入口に建てられていたという。碑石に揮毫者名や建碑年の記載はないが、「西東京市文化財台帳」によると、「安政年間」（一八五四〜一八五九）とされ、養老畑廃止後も同所に存在したが行方不明となったという。戦後発見され、田無町に住む文化人が集まって、新しく結成した田無町生活文化協会が下田家から譲り受け、田無小学校に寄贈、昭和三十一年十月に校庭に建てられたという。昭和三十二年三月十日には同協会の初事業としてこの碑の除幕式が同校で行われたことが翌日の毎日新聞に記されている。現在、本碑傍らに立つ西東京市教育委員会設置の説明プレートには、「安政元年ごろ」と記されている。風雪に耐えた重みと貫禄を呈している黒みを帯びた碑の岩石は、石肌から結晶の大きい火成岩と思われる。その碑石に、「養老畑」という三文字が、品格と温かみのある堂々とした楷書で刻されている。揮毫者は、名を循《みつし》（循員）といった賀陽《かや》玄雪《げんせつ》といわれているが、この書は、彼の揮毫した書として確かな現在総持寺山門脇に建つ「大施餓鬼供養塔」（嘉永五年）側面の行書や下部の楷書にみられるような、整った字形の中に重厚さがありかつ品位を感じさせる書きぶりと似ているところから推定されたものと思われる。ところが、彼の没年月を調べると、嘉永七年四月であり、建碑年を仮に安政元年とすると、彼は、すでに亡くなっていることが判った。玄雪は、彼の墓石の銘文から嘉永七年四月十八日に六十五歳で亡くなっている。同年の十一月二十七日に改元され安政元年となるので、建碑の日は、玄雪没後最も早くできたとして約七か月後ということになる。最晩年に紙に揮毫された書を後から石に刻したとも考えられるが、この書には身体の衰えは微塵も感じられないばかりか

養老畑碑〈全景〉

養老畑碑〈正面〉

隙がない。とても充実した筆致で渾身の力を込めた書といえよう。ゆえにこの書を玄雪の書とするのならば元気な時に博学な玄雪と相談しつつこの畑の名前を考えた際に揮毫されたものと考えられる建碑年は、早くて嘉永七年、遅いと安政二年の可能性も含め、「安政元年頃」とするのが妥当と考える。

玄雪の生い立ちについては次の碑文中に登場するので詳細は後述するが、備前岡山公の元侍医であり、諸国に修行《しゆうこう》の旅に出た途中、田無村を訪れた際、名主・半兵衛に引きとめられて、以後、田無村に住み、医者として村民のために尽力した人物である。玄雪は、書をよくし、行草書では動きの大きい運筆の書を得意とした。号の「無量」という落款を記した碑が幾つか現存する。玉川上水沿い（小金井市）に建つ漢字仮名交じりの書の「桜樹接種碑」や、先に述べた動きの大きい草書と品格のある行書などで揮毫した「大施餓鬼供養塔碑」が有名である。根府川石に刻された「桜樹接種碑」は、裏面の細字銘文を玄雪が揮毫し、表面の大字を下田半兵衛（富宅、槐宇道人）が揮毫した趣き深い合作である。

四、養老田碑について

「養老田碑」は、横幅九十八センチメートル、高さ百七十センチメートル、厚さ十八センチメートルの根府川石に刻されている。碑石上部に篆書で「養老田碑」と陽刻された篆額を持ち、横六十センチ、縦百二センチメートルの四角い枠線の中に、四百九十八＋一字が楷書で刻されている。＋《プラス》一字とは、碑刻十三行目の文中に「其」字が小さく挿入されていることによる。本文の一文字の大きさは、横二センチメートル、縦二・五〜三センチメートルであり、やや縦長の文字が多い。現在、田無町二丁目にある田無本町駐車場の端に建つ。この碑も長い間所在不明となっていたが、養老畑碑発見後その存在が知られ、田無町文化財調査会の手によって探し求めた結果、昭和三十四年に下田家の庭から発見されたという経緯を持つ石碑である。

　養老田とは養老畑のことである。「畑」という漢字は国字（日本で生まれた漢字）である。中国の伝統を重んじる漢文の場合、あえて中国で生まれた「田」字を用いたものと思われる。「田」には、「畑」の意味も含まれるからである。またこの碑の形式は、上部に「養老田碑」という四文字を篆書で刻す「篆額」を有する中国の格式と伝統を模している。篆額を刻すには、篆書が必要であるが、日本で作られた国字はできた時代がはるかに遅く、その篆書が存在しない。そこで考証学に詳しい銘文の起草者は、あえて古くから存在する同義の「田」を用いたと考えられよう。

養老田碑

　銘文の起草者「飫肥《おび》　安井衡《こう》」とは、江戸時代の有名な儒学者・安井息軒《そっけん》のことである。寛政十一年

養老田碑〈刻面〉

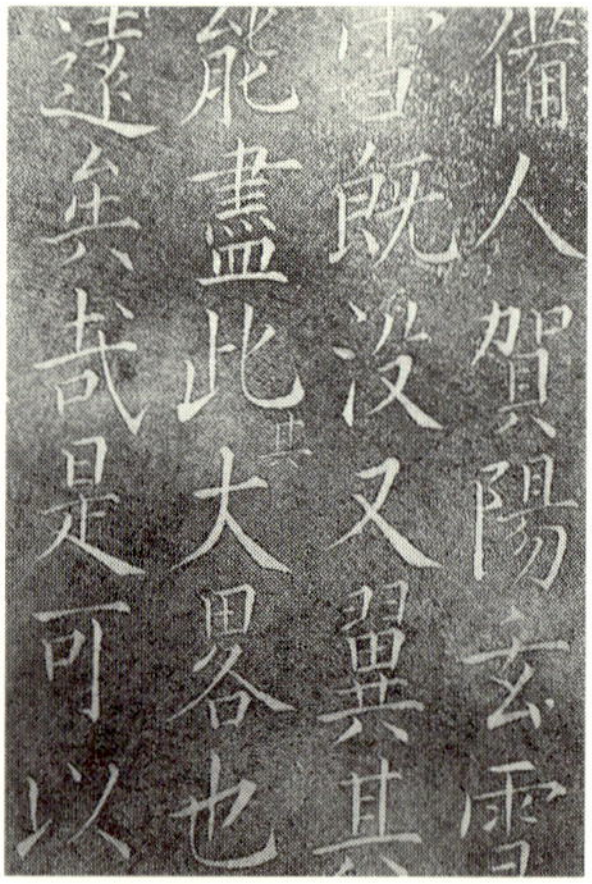

養老田碑〈拓本〉
「此」と「大」の間に小さい「其」がある。

（一七九九）に飫肥藩（日向・宮崎県）で生まれ、明治九年（一八七六）に七十七歳で没した。名は衡、字は仲平、号が息軒である。その業績は江戸期儒学の集大成と評価され、近代漢学の礎を築いた人物である。その門下から谷干城や陸奥宗光など二千人を超す逸材を輩出した。

この碑の書を揮毫したのは、賀陽玄雪の子・玄順である。玄順は名を、済《わたる》（済員）といい、文政五年（一八二二）に生まれ、明治二十八年（一八九五）に七十三歳で亡くなった。玄順は、父の影響を受けて父から医術を学び、江戸・昌平坂学問所で学問を学び、さらに長崎にも留学したという人物であった。玄順は、医者として、書家として、また昨烏庵丹雪という号の俳人としても活躍した文化人でもあった。

次に碑に刻された銘文を記す。（ ）は、原碑に刻された銘文の行数を示す。

【篆額】養老田碑（篆書）

(1) 養老田碑
(2) 下田氏世爲多麻郡田無村里正至富宅翁置高田一頃歲擧其所收平頒之里中
(3) 耆老名曰養老田將建碑詔於子孫介澁谷繼志乞銘於予予曰善哉其詳如何繼
(4) 志曰翁上新井村森田氏之子也忠信好義儉而能勤年二十二來爲下田氏嗣居
(5) 八年繼爲里正家饒於財饑則振下災則助上恤困窮解紛難蕃官林減民租諸輔
(6) 世善俗者知無不爲關左健訟一言相失輒至紛爭自翁爲里正二十九年於今所
(7) 轄四十一村未嘗至吏庭官嘉其忠而有惠也數賜銀奬之積至八十八錠安政紀
(8) 元又創是田其言曰貧富無常唯天所與今我家幸而苟完矣啻而不施非所以報
(9) 天也然徧及一村我力未能我且養其老以勸子弟庶幾猶勝於己乎我家未衰爲
(10) 吾子若孫者必繼爲之勿敢有廢墜焉不幸有蕩子驕孫不能保舊業父老爲守是
(11) 田使之盡力耕耘亦足以自活矣初備人賀陽玄雪來寓於村翁知其有才學延焉
(12) 而衣食之凡事與之謀多所輔益玄雪既沒又翼其子使有所樹立其知人厚故舊
(13) 亦如此凡翁事可傳者甚多更僕不能盡此［其］大略也夫富者之失不奢則嗇今翁所
(14) 爲如此又貽厥孫謀以警後人其慮遠矣哉是可以銘矣
(15) 養老之典　炳乎岐豐　誰博其意　維下田翁　載芟載柞　耕之畟畟
(16) 其種伊何　禾麻黍稷　銍艾簸之　散于一村　番番黃髮　以飽以溫

(17)爲此春酒　以禱翁壽　翁田無災　翁室益富　賢子令孫　永循翁志
(18)天其監之　吉無不利

飫肥　安井衡　賀陽玄順濟員書

下田氏は、世《よよ》多麻郡田無村の里正たり。富宅翁《とみいへ》に至りて、高田一頃を置く。歳《としどし》其の収むる所を挙げ、之を里中の耆老《きらう》に平頒《へいはん》し、名づけて養老田と曰ふ。将に碑を建て、子孫に詔《をし》へんと、渋谷継志を介して予《よ》に銘を乞ふ。

(下田氏は、代々多麻(多摩)郡田無村の里正(村役人のこと・名主)であった。富宅翁《とみいえ》の代になって、肥沃な田地(畑)一頃(百畝のこと・一畝は約一アールなので百アールつまり、一万平方メートル)を設置した。毎年、その田畑からの収穫量に応じてこれを村の耆老(七十歳以上の年寄り)に平等に分け与えたので、この田を養老田と名づけた。石碑を建てて(このことを)子孫に伝えようと、渋谷継志を仲立ちとして私に銘文(養老田碑本文)を作ってほしいという依頼があった。)

＊渋谷継志とは、小金井で江戸時代から医師として代々続いた家の第二代目渋谷安益のことであることが判った。安益は、明治八年三月に四十八歳で亡くなっている。渋谷家の初代は、貞安であり長崎で蘭学を学んだという。その子・安益は、父の後を継ぎ医者となった。安益は、息軒門下でもあり、漢文にも造詣が深かった。安益は、椿斎懐安と号し、漢文で「小金井橋碑文稿」(嘉永四年

春）という碑文の草稿を執筆したという記録がある。また、貞安・安益親子の名は、小金井市中町に建つ「渡辺文吉君碑」（明治四十一年）の碑文中にも登場する。医者としてだけではなく、勉学の手助けをしたり人の面倒見もよかった人物であった。

予曰く。善哉《よいかな》。其の詳《つまびらか》にせんとするは如何と。

（私は、「なんとよいことだろう。その詳細はどのようなものか。」と尋ねた。）

継志曰く。翁は上新井村の森田氏の子なり。忠信にして義を好み、倹にして能く勤む。年二十二にして、来りて下田氏の嗣と為る。居《を》ること八年にして継ぎて里正と為る。家は財に饒《と》む。

（渋谷継志がいうには、「富宅翁は、上新井村の森田氏の子である。富宅は、真心を尽くして偽りがなく、義を大切にしてつつましくおごらないでよく働いた。二十二歳のときに進んで下田氏の跡継ぎ（養子）となった。養子となって八年後に（名主だった父の職を）継ぎ名主となる。家は貨財が豊かとなった。）

＊富宅翁は森田清左衛門の二男である。富宅の墓石側面に「亡父下田半兵衛富宅者入間郡上新井村森田清左衛門二男来嗣下田氏為永々苗字御免祖先焉」と刻されている。「来嗣」は、自分から進んで嗣ぐという意味であり、富宅を「永々の苗字御免となった祖先」と記している。富宅は、万延元年（一八六〇）に五十九歳で亡くなった。

饑《ききん》には則ち下《しも》を振《すく》ひ、災《わざはひ》には則ち上《かみ》を助く。困窮を恤《あはれ》み、紛難を解き、官林を蕃《ふや》し、民租を減らせり。諸《もろもろ》の世を輔け、俗を善くせんとするを知れば為さざることなし。関左は健訟なりて一言相ひ失へば、輒《すなは》ち紛争に至る。翁の里正となるより二十九年、今において所轄する四十一村、未だ嘗《かつ》て吏庭に至らしめず。

（飢饉のときは庶民を救い、災難があったときは、お上（君主）を助け、困窮を憐れみ、紛争があるときは解決し、官林（御用林）を茂らしみのりを増やし、民租（民の税）を減らした。いろいろな世助けをし、世俗を良くすることを知るとしないことはなかった。関左（関東の地）は、訴訟好きな気質（くせ）があり、一言ことばが足りなければ、そのたびごとに紛争になる。（しかし）富宅が名主となってから（改革組合村田無宿組合の寄場総惣代を務めた）の二十九年間、現在所轄している四十一村は、全く争いごとで吏庭（幕府の法廷）のお世話になることがなかった。）

＊官林とは、下小金井新田・田無新田など十か村で管理運営していた栗林のことと思われる。献上栗を江戸へ届けた。

官は其の忠にして恵有るを嘉《よみ》するなり。数《しばしば》之を奨《しやう》して銀を賜ふ。積むこと八十八錠に至る。安政紀の元《はじ》めに又是《またこ》の田を創《はじ》む。其の言に曰く、「貧富には常無し。唯だ天の与《くみ》する所のみ。今我が家は幸にして、苟完《かうくわん》なり。嗇《をし》みて施さざれば以て天に報ゆる所に非ざる也。

（代官所は、その忠義なことと恵み深いことを立派で優れているとほめたたえた。しばしばこれをほめ褒美の銀を頂戴し、合計すると八十八錠にもなった。また安政元年に、養老田を創設したことである。翁が言うには、「貧富は常に定まっているものではない。（いつもずっとそのままの状態で有るものではない。）ただ天のおぼし召しである。現在わが家は幸いにしてこと足りているが、それを惜しんで人に施さなければ、天に恩返しするところとはならない。）

＊「安政紀の元め」とは、安政元年のことである。富宅は、嘉永七年（一八五四）に（先にも述べたが、この年の十一月二十七日に改元され、安政元年になった）養老畑の仕組みを作った。『田無市史』によると、「母の死を契機に」と記す。実行することを後追ししたのは確かにこの時と思われる。しかし、この構想そのものを考え始めたのはもう少し前からのようである。なぜなら母は嘉永七年八月五日に七十六歳で亡くなっているが、「養老畑碑」を揮毫したとされる玄雪が同年の四月にすでに亡くなっているからである。

然れども偏《あまね》く一村に及ぼすには我が力の未だ能はざれば、我れは且《まさ》に其の老を養ひて以て子弟に勧め、庶幾《ねがはくは》猶ほ己《おのれ》に勝《まさ》らんことをか。

（そうとはいっても、一村全体に及ぼすにはわが力は、まだ充分とはいえないので、私は、まさにそのお年寄りたちを扶養し、そしてそのことを子弟（子や弟・その人自身やその人よりも若い人）にすすめ、できることなら自分よりも勝ってほしいと願わざるを得ない。)

＊漢文「庶幾猶勝於己乎」中の「己」字は、碑刻の毛筆揮毫字では「已（い）」に見えるが、この文字は、文意から「己（おのれ）」とみる。

我家は未だ衰へず。吾が子若しくは孫為《た》る者は、必ず継ぎて之を為せ。敢て廃墜すること有る勿れ。不幸にして蕩子・驕孫ありて、旧業を保つこと能はざれば、父老は是の田を守らんが為に、之をして力を耕耘に尽くさ使めよ。亦た以て自活するに足ればなりと。

（わが家はまだ衰えていないので、わが子もしくは孫となったものは、必ず継いでこれを為しなさい。あえて廃止することがないように。不幸にして放蕩息子や、おごった子孫が、昔からの事業（昔から積み立ててきた財産）を保つことができなくなるようなことがあったとしたら、年寄り（年老いた父を含む）は、この田を守るために、彼らに力を耕作に尽くすようにさせよ。そうすれば、また自分の力で生活することができるようになるであろう。）

初め備の人、賀陽玄雪村に来寓するや、翁は其の才学有るを知り、焉《これ》を延《まね》きて之に衣食せしむ。凡そ事の之と謀れば輔益する所多し。

（初めて備前（岡山県）出身の賀陽玄雪が村に立ち寄って泊まった折、翁は、その才能と学があることが判り、玄雪を引きとめて衣食など身の回りのお世話をした。いろんなことを彼に相談するととても役に立つことが多かった。）

＊賀陽玄雪の墓石には、裏面に玄雪の子玄順（済）の揮毫した銘文が刻されている。「亡父の名は循員、字は環夫、号は心天・無量・罘闘斎・如毛、通称・賀陽玄雪、備前岡山公の侍医なりしが、故あって文政五壬午の年に、藩を退いてこの里に来る。当里の里正・下田半兵衛富永大翁は、亡父（玄雪）の温和成るに感じて業を当里（田無村）に開き、後に大翁（富永）は剃髪して蘇仙と改める。嘉永三庚戌二月十五日、年齢七十二にして没す。続いて下田半兵衛富宅大翁の助成に周かりき業かかんなりしが惜哉《をしいかな》。痛哉。嘉永七甲寅夏四月十八日、歳六十五にて卒す。」という内容がもう少し漢文調の文語体の文章で刻されている。玄雪の名を循と記すものもある。諸国修行の途中、田無に立ち寄った。当時、田無の周辺は医者がいなくて困っていたので、玄雪に村の医療をお願いする代わりに援助したのは、この碑文では名主の下田半兵衛富宅となっている。この件に関して間違いはないが、その前に田無に玄雪を引きとめたのは、父の富永が関与していたことがこの墓銘から判る。田無村だけではなく、周辺の農村の村々からも多くの患者がやってきたという。玄雪は、備前から家族を呼び寄せて、田無に永住することとなった。それ以後、田無の村医となったという。玄雪は「玄節」と記しているものも散見する。

玄雪の既に没すれば、又《また》其の子を翼《たすけ》て、樹立する所有ら使《し》む。其の人を知り故旧に厚きこと亦た此《かく》の如し。凡そ翁の事にして伝ふべき者《こと》は、甚だ多きに更に僕は、尽くす能はず。此れ其の大略なりと。夫《そ》れ富める者の失へるは、奢り則ち嗇《を》しまざることとなるに、今、翁の為す所此《かく》の如し。又、厥《そ》の孫謀を貽《のこ》す。以て後人を警しめんや。其の慮《おもんぱかり》は遠きかな。是れ以て銘すべし。

（玄雪はすでに亡くなったが、またその子を守り盛りたて援助を惜しまなかった。その人柄を見抜き、古くからの交友を厚く大切にしたということはこのようであった。おおよそ翁の事績で伝えたいことは、はなはだ多いが、私は、尽くすことができない。これはその大略である。富んだものの過ちは、奢らなければ物惜しみをすることが多いが、今、翁の為した事柄は、このようなことである。その謀《はかりごと》（将来へのくわだて）を子孫に残す。そして後世の人を戒めるであろう。その配慮はなんと奥深いことか。ここに銘文を刻む。）

＊文中の「其の子」とは、この銘文の揮毫者・賀陽玄順自身のこと。「貽《のこス》㆓厥《その》孫謀《ヲ》㆒」の出典は『詩経』。

養老の典　炳乎として岐豊なり。

（老人を敬い養うという正しい教えは、（今日も）光り輝いて豊かに息づいている。）

誰か其の意を博めたる、維れ下田の翁なり。

（誰がその意味を広めようか。これは下田の翁である。）

載《すなは》ち芟《さん》し載ち柞《さく》し、之を耕すこと畟畟《しよくしよく》たり。

（草を刈り木を切り　これ（養老田）を耕したのは鋭い鋤である。）

其の種は伊《こ》れ何ぞ、禾《か》・麻・黍《しよ》・稷《しよく》なり。

（その種は、何であるか。禾（いね）・麻・黍（もちきび）・稷（たかきび）である。）

銍《かり》て爰《ここ》に之を簸《は》し、一村に散ず。

（刈りとってここにこれを箕であおって塵を除き、一村全体（の老人）に分け与える。）

番番《はは》たる黄髪は、以て飽き以て温《なご》やかなり。

（白髪がさらに黄色く変じた老人が、満腹になりそして温和となる。）

＊この出典は、『史記』秦紀の「黄髪番番」からである。「番番」は「はは」と読み白髪のさまを表す。皤皤《はは》と同じ。年寄りの髪は白色が進むとさらに黄色になるという意からである。

此が春酒と為し、以て翁の寿を禱る。

（これを春酒と為して翁の寿を祈る。）

翁の田には災無く、翁の室は益《ますま》す富む。

（翁の田には災難がなく、翁の家は、ますます富んでいる。）

賢子令孫　永く翁の志に循ひ
（賢き子と孫は、永く翁の志に従い）
天は其れ之を監《み》て、吉利《よろ》しからざる無し。
（天は、これをご覧になって、めでたく都合良く運ばないことはない。ますます栄えるであろう。）

飫肥　安井衡　　　賀陽玄順済員書

五、息軒起草「養老田碑」稿の存在と建碑年について

安井息軒は、江戸時代のとても有名な学者であることは先に述べた。一般的に著名な学者などに文章を依頼した場合、本人自身はその控え（写し）を手元に残して保存している場合が多い。後世、その控えの存在が、確かにその人物の文章であることの証しにもなる。調査を進めるとその控えが存在していたことが判った。それは、息軒生存中に弟子たちに写させたと思われる慶応元年の写本『息軒先生文集・下』（三冊本）の中に「養老田碑」としてこの写しの原稿はあった。以後ここでは息軒稿と記すことにする。そこでさっそく碑の刻文と照らし合わせてみると異なる箇所が何か所もあることが判り、撰文推敲過程を知る貴重な手がかりとなるだけではなく、この碑の建碑年を探る上でとても重要な鍵が隠されていることが判った。

次に、息軒稿と、碑刻文の文章で異なっている所が最も多く重要と思われる段落を抜粋し、変更された箇所に傍線を、増補された箇所に波線を付して比較してみた。

(ア)
(息軒稿)安益曰翁　忠信好義
(碑刻文)繼志曰翁上新井村森田氏之子也忠信好義

(イ)
(息軒稿)儉而善施年二十三　繼爲里正
(碑刻文)儉而能勤年二十二來爲下田氏嗣居八年繼爲里正

(ウ)
(息軒稿)家饒於財饑則振下災則助上恤困窮解紛難蕃官林
(碑刻文)家饒於財饑則振下災則助上恤困窮解紛難蕃官林

(エ)
(息軒稿)減民租諸輔世善俗者知無不爲闕左健訟一言相失輒至忿争
(碑刻文)減民租諸輔世善俗者知無不爲闕左健訟一言相失輒至紛争

(オ)
(息軒稿)自翁爲里正三十六年於今所轄四十八村未嘗至吏庭
(碑刻文)自翁爲里正二十九年於今所轄四十一村未嘗至吏庭

(カ)　(息軒稿)官嘉其忠而有惠也數賜銀賞之積至八十三錠
　　　(碑刻文)官嘉其忠而有惠也數賜銀獎之積至八十八錠

(ア)の息軒稿から継志が渋谷安益であることは明らかである。(ア)では富宅翁の出身を中国の伝統的な墓誌の書式に合わせて増補している。(イ)では、「善施(よく人に施す)」を「能勤(よく勤める)」という語に、年齢が「二十三」から「二十二」に修正されている。息軒稿では、下田家の養子になった時と同時に里正(名主)になったように記されているので、碑刻文では「來爲下田氏嗣居八年」を増補し、下田家の養子となって八年経過した後に里正(名主)になったことを補正している。(オ)の息軒稿「三十六」からこの八年を引いた年数は「二十八」だが、碑刻文は一年多い「二十九」である。この誤差は、息軒稿ができてから、揮毫され、さらに石に刻され完成するまでの一年間のタイムラグが追加されたものと考える。

いま、ここで注目したいのは、碑刻文による二十二歳(富宅が下田家に来た歳)+八年間(養子となってから数えて名主になるまでの年月)+二十九年間(名主になってからの年月)の総計が五十九年間という点である。先に記したが、下田半兵衛富宅は、万延元年(一八六〇)七月七日に五十九歳で亡くなっている。碑刻文の「自翁爲里正二十九年」という記述は、富宅の最晩年の年である安政末年もしくは没年の万延元年でないと記せない記述であるということが判ったからである。(エ)の「忿争」は怒って争う、「紛争」はごたごた争うの意であり、(カ)の「賞」と「獎」はほめるで同義である。

ところで、碑刻文の「初備人賀陽玄雪來寓於村翁知其有才學延焉而衣食之凡事與之謀多所輔益玄雪既沒又翼其子使有所樹立其知人厚故舊亦如此凡翁事可傳者甚多更僕不能盡」の部分つまり賀陽玄雪・玄順に関する記述は、息軒稿には全くなく増補加筆されたものであることが判った。

この碑文原稿を安井息軒に依頼したのは、田無村の百姓代や組頭など富宅の周辺の人々もしくは富宅自身とも思われるが、隣村の医者渋谷安益を通じて天下の安井息軒に起草してもらえたのは、望外の幸せであったはずである。普通ならその原文のまま揮毫し刻すはずである。ところが正義感が強く律儀で人情が厚い下田半兵衛富宅は、

① 自分のことについて記された誤りの箇所（数字等）を正したい。

② 碑文中に「渋谷継志」という隣村の医者の名前が出てくるのなら、当然、田無村のために尽力してくれた医者の玄雪・玄順親子のことも載せるべき……。

という細かい気配りから加筆を頼んだものと考えられよう。

息軒生存中に編纂された『息軒先生文集』の中には碑刻文ではなく、息軒稿が掲載されているところを見ると、「養老田碑」の元原稿は、息軒自身、気に入っていたもののひとつだったと考えられる。この息軒稿は、門下生たちをはじめとした漢文学習を志した人々のテキストのひとつとなっていたようである。碑に刻された最終稿より控えである息軒稿の方が世間に流布していたという点がとても興味深い。

時を経て、昭和二十九年(一九五四年)に息軒の出身地宮崎の安井息軒先生顕彰会から、宮崎大学漢文学教室の黒江一郎編纂による『息軒先生遺文集』が刊行され、これにも「養老田碑」の息軒稿が所収されていることが判った。これによると、「養老田碑」(息軒稿)は、「安政六年(一八五九)六十一歳作。」という注記とともに、碑刻本文の毛筆文字では「巳」にも見える箇所が活字で「勝於己乎」と「己」字がしっかり印刷されているのを見つけ、とてもうれしく感じた。

ところで、碑刻文の中で一字だけ小さく「其」字が記されているが、息軒稿では「此其大畧也」と記されているので文意からだけではなく明らかな脱字の補正であることが判った。揮毫した時に抜かしてしまい加えたのか、刻し終えてから加えたものなのかわからないが、もし前者だとすると、揮毫者がこれ以上に気に入ったものが揮毫できなかったので補正したものを正式なものとしたという可能性もある。あくまで推測だが、この碑文に関しては、どちらにしても時間がなかった切迫した事情があったものと思われる。富宅の最晩年ということから、富宅が子々孫々に伝え、守っていってもらいたい遺言的なニュアンスも含む内容なので、富宅の生存中に完成させたい一心で急いだと考えられはしないだろうか。

その他、文末の漢詩の一節で息軒稿では「黄髪鮐背」であったものが改められて、「番番黄髪」となったことが判った。「鮐」とはフグの意で、年を取るとフグの背中にシミを生じることから老人を意味する語だが、あまりにも老齢の感があると感じたのか、白髪という意味であり、勇ましいという意味も含む「番番」に改められたようである。

養老田碑には碑石に建碑年の記載がないため、これまで「安政年間」とされてきたが、以上のことから、息軒稿が安政六年の作だとすると、増補修正を加えた改稿を経ての建碑年はその内容から一年後の「安政七年（万延元年）頃」[3]と考えられよう。

玄順四十歳頃の書ということになる。

六、養老田碑の書について

方形の枠の中に刻された篆額の書は、線の太さを均一にし、かつほとんどの画間を均等にした「印篆」を用いて、一字目（養）と四字目（碑）、二字目（老）と三字目（田）の文字の大きさをそろえて対称的になるように配字している。まるで均整のとれた雅印を押したような趣を漂わせた篆額である。

本文の細字を揮毫した玄順の書は、父・玄雪とは書風が異なり穏やかで繊細な書風である。この碑は、穂先の繊細な動きを追究した唐時代の褚遂良の雁塔聖教序の書風とよく似ている（特に「田」の一画めの起筆など）。また特徴的な筆法があるので一部をここに記す。養老田碑の拓影は、西東京市郷土資料室所蔵のものを用いた。

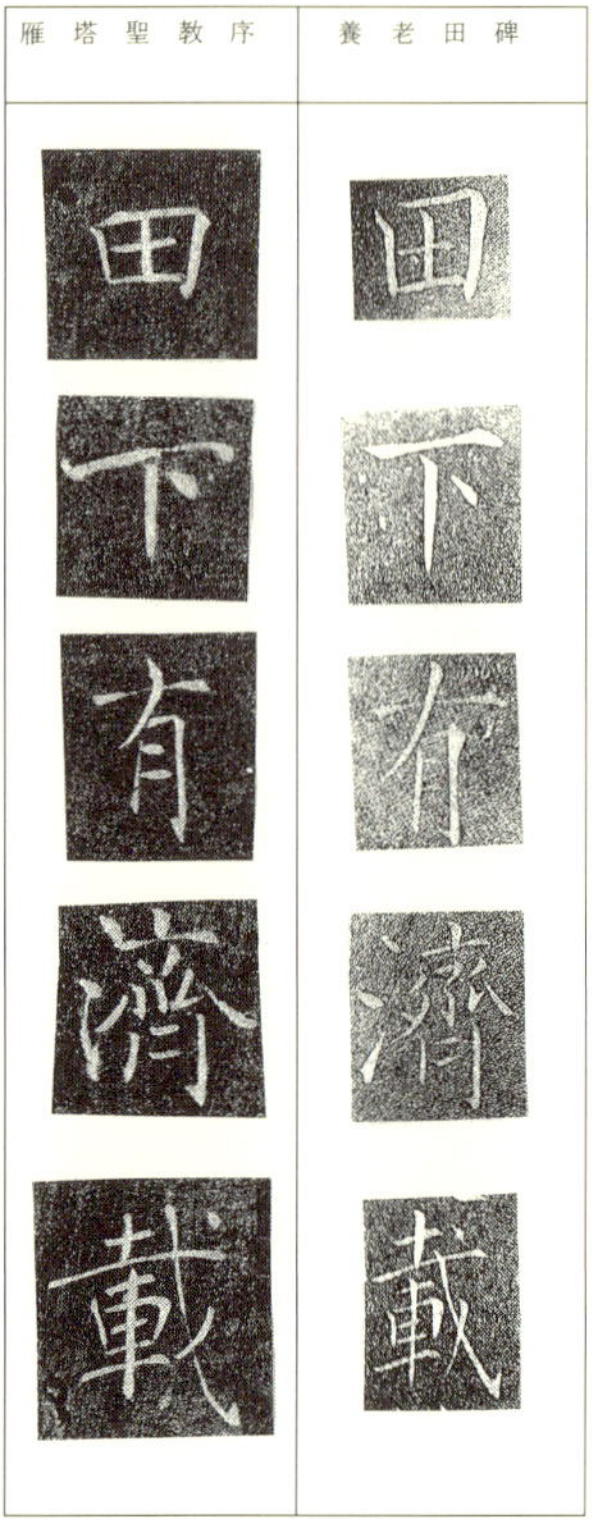

文字比較

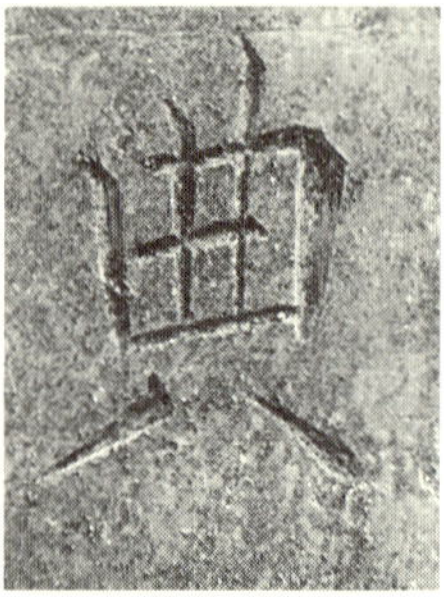

特徴的な文字「典」
長い横画を短く書く

特徴的な文字「玄」
三画めの起筆を大きく出している

まとめ

近年、年金問題が浮上しているが、江戸時代の田無村で養老田が創設され、村の高齢者（七十歳以上）の方々に作徳金が毎年支給されていたということには驚いた。これは、まさに高齢者福祉事業の先駆けであり、まさに名主下田半兵衛の器の大きさを示した事例といえよう。ここには父の半兵衛富永が子孫のために書き残した『碑陰教誨』の「老人を敬い、弱者を助けよ」を守り忠実に実行する富宅の姿が映る。

養老田碑は、西東京市有形文化財第七号に指定され、養老畑碑は、同じく文化財第八号に指定されている。この二つの碑に考察を加え建碑年を明らかにするとともに、書についての位置づけを行った。この二つの碑から江戸時代の田無を中心とした武蔵野の歴史の一端を見てきたが、そこから玉川上水・小金井桜へ、そして周辺の村々へと関わりが広がり発展していく。安井息軒との関わりも漢文学研究の上で重要である。またこの二つの碑は、江戸時代の田無の歴史と当時の文人たちの書法についてを知る上で大変貴重な資料となろう。ページ数の関係で意を尽くせなかった箇所があることは、お許し願いたい。

本稿執筆にあたり西東京市郷土資料室、西東京市中央図書館の方々には、大変お世話になりました。深く感謝するとともに厚く御礼申し上げます。

注

（1）『刻された書と石の記憶』…二〇一二年一月、武蔵野大学出版会発行
（2）管轄下…田無村名主の半兵衛は、改革組合田無宿組合の寄場総代を務めていた。
（3）安政七年…この年の三月十八日に改元され万延元年となった。

参考文献

田無市史編さん委員会編『田無市史』第一巻（中世・近世史料編）、平成三年三月、田無市
田無市史編さん委員会編『田無市史』第三巻（通史編）、平成七年一月、田無市企画部市史編さん室
下田富宅編『田無宿風土記』昭和五十年四月、下田富宅（私家版）
下田富宅編『田無宿風土記』（二）昭和五十三年一月、下田富宅（私家版）
下田富宅編『公用分例略記』昭和四十一年十一月、東京書房社
西東京市中央図書館編『田無いま・むかし合本第一号～第十号』平成十四年三月、西東京市中央図書館
西東京市文化財台帳
田無市企画部広報広聴課編『たなし郷土かるた』一九八九年十二月、田無市
小金井市史編さん委員会編『小金井市史』資料編（小金井桜）、平成二十一年三月、小金井市
増渕和利『歴史の中の田無』平成二十二年十月、とおび社
武蔵野郷土史刊行会編『多摩の人物史』昭和五十二年六月
小金井市史編さん委員会『小金井市誌Ⅱ』歴史編、昭和四十二年十月、小金井市
『西東京市文化財探訪２００８』東京文化財ウィーク２００８、平成二十年十一月、西東京市
『多摩の歴史Ⅰ』田無市他、昭和五十一年三月、武蔵野郷土史刊行会

賀陽瑞穂「賀陽家の系譜・賀陽玄雪（寛政二年〜嘉永七年）」一九九一年五月（私家版）
『武蔵野』第五十一巻第一・二号、特集玉川上水と桜、昭和四十七年五月、武蔵野文化協会
廣瀬裕之「桜樹接種碑考―小金井桜と下田半兵衛・賀陽玄雪の書―」『武蔵野大学教職研究センター紀要』第二号所収、平成二十六年三月

近現代

二つの『武蔵野』——美妙と独歩

藤井淑禎

武蔵野と武蔵国

本稿が対象とするのは、山田美妙の歴史小説『武蔵野』（明治二十＝一八八七年）と国木田独歩の自然観照エッセイ『武蔵野』（原題は『今の武蔵野』、明治三十一＝一八九八年）だが、「武蔵野」という語の使用例を『総索引　明治文学全集別巻』（平成元＝一九八九年）によって見てみると、『明治文学全集』全九十九巻のなかでも作品名としてはこの二つ以外には見当たらない。そればかりでなく、散文・韻文を問わず、作中の用例としてもそれほど重要な役割をになって使われた例はないようだ。

その意味では、明治期の武蔵野について考えようとする時の数少ない手がかりがこの二作、というわけなのだが、実は両者が指す武蔵野の位置は、大きく異なっている。美妙の『武蔵野』の主たる舞台は、のちの九段、牛ケ淵、半蔵門周辺の、今の千代田区あたりであり、いっぽう独歩の『武蔵野』のほうは、よく知られているように、渋谷周辺と小金井周辺である。それに加えて独歩の『武蔵野』のほうは、後半で「武蔵野の範囲」論を展開してもいる。

そこで、二つの作品の比較論に入る前に、武蔵野とその範囲について、歴史的な経緯を簡単に振り返っておくことにしよう。武蔵野の範囲を問う前に、そもそも武蔵野と武蔵国（現在の東京都と埼玉県の全域、および多摩川流域の神奈川県の一部）との関係が気になるところだが、両者の先後に関しては、野名が先にあってそこから国名が生まれたのでは、との吉田東伍『大日本地名辞書』の説もあるほどであり、それほど、武蔵野という地名はふところが深く、かつては範囲を云々するのも不可能なほどに際限のないものだったと見たほうがよさそうである。

そんなところから、武蔵野はかつては武蔵一国を指していた（高橋源一郎『武蔵野歴史地理』第一冊、昭和三＝一九二八年）、とか、関八州（相模、武蔵、安房、上総、下総、常陸、上野、下野）全体を指していた（並木仙太郎『武蔵野』大正二＝一九一三年）、とかいったような説さえもが生まれてきたにちがいない。そもそも武蔵野の意味は、どの文献によっても「茫々たる原野」（『新編武蔵風土記稿』天保元＝一八三〇年）といったような意味である以上、本来、範囲などが限れるはずもない。もともと、国や郡などといった人為的区分を超越した呼び方なのだから。にもかかわらず、近世から近代に至るまで、いかに多くの「武蔵野の範囲」論が提唱されてきたことか。ざっと振り返ってみただけでも、すでに見た『新編武蔵風土記稿』、並木仙太郎『武蔵野』、『武蔵野歴史地理』のほかにも、植田孟縉『武蔵名勝図会』（文政三＝一八二〇年）、『風俗画報臨時増刊　新撰東京名所図会』第一七三号（明治三十一＝一八九八年）、そして戦後では、野田宇太郎『東京文学散歩　武蔵野篇　上』（昭和五十二＝一九七七年）を代表格として、枚挙にいとまがない。

しかし、どれも、結局は、かつてが無際限であったことと、それぞれの現在での範囲（それぞれの時点で原野の雰囲気を残存させた範囲）とを確認するしかなかったわけで、その意味では、その程度のことをもってして「武蔵野の範囲」論、などと呼ぶのがそもそもおこがましい、ということになるのかもしれない。ただし、独歩の『武蔵野』後半の「武蔵野の範囲」論についても、同じことが言えるかどうかは、のちに考えてみたい。

TRACEされる武蔵野紀行

無際限からそれぞれの時点での範囲へ、という武蔵野の史的変遷の背後には当然歴史そのものの推移があるわけだが、それを要領よくまとめたものとして、『日本家庭大百科事彙』第三巻（昭和五＝一九三〇年）中の「ムサシノ」の項の一部をここに引いておこう。

この平原は古来交通上の枢要地で、上世官使往還の国道が上州館林辺からこの野を貫いて府中に達し、府中には武蔵国司の府庁があつた。中世武家の時代に入ると、武蔵七党（中略）の名が今に残るやうに、地方豪族の蟠居葛藤の地で、扇谷・山内両家をはじめ諸侯の勢力争奪は、この平原の丘陵・河川をめぐつて行はれ、丘陵の間に残る幾つかの古戦場・古城址に東国武士の勇ましく、哀しい挿話をのこした。江戸時代には将軍膝下となつたため、平原の荒蕪は開墾されて新村落が営まれ、徳川氏近臣・旗本の封領がここかしこに置かれ、中山道・中州街道・青梅街道などの交通路もいくつか開かれた。

以下、記述は「明治以降は首府東京と共に発展し」と続き、後半では「武蔵野の文学」という小項目を立てて、奈良・平安から明治までを概観しているが、これと同様のスタンスで「武蔵野の歴史的概観」を試みているのが、前掲の高橋源一郎『武蔵野歴史地理』である。『日本家庭大百科事彙』のこの項目は例外的に執筆者名を欠いているので断定はできないが、同時期のものであること、記述中に『武蔵野歴史地理』が挙げられていること、大筋で記述内容が重なること、などから、あるいは執筆者は高橋源一郎その人であったかもしれない。

ただし、そうは言ってもいっぽうは事典である。当然、『武蔵野歴史地理』のほうがさらに踏み込んだ記述となっている。たとえば、館林―府中間の官使往還の説明の後には、「しかも曠遠無人の荒野であつたが故に、其の広さと恐ろしさとは早く上方人士の間に喧伝せられた」というような説明がつく、といったように。

重要な事柄でありながら、『日本家庭大百科事彙』の記述に欠けているものの一つが「鎌倉」に関する説明である。そのあたりのことについて、『武蔵野歴史地理』はこのように委曲を尽くした説明を行っている。

武家の世となつて日本の政治の中心が鎌倉に出来てからは、此の野は交通上益々重要になつた。（中略）従来は主として広い所、恐ろしい所、旅人の行仆れる所として有名であつたが、是からは日本全体の政局に関係する大小幾多の事件が此武蔵野に捲き起つた。元弘三年新田義貞が骰子を打ち投げ、多摩川を渡つて以来、千軍万馬が武蔵野を奔馳し、屍山血河を築きたること、それ幾何ぞ。（中略）是等の多摩、入間、越辺等の川々の渡場は、古来幾多の好戦場となつた。鎌倉街道の通る所、丘あれば其丘が戦場となり、川あれば其川が戦場となつた。関東の政局に於ては武蔵野を取つたものは天下を取つたと同様である。

以下、記述は、関東管領・足利基氏が鎌倉ではなく「武蔵野の中心入間川宿」を拠点とし、代々の管領も「いざといふ場合は鎌倉を出で、武蔵府中宿に」陣を置き、やがてその足利氏が鎌倉を捨てて下総国古河に移ってからは、武蔵野は川越城から江戸城まで上杉氏の所有となり、その流れを引く扇谷家と上州の上杉氏の流れを引く山内家との武蔵野争奪戦（『日本家庭大百科事彙』が言及）、そしてその後の上杉北条両家の武蔵野争奪戦の説明へと、続く。この勝者の北条氏がのちに秀吉によって滅ぼされる北条氏である。

要するに、「広い所、恐ろしい所、旅人の行仆れる所」としての武蔵野の次は戦場としての武蔵野であり、その後近世に入ってからは「将軍御膝下」（同書）ということもあって、開墾に次ぐ開墾の対象地としての武蔵野となり、そうした過程で、武蔵野は、かつての無際限から次第にその範囲を狭められていったというわけである。そうした武蔵野の歴史を背景として、東日本屈指の「交通上の要枢」（同書）という理由から、多くの旅人や軍勢がそこを通過し、多くの史書、紀行、歌がつくられ、また合戦がたたかわされた。

膨大な数にのぼるそれらについては、植田孟縉『武蔵名勝図会』、『新編武蔵風土記稿』、斎藤月岑ほか『江戸名所図会』（天保七＝一八三六年）、『風俗画報臨時増刊　新撰東京名所図会』第一七三号、並木仙太郎『武蔵野』、『武蔵野歴史地理』を始め、戦後では野田宇太郎『東京文学散歩　武蔵野篇　上』などにまとめられており、特に『武蔵名勝図会』と並木仙太郎『武蔵野』中のリスト・アップは詳しい。主なものとしては、『伊勢物語』、『更級日記』、『西行撰集抄』、『東鑑』、『太平記』、『廻国雑記』等々、そして無数の和歌たち、となるが、実はそこには紀行の本質＝宿命ともいうべきTRACE（踏襲）の跡が著しい。

紀行の本質＝宿命としてのTRACEとは、先人が辿った跡をたどり、同じような位置に身を置き、多くの場合、印象や感慨すらも追体験し、さらにそれを決まり文句（美辞麗句）を踏襲して表現した結果が積もり積もって名所・名物となり、歌枕となる、という仕組みを指すが、武蔵野の場合、その結果として抽出されたのが、広大な原野、合戦・古戦場といった捉え方であり、繰り返し歌われたのが、仮寝（草枕）、月（入るべき山もなし）、尾花、逃げ水、紫、などの趣向や事象だった。

「逃げ水」、「紫」についてはどちらも『武蔵名勝図会』に解説があるが、前者は幻視される原野のかなたの川の流れのことであり、後者は、武蔵国でかつて紫草・紫根を産したことに由来すると言う。ともあれ、武蔵野と言えば、こうした捉え方のもとに同じような趣向や事象を記し、そして歌う、という、野田宇太郎の言葉を借りて言えば、「観念化され」「ただ歌枕にすぎなくな」り「古典の風土」となった状態が長く続き、そんな状態で近代に、美妙と独歩の時代に突入した、というわけである。

美妙の『武蔵野』

美妙の『武蔵野』と独歩の『武蔵野』は、冒頭でも紹介したように、発表時期にして十年余りの時差があるが、それゆえかどうかはともかくとして、両者は武蔵野をめぐって、見事なほどに、背中合わせの関係にある。言うまでもなく、「古典の風土」（野田宇太郎）としての武蔵野のほうを向いているのが美妙の『武蔵野』であり、それとは対照的に、新しい武蔵野のほうを向いているのが、独歩の『武蔵野』なのである。ただし、あくまでも図式的に捉えれば、ということであって、独歩の『武蔵野』についてはそれほど単純化できるわけではない。それについてはのちに触れることにする。

さて、まずは美妙の『武蔵野』である。この「時代物語」（まえがき）が今の千代田区あたりをいっぽうの舞台としていることはすでに紹介したが、時代設定も南北朝時代であることは読み進んでいけばわかるようになっている。はなしは、上中下の三部構成で、〈上〉では、「此頃軍があツたと見え、其処此処には腐れた、見るも情無い死骸が多く散ツて居る」武蔵野を、西の方から二人の武者が歩いてくるところからものがたりが始まる。「一人は五十前後」の「軍事に馴れた人」、もう一人は「十八九の若武者」と説明され、立派ないでたちから、二人とも「雑兵では無いだらう」とされる。

二人が用心深くまわりに注意を払いながら道を急ぐこの武蔵野が「只今の九段あたり」の高台であることがやがて明かされ、二人はかなたに神田明神の社を遠望しながら、牛ケ淵、半蔵の濠のあたりを南に向って歩いていく。場所の次は、状況説明である。九段の高台には「その些し前の戦争」の時に張られたと思われる陣の跡があり、二人は、敗者の紋が「足利の物なので思ハずも雀躍した」とあることから、南朝方であることがわかるようになっている。

それに続く二人のやり取り中にも、「あの先年の大合戦」、「思出しても二方（新田義宗と義興）のお手並、さぞな高氏づらも身戦《ぶるひ》をしたらうぞ。あの石浜で追詰められた時いたう見苦しくあツてぢや」、「是からは亦新田の力で宮方も勢を増すでおじやろ。楠や北畠が絶えたは惜しいが」とあるので、「早う高氏づらの首を斬りかけて世を元弘の昔に復したや」と明日には鎌倉に着くべく道を急ぐ二人が加わろうとしているいくさが、元弘三年（一三三三）から延文三年（一三五八）まで続いた新田軍のいくさのうちのどれにあたるのかも、読者は徐々に知らされていくことになる。

『太平記』や頼山陽『日本外史』を通じての知識のない読者には、語り手による補足説明が参考になる――「是でわかツたこの二人は新田方だと。そして先年尊氏が石浜へ追詰められたとも言ひ、また今日ハ早く鎌倉へ是等二人が向ツて行くと言ふので見ると、二人とも間違無く新田義興の隊の者だらう」。尊氏がいったん石浜に退却した（ただし、すぐに盛り返して新田勢を駆逐し、鎌倉を手中に収めた）いくさは武蔵野合戦と呼ばれ、観応三年（一三五二）のことであり、それ以降にあたる今回のいくさとは、後半で「新田の君」と呼ばれる新田義興が多摩川の矢口の渡しで謀られて戦死したとあることから、延文三年のいくさ（新田軍の最終戦）のことであるとわかるようになっている。

場所と時代と状況についての確認はこのくらいにして、ものがたりのほうに戻ることにしよう。〈上〉では、結局この二人は足利軍の騎馬武者に急襲されてあっけない最期をとげる。〈中〉と〈下〉は、一転して、二人を送り出した「秋の山里」の郷士の住まいが舞台であり、主たる登場人物は、「五十前後」の武士（秩父民部）の妻と、「十八九の若武者」（世良田三郎――父が戦死して孤児となり、民部夫妻に引き取られて成長した）の若妻の忍藻（民部夫妻の一人娘）である。「秋の山里」についてはそれ以上の説明はないが、新田軍に属するということから考えれば、義貞・義興らの拠点である上野国新田荘あたりを想定してもいいかもしれない。

まず〈中〉では、夫たちの安否を心配する二人のもとに、夫たちが「武蔵野で不思議な危難に遇つた」ことが薄々聞えてきたり、主君さえもが「足利に計られて矢口とやらんで殺されて」という「浮評」が伝わってきたりして、特に武芸のたしなみもある男まさりの忍藻が心配し、気をもむ様子が描かれる。そして、〈下〉はその翌朝のことであり、夫に「再会の記念」にもらった「匕首」

を持って忍藻が前夜のうちに出奔したことが明らかとなる。「さてもあの儘鎌倉まで若しハ追ふて出行いたか」。さらに、心配をつのらす母のもとを味方の落武者（大内平太）がおとずれ、主君の死と、「武蔵野の中ほどで」目撃した民部・三郎の戦死とを告げる。それを聞いて悲嘆に暮れる彼女にさらに追い討ちをかけたのが、平太が途中の山中で目撃したと語る、「鎖帷子」を着け「薙刀」を持ったまま熊に噛み殺された忍藻の無惨な死に様だった。「いたはしい事には為ツたぞや、僅少の間に三人まで」と慰める平太の言葉と、「忍藻御は熊に食はれてよ」との人々の声とが入り混じる中で、茫然自失する母の姿とともに、ものがたりは閉じられる。

　こうした美妙の『武蔵野』を「古典の風土」（野田宇太郎）としての武蔵野のほうを向いているとするのは、第一に、武蔵野＝古戦場という定型的な捉え方に通じる合戦をテーマとしているからであり、それも、武蔵野を戦場としたいくさとしてはもっとも有名な元弘三年の新田義貞軍の蜂起でこそないものの、その流れを引く「あの先年の大合戦」（＝武蔵野合戦）に言及しつつ、延文三年の新田氏の滅亡前後を直接の時代背景としており、南北朝期の戦場としての武蔵野、という「観念化され」「ただ歌枕にすぎなくな」り「古典の風土」となった武蔵野が生真面目なまでにTRACEされているからにほかならない。

　それ以外にも、たとえば「誠に広いでハおじやらぬか。何処を見ても原ばかりぢや」とは九段の高台からあたりを見渡した秩父民部の言葉であり、ここでは例の「茫々たる原野」がTRACEされており、また、冒頭で新旧の武蔵野を比較した部分には、「今柳橋で美人に拝まれる月も昔は

『入るべき山もなし』、極の素寒貧であツた」というような〈月と山〉の踏襲も見られる。それればかりか、「尾花の招引につれられて寄来る客は狐か、鹿か、又は兎か、野馬ばかり」とか、「原の果には夕暮の蒸発気が切《しき》りに逃水をこしらへて居る」、「今宵ハ野宿するバかりぢや」などといったように、伝統的な武蔵野の捉え方や趣向・事象のオン・パレードの様相を呈している。

だとすると、「日ハ函根の山端に近寄ツて儀式どほり茜色の光線を吐始めると末野ハ些しづゝ薄樺の隈を加へて、遠山も、毒でも飲んだか段々と紫になり」、といった時の「紫」も、例の紫根由来の踏襲的な表現である可能性が高い。『武蔵名勝図会』に、「又、武蔵野の歌に『紫』を詠み合わせたるは、古えは当国より紫根を産せしこと延喜式に出たり」とあるように、必ずしもそれが紫根の紫である必要はなく、多くの例歌を見ても、さまざまな「紫」がうたわれているからである。武蔵野を舞台として、近代初期の読者には馴染み深かった「古典の風土」としての武蔵野の捉え方や趣向・事象を存分に利用しつつ、南北朝期の戦乱を背景とした親子別離と夫婦別離の悲劇を描いたものがたり、というのが、美妙の『武蔵野』だったのである。

独歩の『武蔵野』

紀行の本質＝宿命としての TRACE という時、たいていの場合は、その「起源」となる作品が想定されうることが多い。「カノン」という言葉を使うのが適切かどうかわからないが、いずれにしても、よく知られたもととなる作品があって、そこでの捉え方や趣向・事象が代々 TRACE され、旅人はそうした観念を手引きとして追体験にいそしみ、今度はみずからもTRACEに加担して後代に影響を与える、というのが紀行というものをめぐる事情であり、歴史だろう。

ただ、この考え方を武蔵野に適用しようとした場合、TRACEの部分はいいとしても、「起源」・「カノン」の部分はそうとうにむずかしい。よく知られているということで言えば、独歩の『武蔵野』も冒頭で古地図上の注記として引いている、元弘三年の新田義貞軍の蜂起を描いた『太平記』、ということになるのかもしれないが、武蔵野の捉え方や趣向・事象全体をカバーしているのかどうかということになると、疑問符が付く。といって、よりふさわしいものがそれ以外にあるのかというと、そういうわけでもない。あるいは、武蔵野に限っては、「起源」や「カノン」となる作品が特定しにくい、という結論になるのかもしれない。ただし、それはあくまでも伝統的な武蔵野のほうである。近代の武蔵野のほうは、これとはまったく逆に、あまりにも知られ過ぎた「起源」的な作品がどっかりと鎮座している。言うまでもなく、独歩の『武蔵野』が、それである。

「起源」としての独歩の『武蔵野』を広めた功労者は田山花袋を始めとして少なくないが、戦後では、文学散歩の考案者として知られる野田宇太郎がその最大の功労者だろう。前掲の『東京文学散歩　武蔵野篇　上』のなかで、野田は次のように、格調高く、新しい武蔵野の「起源」としての独歩の『武蔵野』の価値を称揚している。

このように武蔵野は詩歌において古典の風土となり、その後の血なまぐさい武蔵国の歴史からも遊離して、古典と共に江戸時代を迎え、近代を迎えた。国木田独歩の名作となった「武蔵野」が「今の武蔵野」の題で雑誌「国民之友」にあらわれたのは明治三十一年（一八九八）の三六五号と三六七号であった。まさに十九世紀も終ろうとする近代文学の興隆期に当る。

文政年間の武蔵国の地図に書かれた「武蔵野の俤は今纔に入間郡に残れり」の文字からはじまり、『太平記』にも述べられた入間郡小手指原や久米川あたりの源平の古戦場などにのこる武蔵野を空想することから「武蔵野」は書き出されている。そして空想化した武蔵野を自分で実証するために、その身辺の自然を観察し、自然に対する感動を綴ってゆく。独歩が武蔵野というより、東京近郊の自然に感じた美、美というよりも詩趣は、「草の原より出づる月かげ」や「月の入るべき山もなし」などとは全く違ったものであった。「昔の武蔵野は萱原のはてなき光景を以て絶類の美を鳴らして居たやうに言ひ伝へてあるが、今の武蔵野は林である。林は実に今の武蔵野の特色といつて宜い。」と、独歩はいう。独歩の心にはすでにイギリスの湖畔詩人ワーヅワースの自然愛の思想が根づき、ロシアの詩人小説家ツルゲーネフへの憧憬がひそんでいた。ロシアの白樺の林は武蔵野の雑木林に姿を変える。こうして独歩は「武蔵野」によって新らしい武蔵野の美の発見者となったと云えよう。

こうした見方は実におそろしいほど広く浸透してしまっている。近代文学史などの入門書類だけでなく、専門書類でもまっこうからこれに異を唱えたものはほとんどないはずだ。おそらく、こうした見方が生まれ、それが何の疑いもなく広まったのには、二つの理由が考えられる。一つは、作者の証言の絶対視だ。『自然を写す文章』（『新聲』明治三十九＝一九〇六年十一月）というエッセイの中で、独歩は『武蔵野』の自然描写について次のように述べている。

私は文章を上手に書かうとは思はん、自然を見て、感じたところをなるべく忠実に、下手な文章を以て顕はして行く、さうして人に、自分の感じたところを、感じさしさへすれば、それで成功したものとおもつて居る。『武蔵野』なども文章はまづいか知らぬが、感じた事をそのまゝ直叙したといふ事は事実である。あれは武蔵野に居て、常に頭の中に自然が充ち満ちて、自分で消しにかゝつても消されぬ程に、明かに写つた自然をそのまゝ叙したのである。自然より感得したところそのまゝであるから一面から言へば、自分の心をうちつけに自然に托して書いたものとも言へる、自然をかりて、自然より享けた感じを書いた叙情詩である。

実は独歩は別の場所では、「当時の僕は激しい煩悶になやまされて居ましたから」（『十年前の田園生活』『文章世界』明治四十＝一九〇七年八月）とも述べているのだが、そのことは『自然を写す文章』のほうには出てこない。後述する離婚後の「煩悶」については文学史などでも伝記的事実としては知られているのだが、それが『武蔵野』の自然描写と強く結びつけられることはなく、『自然を写す文章』的な作者の証言→野田宇太郎的把握、は基本的に現在まで引き継がれている。先に、そうした把握を生んだ二つの理由、と言ったが、もう一つが、『武蔵野』という作品そのものがきちんと読まれていないという、にわかには信じがたい理由だったのである。一部分だけ、あるいは上っ面だけを受け取って事足れりとする、およそ文学研究らしからぬ態度が、あのような通りいっぺんの『武蔵野』理解を蔓延させていたのである。

『武蔵野』再考

従来の『武蔵野』理解の問題点をめぐってボクは「国木田独歩と武蔵野」（『武蔵野大学 武蔵野文学館紀要』創刊号 二〇一一年三月）という論の中で詳しく検証しているが、ここではそれを踏まえながら、その後に考えたことも含めて再論してみよう。

野田宇太郎的把握に欠けていたものは、大きく三つに集約できる。それぞれは微妙につながっているが、一つは、独歩における武蔵野の自然の受け止め方の変化という問題であり、二つ目は、日記『欺かざるの記』にある「『武蔵野』の想益々成る」（明治二十九＝一八九六年十月二十六日）と作品『武蔵野』の冒頭に言う「それほどの武蔵野が今は果していかゞであるか、自分は詳はしく此問に答へて自分を満足させたいとの望を起したことは実に一年前の事であつて」との関係、すなわち『武蔵野』の構想問題であり、三つ目が、連載一回目の『武蔵野』〈一〉から〈五〉までと、二回目の〈六〉から〈九〉までとの整合性、すなわち作品としての構成問題である。

独歩の武蔵野と言うと、何しろ『武蔵野』中に「秋から冬へかけての自分の見て感じた処を書て」云々とあるので、渋谷在住時代（明治二十九年九月〜三十年四月）と短絡的に結びつけてしまいがちだが、実は独歩が最初に武蔵野に居住し、散策と思索とを重ねたのは、それより三年以上も前の麹町在住時代（明治二十六年二月〜九月）だったのである。さいわい独歩には『欺かざるの記』（明治二十六年二月四日〜三十年五月十八日、以下「日記」と略記）という日記があるので、この間の――渋谷時代も麹町時代も――独歩の動静と精神遍歴は、ひとまず手に取るようにわかる。そして「日記」による限り、独歩が武蔵野の自然と出合い、大きな影響を受けたのは、渋谷時代ではなく麹町時代だったのである。

大きな影響と言うのは、具体的には、頻繁な散策と自然観照を通じて自己省察へと踏み出し、さらには自然は宇宙へと昇華され、その大いなる宇宙の中に自己を位置づけ、同化し一体化するという自己認識＝外界認識、の誕生を指す。「日記」中の読書記録を見れば、カーライルやワーズワース、エマーソンらの著作との出会いが独歩をこうした地点に導いてきたことが察せられるが、自然の情景、情感がもたらす「天の蒼々として限りなき」、「天地の自由」と「人間社会の齷齪たる見聞を脱離」、「人間、心霊の独立」（「日記」明治二十六年五月十二日）といった自己認識＝外界認識は、以後の「日記」において繰り返し語られることになる。自然は大いなる宇宙へと高められ、それと一体化することで、生の確かさ、自由を手にすることができるという構図を端的に示す例を、少しだけ引いておこう。

今年の春ほど春を楽しみし事はなく、今年の夏ほど夏を味ひしことはなし。先月の月ほど月の光を感ぜしことはなく、近来ほど雲の変化の美を眺めしことはなく、此頃ほど空を仰いで自然と人生の幽玄に打たれしことはなく、又た近頃ほど樹木緑葉の日光に婆娑たるその美に感ぜしことはなく、又た近来ほど「我」の自由を感ぜしことはなし。又た近来ほど人生のドラマを感ぜし事あらじ。（「日記」明治二十六年七月十七日）

自由。自由なる哉、大人は自由の裡にすむ。超然は則ち自由の謂なり。わが自由の如何に拡まりしぞ、吾自由の拡張は吾進歩のしるしなり。陽光、清風、緑陰、如何に多くの自由を吾に与ふるぞ。ウォズウォルスは野花、雲雀、小児、泉流の中に自由の境を得たり。

（「日記」七月二十五日）

麴町時代に手に入れた独歩のこうした自然観、自然との一体感、自由感は、その後の佐伯在住時代（明治二十六年九月～二十七年七月）、記者としての日清戦争従軍（明治二十七年十月～二十八年三月）を経ても、基本的には変わることはなかった。ただ、独歩はその過程で次第に、現実の「山林の生活」、「農夫の生活」への夢をつのらせていき、それはほどなく北海道移住計画として具体化される。「自然の児たらしめ給へ。山林の児たらしめ給へ。人情を自然のうちより見出すの教をとらしめ給へ。労働の貴きを学ばしめ給へ。北方の荒野に辛苦艱難を忍ばしめ給ひ、以て真の生活に入らしめ給へ」（「日記」明治二十八年六月二十七日）。

しかし、よく知られているように、独歩が熱望した、北海道移住の望みと佐々城信子（明治二十八年六月に出会い、交際を深めていた）との結婚の両立はあえなく頓挫し、二人は逗子で新しい生活をスタートさせることになる。これによって、自然との「融化」から山林の生活へ、は、いったん頓挫したものの、麹町時代以来の独歩の自然観、人間観までもがくつがえされたわけではなかった。しかし、その後に起こった信子の失踪、そして離婚（明治二十九年四月）という独歩にとっての一大事件は、それまでの独歩の自然観、人間観に根底的な変化をもたらすことになったのである。

信子との正式の離婚成立は明治二十九年四月二十四日だが、その日の午後、独歩は信子との思い出の地である小金井を弟収二と訪れている。

> 新緑もえん許りの郊外の風光は却て吾が心に無限の感傷を加へぬ。境の停車場に下車し、昨年信子と夫婦永劫のちぎりを約したる林に到り、収二に去年のことを物語れり。信子と共に紙を布きて憩ひたる林、今は悉く伐木せられしを見る。（「日記」）

信子への未練、自然への無感動という、以後の「日記」の記述を特徴づける二つの要素が、早くも見て取れる。信子との離婚から渋谷時代を経て明治三十年五月十八日で擱筆された「日記」に見られる自然観は、かつてのそれの否定、新たな見方の模索、かつてのそれへの回帰、とめまぐるしく揺れ動いている。ただ、新たな見方などが示されるのは主として渋谷への転居以前であって、渋谷時代のそれは陰鬱に塗り込められているか、かつてへの回帰志向が見え隠れしているか、のどちらかの傾向が強い。

明治二十九年五月八日の「日記」では、かつての自然観、人間観や、それにもとづく「山林の生活」への熱望を、「自然の自由と人情の好和とを求むる詩的狂熱」であったと切り捨ててさえいる。離婚から四カ月余りして、独歩の渋谷時代は幕をあけるわけだが、定説とは逆にこの時期の自然と独歩との関係は冷え冷えとしたものであり、それに追い討ちをかけるようにして、信子への未練という寒風が吹きすさぶ、といった趣きなのである。

> 美和の好天気、晴空秋天拭ふが如し。木葉火の如くにかゞやく。而かも一団の幽愁あり。常に彼の女を連想して吾に襲来す。猛気心頭に上り来る。悲哀忽ち風の如く吹きて懐に入る。
>
> （「日記」九月二十一日）

同種の感慨は随所に見られ、渋谷時代の武蔵野が、麹町時代のそれと比べてすっかり変わり果ててしまったことが見て取れる。自然、宇宙、そして吾との一体化・融化、さらにはそれゆえの自由、そうした麹町時代の武蔵野を特徴づけるもろもろのものは、渋谷時代の「日記」からはほとんど姿を消してしまったのである。だとすると、それを元に『武蔵野』一編を著わそうとするとは、どういうことなのだろうか。

ここで浮上してくるのが『武蔵野』の構想問題である。従来、「日記」にある「『武蔵野』の想益々成る」（明治二十九年十月二十六日）と、作品『武蔵野』の冒頭に言う「それほどの武蔵野が今は果していかゞであるか、自分は詳はしく此問に答へて自分を満足させたいとの望を起したことは実に一年前の事であつて」とは、ほぼ重なるものと見られてきた。しかし、整合するのは実は「一年前」の個所だけであって（執筆を明治三十年秋と推定）、『武蔵野』冒頭で述べられている「それほどの武蔵野が今は果していかゞであるか、自分は詳はしく此問に答へて自分を満足させたいとの望を起したことは実に一年前の事であつて」と、その一年前の「日記」中の「『武蔵野』の想益々成る」、「ああ！『武蔵野』。これ余が数年間の観察を試むべき詩題なり」とは、十分には嚙み合っていないのではないか。

そもそも、「想益々成る」と「数年間の観察を試むべき詩題」とは、将来のことなのか、過去のことなのか。前者だとすると、これから何年もかけて観察する計画ができあがったというだけのことだったのか。後者だと、何年もかけて観察した結果書くべきこと（構想）がかたまった、となるが、その場合「試むべき」の現在形がひっかかる。前者にしても、計画ができたというだけでここまでオーバーな物言いをするだろうか、と思ってしまう。いっぽう、『武蔵野』冒頭との微妙なズレも気になるところだ。「日記」は自然観察・観照の意味であり、冒頭のほうは、昔の武蔵野が今はどう変わってしまっただろうか、なのだから。さらにはそこに、「日記」の記述が渋谷移転後五十日ほどしか経っていない時点で書かれたということもからんでくる。いずれにしても、「想」が成り「望を起した」にもかかわらず、起筆まで一年もかかってしまったことに変わりはないのだが。

これらに対してボクは前掲の拙論で、信子への未練と自然への無感動の中にいた渋谷時代の独歩が、そこから脱け出すべく、自然、宇宙、吾の合一を実現していた麴町時代の武蔵野の輝き（その自然観は数年間は健在だった）を描こうとしたものの、それらはもはや手の届きにくいものとなっており、結局は、渋谷時代の自然の陰湿暗澹・悲哀憂愁（信子事件の後遺症の影響も含め）に呑みこまれてしまったのではないか、という仮説を出しておいた。原構想から起筆まで一年も要したのも、そうした迷いと試行錯誤とがその間にあったと考えれば説明がつく。もっとも、たとえそうだとしても『武蔵野』を、麴町時代の輝きとは正反対の抜け殻のような渋谷時代の自然――『武蔵野』〈二〉の冒頭に渋谷時代の「日記」中の無難な自然描写の列挙がある――で埋め尽くすわけにはいかない。こうして構成問題にもがき苦しんだあげくに、『武蔵野』は現在あるような奇妙なかたちをとることになったのではないか。

もがき苦しんだあげくに『武蔵野』の抜け殻のような自然に追加されたのが、前半部での過度の引用の嵌入と、二回目掲載分の〈六〉以降の、三年前の夏の日→友人からの手紙→水流論→町外れ論、というとんでもない展開だったのである。〈一〉から〈五〉までは引用が多過ぎるだけで構成的にはまともだが、二回目の〈六〉になると、封印していたはずの未練が噴出してきて、友との体験に偽装した信子との小金井行きが突然出てくる。そのあとは、〈七〉では武蔵野範囲論、〈八〉・〈九〉では町はずれを賛美し、最後の〈九〉では物語志向が吐露され、小説へと向かう一種の作家宣言がなされている。このように全体の統一も取れておらず、ジャンルとしても曖昧、というのがありのままに見た時の『武蔵野』の姿だったのであり、にもかかわらず、『武蔵野』は明治期の名文尊重の風潮にのって現在あるような位置にまで押し上げられてしまったのである。

最後に二つほど付け足しをしておきたい。一つは『武蔵野』は「カノン」なのか、言い換えれば独歩はほんとうに「新らしい武蔵野の美の発見者」（野田宇太郎）だったのか、という問題だ。この問題は、先に指摘した「抜け殻のような自然に追加された過度の引用の嵌入」と切り離して考えることはできない。言うまでもなくツルゲーネフ『あいびき』（二葉亭四迷訳）の過剰な引用が『武蔵野』の栄光に影を落としているからである。言ってみれば『あいびき』の助けを借りることによって『武蔵野』は「新らしい武蔵野の美の発見者」の栄誉を手にすることができたようなものだったのだ。

もう一つは冒頭で述べた「武蔵野の範囲」論をめぐる問題だ。〈七〉以降、「武蔵野の範囲」論は『武蔵野』の中心テーマのようになってしまい、全体の構成から見ても問題が多いことはすでに指摘したが、この時期、言わば肉体が記憶している武蔵国、武蔵野という感覚と、明治に入って導入された府・県・区・市といった近代的行政区分との葛藤に悩まされる例は少なくなかった。明治五年に成立した大区・小区制が旧来の自然村的感覚と相容れなかったことから廃止に追い込まれた例は有名だが、明治三十年前後までは、府県制導入後も、府や県の境界変更はしばしば行われたし、たとえば明治二十九年には、東京府を東京都と武蔵県に分割するというような議論も行われたほどだ。それほど、旧来の区分の肉体的記憶は根強かったわけで、それを近代の行政区分で分断することへの違和感は当時の人々に広く共有されていたとみていい。当時の新聞を見ても、たとえば「埼玉県武蔵国○○郡」だとか、「埼玉県下武州○○郡」だとかいったようなとんでもない表記が平然となされている。だとすれば人々の中に、あの武蔵野が、開発による範囲の漸減はともかくとして、一つの府と二つの県とに分割されることへの（肉体的な）抵抗感があったであろうことは容易に想像がつく。あるいは独歩の「武蔵野の範囲」論も、そうした近代人の抵抗感、違和感を奥底にひめたものだったのかもしれないのである。

花袋の武蔵野

五井　信

一、花袋と武蔵野

小説家としての田山花袋の名が一躍知られるようになったのは、明治四十年（一九〇七）九月号の「新小説」に掲載された『蒲団』によってである。翌十月号の「早稲田文学」がさっそく「『蒲団』合評」を組み、そのなかで島村抱月が「此の一篇は肉の人、赤裸々の人間の大胆なる懺悔録である」との評を寄せたことなどもあって、短い期間ではあるにせよ、花袋は文壇の中心的な位置に躍り出たのだった。『蒲団』はこう閉じられている。

女のなつかしい油の匂ひと汗のにほひとが言ひも知らず時雄の胸をときめかした。夜着の襟の天鵞絨《びろうど》の際立つて汚れて居るのに顔を押附けて、心のゆくばかりなつかしい女の匂ひを嗅いだ。

性慾と悲哀と絶望とが忽ち時雄の胸を襲つた。時雄は其蒲団を敷き、夜着をかけ、冷めたい汚れた天鵞絨の襟に顔を埋めて泣いた。
薄暗い一室、戸外《おもて》には風が吹暴れて居た。

思いを寄せる女弟子の芳子が父親に連れられて郷里に帰ったあと、彼女の住んでいた二階の部屋に足を運んだ主人公竹中時雄の様子であるが、引用から建物としての「家」に焦点を当てるなら、『蒲団』の発表時に、花袋はこの場面の舞台となった牛込区北山伏町の家をすでに離れていた。明治十九年、十六歳のときに本格的に上京して以来約二十年間、何度かの転居を経験しても、花袋は牛込区を中心に神楽坂付近から離れることはなかった。だが、今回の転居は違った。転居先は、東京府豊多摩郡代々幡村代々木一三二番地である。JR新宿駅の南口から甲州街道を十分ほど進んだ、現在の文化女子大学の裏手にその家は建てられた。花袋の転居は明治三十九年の末だが、現在その地に足を運んでも、花袋が移り住んだ約百年前を想像するのは難しい。ましてや、その場所がその昔「武蔵野」と称されていたことに、違和感を持っても不思議ではないだろう。だがおそらくその場所を選んだ花袋には、そこが武蔵野の地であるという意識が強くあったに違いない。大正六年（一九一七）に出された回想記『東京の三十年』には次のように記されている。

私はその（『蒲団』発表の——引用者）前年の十一月に、代々木の郊外に新居をつくつた。それも何うかして、静かに自分の心を纏め、且つ本当の仕事を為たいためであつた。社に行つてゐる時間は仕方がないが、帰つてからまでも、来客――ことにつまらない雑談好きの来客に妨げらるゝに堪へない。何うかそれを免れたい。さう思つて、郊外の畑の中に、一軒ぽつりとその新居を構へた。

大手出版社である博文館に勤め、その年三月に創刊された雑誌「文章世界」の主筆であった花袋が、「本当の仕事」である創作活動のため「静かに自分の心を纏め」られる場所、それが、現在の新宿駅からもほど近い代々木の、そして武蔵野に求めたイメージである。転居して一週間ほどして、備後の実家に戻っていた岡田美知代（『蒲団』の芳子のモデル）に花袋が書いた手紙には、「流石郊外にて、霜白く天高く、武蔵野の風裏の欅の大樹をわたりて、おのつから自然の中の人となりたるごとくなるを覚え申候」と、「武蔵野」という一語が挿入されていた。執筆に集中したいという花袋の願いがかなったのだろうか、その新居の六畳の書斎で、彼は『蒲団』を、『生』『妻』『縁』の三部作を、そして『蒲団』と並んでの代表作ともいえる『田舎教師』を執筆した。転居以降の花袋のテクストは、だから武蔵野から生まれたといっていい。

二、代々木の家

先に引用した『東京の三十年』に直接は記されていないけれど、花袋が新居を武蔵野に構えた理由の一つには、国木田独歩との若き日の記憶があったと想像される。花袋は、新居に移ったちょうど十年前の明治二十九年十一月に、独歩と初めて出会っていた。場所はＪＲ渋谷駅から徒歩で十分ちょっとの、現在のＮＨＫ放送センターのあたり。結婚に失敗して傷心の日々を送っていた独歩を、花袋が訪問したのである。

独歩の住む当時の渋谷村には楢林や田圃が見え、流れる野川には水車がかかっていた。「武蔵野に特有な林を持つた低い丘がそれからそれへと続いて眺められた」と花袋は『東京の三十年』に記している。水車横の土橋を渡り、茶畑や大根畑に沿ってもう少し進み、牛が五、六頭ごろごろしている牛乳屋の先に、独歩の家はあった。初対面ではあったが、その日から「十年も前から交際でもしてゐる人のやうに、心に奥底もなく、君、僕で自由に話した」と花袋は続ける。それ以来、花袋と独歩の間は互いの家を頻繁に行き来をするような交際となっている。

丘の上の後ろの方には、今と違つて、武蔵野の面影を偲ぶに足るやうな林やら丘やら草藪やらが沢山にあつた。私は国木田君とよく出かけた。林の中に埋れたやうにしてある古池、丘から丘へとつゞく路にきこえる荷車の響き、夕日の空に美しくあらはれて見える富士の雪、ガサガサと風になびく萱原薄原、野中に一本さびしさうに立つてゐる松、汽車の行く路の上にかゝつてゐる橋――さういふところを歩きながら、私達は何んなに人生を論じ、文芸を論じ、恋を論じ、自然を語つたであらうか。

花袋はすでに知り合っていた松岡（のちに柳田）國男を独歩に紹介し、その三人を中心に合詩集『抒情詩』を明治三十年に出している。また、ときを同じく花袋と独歩は日光の照尊院で約一ケ月半寝食を共にし、密度の濃い友情関係を育て上げた。雑誌『国民之友』に独歩が『今の武蔵野』（のちに『武蔵野』と改題）の連載をしたのが三十一年であった。明治三十年春の執筆と推定される書簡で、花袋にあてて独歩は「此静かなる茅屋に閑居して幾久しく読書と作詩と沈思とを享有し致し度く存す」「居を出づれば林あり細流あり遠山雪あり、君よ余は余の境遇を不足に思ふことの我儘なるを感ずる也」と記している。二人で散歩して様々なことを語り合ったその地＝武蔵野への思いが、すでにこの書簡には表されている。そのような視点から読み直すなら、この書簡における独歩の文章と、前に引用した『東京の三十年』や美知代にあてた花袋の文章の間に、どこか通底するものを感じるのは、深読みではないはずだ。花袋にとって武蔵野は、独歩との記憶が想起される場所であったのだ。日清戦争に従軍して文名をあげ帰国後に渋谷村に住んで文筆活動をした独歩のあとを辿るようにして、日露戦争従軍から戻った花袋は、東京の雑踏を離れた自然の中で「本当の仕事」をしようと決意したはずだ。

そしてさらに、『東京の三十年』の引用にさりげなく花袋によって記された「今と違つて」という挿入句に着目しよう。あらためて確認しておくと、群馬の館林から本格的に花袋が上京したのが明治十九年（一八八六）、独歩と渋谷村で初めて出会ったのが二十九年（一八九六）、代々木の新居に移ったのが三十九年（一九〇六）、そしてこの『東京の三十年』の発行が大正六年（一九一七）である。もちろんこの三十年という期間がタイトルに反映されているわけだが、その間の約十年ごとの節目が、「武蔵野」と強く関係していることは注目されていい。忘れてならないのは、『東京の三十年』が回想集として意識されて書かれたものであり、その執筆時点では、花袋自身の『蒲団』の成功（明治四十年）も、文壇で着目され始めた矢先の独歩の病死（四十一年）も、すでに過去の出来事になっていたことだ。そして二人の出会いから二十年が経過した大正六年の執筆時の「今」、渋谷は武蔵野の面影をとどめてはいない。しかし、初めて花袋と独歩が出会ったときには二人ともが、花袋の転居の時点では彼自身が、希望する小説家としてはいまだ成功をおさめる前であった。いってみれば「武蔵野」は、その後の時間の経過とともに変貌してきたという意味で、花袋（と独歩）の、まだ文壇で名をなさない若き日からの、自身の姿の隠喩的表象としても理解されるのである。

さて、花袋が代々木の土地を見つけた際のことについては、大正五年（一九一六）九月に発表された小説『時は過ぎゆく』が参考になる。この小説で花袋は、父方の叔母の夫である横田良太（小説では青山良太）を主人公とし、現在の西新宿あたりを舞台として、明治七年から小説が出された大正五年までの四十数年間を描いた。次の引用は、花袋をモデルとした真弓が日露戦争従軍から戻り、「家を建てようと思ふんですがね」と良太に相談に行った際の場面である。

で、良太は真弓と一緒に橋を渡つて、闊々とした野の方へ行つた。そこにも此処にも、好い地面は沢山に空いてゐた。緑葉の濃い松林、陸稲の熟した畠、芝草の仕立てゝある地面、その間に、昔から住んでゐる百姓達の茅葺の家が点々としてあつた。大きな欅の並木があつたり、松、楢、榛などの林の下に萱原笹原がかさ〳〵と風に靡いてゐたりした。

引用からは、郊外の田園風景が想像されるかもしれない。花袋は真弓の細君に、「来た晩なんか、淋しくつて寝られない位でした」「買物が不自由で仕方がありませんの」といわせたりもしている。少し離れた店に足をのばさぬかぎり、日常品を買うこともできない場所ということだ。ちなみに、新居を訪ねた叔母（良太の妻）が細君に「好い物を買はうと思ふ」ときの行き先として勧めるのは、歩いて十分ほどの新宿ではなく、「四谷」である。繰り返すけれども、それが明治三十九年当時の新宿駅付近の実景なのだ。だが、と同時に『時は過ぎゆく』というテクストには、近所が急速に開発される様子に戸惑う良太の姿も描かれている。引用の少し前には、「今までは百坪五六十円であつたものが、坪一円でドシ〳〵売れる」ことや、「新しい家屋が其処にも此処にも出来た」こと、近所の地主が「高い地代で地面を貸してゐる」話に驚かされる良太の様子が描かれてもいるのであった。「東京」が近くまで押し寄せている——。

独歩の『武蔵野』が論じられる際に、広大な武蔵野から「東京」を除外したテクスト、と説明されることがある。武蔵国に由来する本来の武蔵野は「東京」を含む広い地域概念だったのだが、そこから独歩が「東京」を除外したというのである。しかしおそらくこの説明は、地図上の領域からみる際には正しくても、記号としての「武蔵野」を考えたときには正しくない。とくに明治後期から大正期にかけての、「東京」が拡張する時期に書かれた花袋のテクストを中心に検討するかぎり、むしろ「武蔵野」には、「東京」が強固にまといついている。「武蔵野」という記号には、いつも／つねに東京がコノテート〔共示〕されていると換言してもいい。「武蔵野」という語が記される際には、その背後に東京が意識されているのである。その意味で武蔵野は、地図上の明確な概念でもない。たんに東京の「その先」や「隣接した空間」が武蔵野なのであり、両者の間には「交通」があって、そしてその境界は変動する。いやその「境界」の存在さえもが曖昧だ。「東京」と「武蔵野」はグラデーション状に浸食して溶けこみあい、明確な境界は存在しないともいえる。そう、天気や風向きによって、聞こえたり聞こえなくなる「音」の範囲が変化するように。

独歩の『武蔵野』では、しばしば「音」が聞こえる。テクストで繰り返されるように、「生活と自然とが密接して居る」武蔵野だから、その音は雨や風、小鳥の鳴き声や栗の落ちる自然の音であり、またそこで生活する人々の声だったりするだろう。そして『武蔵野』の最終部に注目するなら、それが「十二時のどん」と「汽笛の響き」で閉じられていることは象徴的だ。

「十二時のどん」とは、明治四年（一八七一）九月九日から始まった、正午の時報として空砲を打ちならした午砲の俗称である。それまで人々は、日の出と日の入りの間をそれぞれ六刻の計十二刻に分け、日々の時間を過ごしていた。しかしそのような「不定時法」では当然ながら夏は一刻が長くなり、冬は逆に短くなる。そのため政府は、旧江戸城本丸跡で正午に時号砲の発射を始め、その後約六十年間続いた。それにともなって、一日を二十四時間、一時間を六十分とする西洋的な「定時法」も定着していった。明治四年八月に兵部省が太政官に提出した伺い書には次のようにあった。

旧本丸中に於て昼十二時大砲一発つゝ毎日時号砲執行致し、且つ諸官員より府下遠近の人民に至るまで、普く時刻の正当を知り易くし、以て各所持する時計も、生信を取る所有之候様致し度、此段御伺候也。（石井研堂『明治事物起原7』による）

引用の「府下遠近の人民に至るまで」という表現は興味深い。すでに述べたように、天気や風向きによってそれは変わるのだが、どんの聞こえる範囲がいわば「東京」なのである。夏目漱石が『坊ちゃん』のなかで、「先生と大きな声をされると、腹のへつた時に丸の内でドンを聞いたやうな気がする」と語らせているどんが、独歩の『武蔵野』では「かすかに聞こえる」音であったことを思いだそう。両者の間は、それだけ離れているのだ。丸の内と渋谷村の差異はこのようにどんによっても表せるわけだが、はたして花袋の家のあった代々木や『時は過ぎゆく』の舞台である新宿に、どんの音は届いたのだろうか。

三、水道をめぐって

花袋と独歩共通の友人であった柳田國男に、「武蔵野の昔」（大正八年）という文章がある。独歩との想い出から起こされるその文章で柳田は、話上手の独歩が友人たちを感動させ、とうとう「みんなを散歩好きの武蔵野好きにしてしまつた」といっている。だが一方で柳田は、独歩の誤りも指摘する。その一つが『武蔵野』にもたびたび登場する「楢の木林」で、そこに生育する楢の木はけっして天然状態ではなく、それらは「近世の人作であ」るというのだ。というのも、「江戸の燃料は伊豆の大島から船で運ぶ程の需要が」あり、すでに近在の農家ではそれらの木を燃料のための薪として江戸に売っていたからである。独歩が散歩し、『武蔵野』を執筆した時点での武蔵野の木々や林は、自然そのままの「残影では無かつた」のである。

柳田が「武蔵野の昔」であげるのは燃料としての薪のことだけだが、これは一例に過ぎない。当然のことではあるけれど、江戸は江戸だけで充足することは不可能で、近隣から多くのものをとり入れることで成り立っていた。それは東京になっても変わりはない。小論ですでに記した語を使えば、東京と武蔵野の間には、様々な「交通」がなされていたのである。その代表的なものが「水」であった。もちろん井戸水やわき水なども利用されてはいたけれども、膨大な人口をかかえる江戸そして東京は、武蔵野を通って運ばれる水によって辛うじて命をつないできた都市なのだ。

江戸時代の代表的な上水（飲料などに用いる水）としては、神田・玉川の両上水があげられるだろう。古いのは神田上水で、井の頭池から流れる神田川を利用した。玉川上水は、現在の東京都西部の羽村から多摩川の水を取って、武蔵野を掘り割って現在の新宿区にあたる四谷大木戸までの約四十三キロメートルを引いたものである。「羽村からいくつかの段丘を這い上がるようにして武蔵野台地の稜線に至り、そこから尾根筋を巧みに」（東京都水道局ＨＰ）引いていたため、野火止用水をはじめとする「分水」も可能で、武蔵野の開発を大きく促した。独歩の『武蔵野』のなかで印象的な「小金井の桜」も、玉川上水に沿って植えられたものである。この上水の方式は明治になっても基本的に変化はなく、木樋を使った旧式なものも多い状態で、二つの上水は明治三十年代半ばまでその役割を果たした。花袋は『東京の三十年』で玉川上水の岸を歩きながら将来を熱望する若き自分の姿を「川沿いの路」という章で描いているが、ここでは『時は過ぎゆく』から引用しよう。旧式の上水の様子が描かれた現在の西新宿である。

その街道に添つては、小さな上水が布を引いたやうに細長く流れてゐた。そしてその両岸の土手には、雑木林があつたり、笹原があつたり、水車場があつたりした。一ところは潭を成して、渓流か何ぞのやうに音を立てゝ流れた。それは水に乏しい都会の為めに、わざ〳〵遠くから昔の人が引いて来たもので、『上水に塵埃を捨つべからず』といふ高札が、ところ〴〵に立てられてあつた。それにも拘らず、古桶が捨てられ、古茶碗が放り込まれ、時には土手でつばなを摘んでゐた可愛い女の児が過つて落ちて溺死したりした。

このような旧式の水道システムの改良は、明治二十二年（一八八九）に施行された「市区改正」においても重要項目の一つとなった。明治に入っても東京は何度かコレラの流行があり、とくに十九年の大流行では、東京だけでも死者は約一万人という数字に上った。コレラが水系伝染病であることが知られるようになっていたこの時期、近代水道を求める声が高まったのである。多摩川の水を「沈殿・濾過ののちポンプあるいは自然流下で鉄管をつうじて配水する」（『江戸東京学事典』）ための施設が、市外淀橋町に設置されることになった淀橋浄水場である。そしてそこは、『時は過ぎゆく』の主人公である良太が、長年かけて開墾した西新宿の土地だった。

『時は過ぎゆく』では、「良太、裏の地面が上水の水溜に売れさうだ」という旦那の嬉しそうな声から浄水場建設の話が始まる。その土地が売られることは、良太にとっては耐えがたいほどの苦痛でもあったのだが、旦那はそれを意に介そうともしない。テクストは町の人たちの声として、「坪一円ばにしても、六万両だ。大したもんですな。俄分限ですな。あの地面なんか、元は、藪で、やるつて言つても貰ひ手がなかつたもんですがな」という台詞を報告している。『時は過ぎゆく』中で具体的な年月が語られることはないが、用地の買収を終えて工事の起工式が行なわれたのが明治二十六年（一八九三）十月、工事の大部分が竣工して落成式の挙行されたのが六年後の三十二年十二月である。つけ加えておけば、予想を上回る東京の人口増によって、大正後期には、羽村で取水された多摩川の水は、渇水期の対策に設置された村山貯水池に導かれ、さらには現在武蔵野市の境浄水場を経由して淀橋へと導かれるようになった。淀橋浄水場は一九六五年三月の廃止まで、約七十年間東京に水道を供給した。跡地は再開発されて新宿副都心計画が進み、現在では東京都庁や超高層ビルが建ち並んでいる。

少し時代を急ぎすぎたようだ。もう一点注目すべきことは、右のような水道の歴史のなかで、現在の二十三区以外の地域にほぼ該当する「三多摩」が東京に移管されたことだ。明治十一年（一八七八）に、従来の多摩郡は東西南北の四郡に分割された。東京に属した東多摩をのぞいた地域がいわゆる「三多摩」で、そこは廃藩置県以来神奈川県の管轄下にあった。だが東京は水道・水源の確保のため、三多摩の「水源林と、多摩川上流ならびに玉川上水の管理」（『東京百年史』）を望んだのだった。三多摩が東京に移管されたのは、明治二十六年（一八九三）のことである。

水源林や多摩川上流ということでいえば、花袋には、明治三十三年（一九〇〇）三月に雑誌「太陽」に発表した『多摩の水源』という紀行文がある。彼自身はその境遇に不満をいだいていたようだが、『蒲団』の成功をおさめる前の花袋は、小説家というよりも「紀行文家」として認知されていた。前三十二年に結婚し（届けの証人は国木田独歩と松岡國男）、また博文館に入社していた花袋は、この時期から著作、とくに紀行文の著作が増えている。『多摩の水源』もそのようななかの一つであった。

これより路は多摩川の最も深奥に最も険峻なる大壑へとかゝり行けり。絶大なる谷は大なる頷を開きたる如く、次第にわれ等の前に現はれ来りて、脚下に激したる水は、恰も巨人の嘯くが如く絶大なる響を四面の山谷に反響したり。縷の如き路は、大なる絶壁に沿ひて、或は右に折れ、或は左に曲りて、漸く高く高くのぼり行きて、遂に下瞰すれどもその水の髣髴をも認むる事能はざるに至る。あゝこの多摩川！　樋にせかれ、鉄管に引かれて、都人士の飲料に供せらるゝ時、誰かこの水のかゝる深谷の間を流るるを思ふべき。あゝこの深谷！　あゝこの多摩川！

引用の最後で水道への言及があるのは偶然ではない。すでにみてきたように、水道をめぐる当時の背景を考慮に入れるなら、このタイミングでの多摩川の水源を辿る紀行文は、多数の読者の興味に沿ったものだったに違いない。事実この紀行文は、博文館が組織した多摩川水源探検隊の一員として書かれていた。水道大工事の落成式から日の浅い、明治三十二年（一八九九）十二月末の行程である。手にした雑誌と一杯の水から、読者の想像力は水の流れとは反対に、武蔵野をこえ、多摩川の水源へと遡って行くのだ。

ところで、都市計画においては、飲料に供する上水道と同等に、汚水などを排除するための下水道が本来同時に用意されなければならない。だが、東京において後者の重要性はそれほど意識されることがなかった。下水道に関して、いま少し言及しておこう。

花袋の代々木転居から少し遅れた明治四十年（一九〇七）二月、『不如帰』などで知られる徳冨蘆花がやはり武蔵野に転居した。新住所は東京府下北多摩郡千歳村粕谷、現在の世田谷区粕谷である。花袋も一度、病床の独歩に印税を療養費として贈るために出された『二十八人集』（四十一年）への原稿依頼のため、まだ藁葺き屋根であったその家を訪問したことがあるという。蘆花は、そこを永住の地と定めて自身のいう「美的百姓」としての生活を送り、その様子は大正二年（一九一三）に出された『みゝずのたはこと』にくわしい。そのなかで蘆花は、いまでは想像をこえる東京と武蔵野との「交通」の一つを描いている。蘆花が「東京行」「不浄取り」と記すこの交通を、東京に住んでいた者からの視線で引用しよう。「おわいや」と題された一章に記される、仲田定之助の記憶である。

東京周辺の近郊から新宿、目黒、板橋、日暮里、千住あたりを通って、毎日肥桶《こえたご》を積んだ手車を引いて、都心に汲取りにやってくる農家の人たちがおおぜいいた。この汲取りの内容は金肥の利用の少なかった当時として大切な肥料だったらしく、せっせとこれを集めていた。あの人たちには畑仕事の延長だったのである。

定期的に特約してある家々を廻って来ては、便所の外の汲取り口をあけて、長い柄の肥柄杓で壺の中のものを汲みだし、肥桶に移して、その蓋を堅く閉め、これを車に積みこんで運んで行く。（仲田定之助『明治商売往来』）

「おわいや」とは、各家から排泄物を汲み取り、それを持ち帰り肥料として使用する農家の若者たちの、東京側からみた職業のこと。東京で下水道の重要性が問われなかった理由の一つは、このようなシステムが存在したからだ。仲田が「今から考えると不思議に思われるのは」といって続けるのは、排泄物を清掃する農家の若者たちが、賃金をとるどころか、礼をいって仕事をしてくれたことである。さらには、彼らは盆や暮れには自家製の野菜や味噌などをお礼として届けてくれたともいっている。もちろん野菜は、日ごろは市場で売買された。武蔵野は、東京の野菜供給地でもあった。ここにみられるのは、武蔵野を通ってきた水とは逆に東京人の排泄物が武蔵野へ運ばれ、さらにはそこで作られた野菜などがまた東京に入ってくるという循環のありようだ。そしてこのような武蔵野と東京の「交通」を考えた場合、人の移動を可能あるいは容易にしたのが、鉄道であった。

四、『東京の近郊』と鉄道

大正五年（一九一六）四月、花袋は『東京の近郊』という本を実業之日本社から出している。現在でもその一部を文庫本『東京近郊　一日の行楽』（現代教養文庫）で読むことができるが、文庫版の「解説」を担当した小林一郎によれば、『東京の近郊』は当初『武蔵野』という題名が考えられていたらしい。純粋な紀行文ではなく、叙述のスタイルとしては、「紀行文集に随筆的なものを加えたもの」（小林一郎）であり、土地の紹介にとどまらず、なるほど花袋の思いが溢れている。独歩没後十年ほど経過しているが、花袋には独歩の『武蔵野』が意識されていたに違いない。

武蔵野は私に取つて忘れられないところである。何ういふ意味から考えて見ても、面白い興味のあるところだと私は思ふ。武蔵野の風や、雨や、丘や、川や、さういふものを考へると、自然の大きさがしみ〴〵体に迫つて来るやうな気がする。日本でも他にはこれほど興味のある歴史を持ち、これほど変化した地形を持ち、これほど複雑したカラアを持つてゐるところはない。日本の唯一の古い都である京都でも、武蔵野ほどのすぐれた味を持つてゐないと私は思ふ。

花袋は、東京の近郊を東西南北の四つの特徴に分けて筆を進めている。それぞれ、「丘の西郊」「田の北郊」「川の東郊」「海の南郊」である。「広い意味」でいうと「武蔵野即ち東京の近郊である」ともいっているが、荒川と多摩川の間に「主なる武蔵野は横つてゐる」と強調していることからみて、花袋にとって、強く武蔵野が意識されているのは四つに分けた近郊のうち「西郊」のようだ。そして花袋はまた、そこをはさむ荒川と多摩川という二つの川を「動脈」にたとえてもいる。だが、人間の実際の移動という点からみた場合、動脈にたとえられるべきは鉄道であるはずだ。

すでに記したように、明治三十年代の花袋は紀行文家として知られていた。もとからの旅行好きに加え、博文館入社後の明治三十六年からは『大日本地誌』の編集に携わったことで取材をかねて全国を回ることになり、それをもとに花袋は多数の紀行文を残している。花袋の足跡は国内だけをみても東北から九州まで及んでいるのだが、それを可能にしたのは、いうまでもなく鉄道の存在である。『東京の近郊』に目を戻しても、そこで記述されるくまない花袋の歩みは、鉄道が可能にしたものであった。何度か言及してきた『東京の三十年』は『東京の近郊』の翌年に出版されていたが、一方で「近郊の趣味を全く破壊し去つた電車！」といいながら、花袋はもう一方で「汽車、電車、軌道の出来て行くにつれて、その土地土地の気分の変つて行くさまは面白かつた」とも記している。花袋の鉄道に対する態度は両義的である。

『東京の近郊』で目を引くのは、四つそれぞれの近郊が語られたあとにその地を走る鉄道が記されていることだ。たとえば「丘の西郊」のあとには、掲載される順に山手線、玉川電車（現在の田園都市線）、京王電車、中央線、武蔵野鉄道（現在の池袋線）、東上鉄道の六つの路線が記され、おもだった駅や所要時間、名所への行き方と距離などが紹介されている。このような記述をみるかぎり、『東京の近郊』は、大正七年時点においてのガイドブックの役割も果たしたようだ。そしてあらためて地図を思い描くまでもなく、右にあげた鉄道のうち山手線をのぞく五路線は、東京を中心に放射状に西の郊外＝武蔵野へとのびている。本が出された十年後には、さらに小田原線（小田急線）、村山線（現在の新宿線）、東横線の三路線が開通するだろう。このようないわゆる郊外電車の敷設は、東京の膨張と密接な関係を持っている。多くの労働者が東京に集中し、また大量の学生が東京を目指した。そしてその結果、「溢れる人口は外延的に郊外に延びてゆき市の外辺はどんどん住宅化していった」（『東京百年史』）わけだ。明治三十五年（一九〇二）に百六十九万人だった東京の人口は、四十五年には二百六十二万人となっていた。住居と職場や学校との距離は広がり、「明治四十三年ころラッシュ現象が現れるようになった」（同書）ほどだという。小説としては『少女病』（明治四十年）や『げんげ』（四十四年）などで、自身をモデルに、代々木から電車に乗って通勤する主人公を花袋は描いた。明治三十九年（一九〇六）に代々木に転居した花袋にとっても、その周囲の変化、東京の膨張は驚きだったのだろう。『東京の近郊』には、次のように記されている。

私は此処に初めて居を卜《ぼく》してから、もう十年近くなるが、この間の変遷は夥しいものである。都会の膨張力は絶えず奥へ奥へと喰い込んで行つてゐる。昔、欅の大きな並木があつたところに、立派な石造りの高い塀が出来たり、瀟洒な二階屋が出来たり、この近所では見ることが出来なかつた綺麗なハイカラな細君が可愛い子供を伴れて歩いてゐたりする。停車場へ通ふ路には、もとは田圃であつたところに、新開の町屋がつゞいて出来て、毎朝役所に通う人達が洋服姿でぞろ〳〵と通つて行く。何でも代々木の停車場の昇降者は今では毎日二千人を下らないで、客の多いことでは全国の駅中五、六番目だといふ話である。

ここで記される「変遷」は、あるときまで武蔵野だった場所が武蔵野ではなくなったことを意味する。小論の最初で、私は「転居以降の花袋のテクストは、だから武蔵野から生まれたといっていい」と記した。しかし、この記述は、「ある時期まで」と限定される必要があるようだ。東京は膨張し、「その先」の武蔵野を「さらに先」へと追いやっていたのである。

『東京の近郊』で花袋は、私たちがもう体験することのできない場所からの眺望を描いている。浅草にあった通称「十二階」からのそれである。十階までがレンガ造り、その上が木造で出来ている凌雲閣は、国内最初のエレベータを設置して明治二十三年（一八九〇）十月に完成した。最上階には三十倍の望遠鏡が備え付けられ、やがてエレベータは運行中止となったが、それでも多くの人たちが詰めかけた。大正十二年（一九二三）九月一日の大震災で建物が二つに折れるまで、凌雲閣は東京の名所の一つであった。

「私はある時、秋の晴れた日に、浅草の十二階に登つて見た」と始まるその個所で、花袋は「私は昔の武蔵野といふことをはつきりと頭に入れることが出来た」と続ける。それは、東京が「デルタ」であったはるか昔の様子である。それから花袋は「関東平野を環のごとくめぐつてゐる遠山」に目を向ける。富士山、箱根、足柄、神山、金時山、丹沢山塊……、と連なるその描写は、あたかもパノラマをみるようだ。多摩の山並みがさらに続き、「青梅の町」を発見した花袋は、「多摩の峡谷は、そこで始めて武蔵野に流れ落ちてゐるのである。武蔵野は低くつてよく見えない」と記している。

東京の膨張と鉄道が押しやった武蔵野は、三十倍の望遠鏡をしても、残念ながら十二階からはみえなかったようだ。それから約百年たった。東京は膨張を続け、鉄道の高速化とともに武蔵野はさらに遠くへと押しやられているようだ。凌雲閣は二〇一二年に、「東京スカイツリー」と姿を変えて私たちの前に甦った。現在の私たちは、凌雲閣をはるかにしのぐ高さからの眺望を得ることできるだろう。ところで、私たちはその高さから武蔵野を、あるいは東京の「その先」や「さらに先」を、発見することは可能なのだろうか……。

花袋は一九三〇年五月十三日、代々木の自宅でなくなった。十六日には葬儀が行なわれ、友人代表として柳田國男が弔辞をよみ、同日島崎藤村の筆による「田山花袋墓」の墓標の下に土葬された。この多磨墓地（現在の都営多磨霊園）も、東京の膨張にともなって開設された墓地だった。すでに触れた明治二十二年（一八八九）の市区改正により、青山、雑司ヶ谷、谷中など六墓地が公立墓地に指定されていたのだが、人口の増加にともなって新たな墓地が必要とされたのだ。花袋が眠る国内最初の公園墓地が開設されたのは、大正十二年（一九二三）四月のことである。現在の府中市と小金井市にまたがるこの霊園はもちろん、あるときまで、いやいまも武蔵野と称される場所にある。

コラム　柳田國男と〈武蔵野〉

山路敦史

明治八年（一八七五）七月、兵庫県神東郡田原村辻川（現在の神埼郡福崎町辻川）に松岡家の六男として生まれた柳田國男は、移住やフィールドワークで各地を転々としたが、昭和二年（一九二七）九月に北多摩郡砧村（現在の世田谷区成城）を終の住処に定めた。後年、柳田が『ながれ』（成城高等女学校創立二十周年記念誌）に寄せた「成城の地理書」（昭和二十二年（一九四七）十二月）や『砧』（成城自治会文化部発行）に掲載された「町の話題」（昭和二十八年（一九五三）一月）からは移住当時の成城の様子を知ることができる。それによれば、その辺り一面はほとんどが櫟林で雲雀の声が絶えず、珍しい草花もあり、「武蔵野の名残」と形容するにふさわしい場所であったようだ。

「武蔵野雑談」[1]や「武蔵野の昔」[2]などのテクストがあるように移住以前から柳田は〈武蔵野〉に関心を持っていた。とくに「武蔵野の昔」を読むと「武蔵野の名残」という言葉が単純なものではないことを教えてくれる。柳田は「武蔵野の昔」で、今日に至るまでの〈武蔵野〉観に大きな影響力を持ち続けている「武蔵野」（原題「今の武蔵野」『国民之友』明治三十一年（一八九八）一月〜同年二月）を著した国木田独歩を「国木田氏が愛して居た村境の楢の木林なども、実は近世の人作であつて、武蔵野の残影ではなかつたのである」とし、「武蔵野」で賛美の対象となった「楢の類の落葉林の美」は、江戸の薪や炭などの燃料として利用するための「綿密な管理方法が施してあるから、誰が見ても古い天然状態と誤ることは無い」[3]と断じてみせている。ここから柳田は「当節の頽りに研究々と云ふ人たちが、さも〳〵東京の武蔵野と言はぬばかりに、此辺を中心にした江戸式の心持で話をすること」を「そんなのは只武蔵野趣味と言ふが宜しい。武蔵野研究と云ふ事は昰からの仕事である」と述べる[4]。

柳田にとっての「武蔵野研究」とはタイトルにもあるような「武蔵野の昔」、「武蔵野の残影」を知ることなしには不可能なものなのであり、「今些し昔の心持になつて物を見ねばならぬ」と主張される。柳田の提言は、独歩を「元祖」とする「研究」と称した「趣味」が横行している現状に対して差し向けられており、ここでの独歩は叩き台なのだが、本稿では両者の〈武蔵野〉観と「趣味」と「研究」との違いを明確化してみたい。はじめに強調しておきたいのは、独歩の「武蔵野」が「楢の類の落葉林の美」を賛美していたのは確かといえども「武蔵野」本文に即してみる限り、独歩がそこに「武蔵野の残影」をみていたと簡単に断じてしまうことはできないということである。「武蔵野」というテクストが頻りに反復・強調しているのは、その原題にもある「今の武蔵野」という言葉だからだ。

「武蔵野」は、かつて「自分」がみた「文政年間に出来た地図」への「武蔵野の俤は今纔に入間郡に残れり」などの書き込みに喚起されたという形で「兎も角、画や歌で計り想像して居る武蔵野を其俤ばかりでも見たいものとは自分ばかりの願ではあるまい。それほどの武蔵野が今は果していかゞであるか」と語り起こされる。ここでの「自分」の「願」をみればたしかに独歩は「武蔵野の残影」にこだわっているようにみえるかもしれないが、「此望が果して自分の力で達せらるゝであらうか。自分は出来ないとは言はぬ。容易でないと信じて居る、それ丈け自分は今の武蔵野に趣味を感じて居る」と語る「自分」は右に掲げた課題に答えることが容易でないことを自覚している。その「願」の「端緒」として「秋から冬にかけての自分の見て感じた処を書て自分の望の一少部分を果したい」とする「自分」は暫定的な「答」として「武蔵野の美今も昔に劣らず」という「一語」を呈示するが、この言葉は「武蔵野」を貫く重要な主題である。「昔の武蔵野は実地見てどんなに美であつたことやら、それは想像にも及ばむほどであつたに相違あるまいが、自分が今見る武蔵野の美しさは斯る誇張的の断案を下さしむるほどに自分を動かして居るのである」という文章に明らかなように「今の武蔵野に趣味を感じて居る」「自分」が意図しているのは「昔の武蔵野」に勝るとも劣らないような「美しさ」、「詩趣」を「今の武蔵野」に見出すことだからだ。「武蔵野」とは、「武蔵野趣味」を方法としたテクストにほかならない。

「武蔵野」に施された多種多様なテクストの引用はその一例である。たとえば、ツルゲーネフ『猟人日記』を二葉亭四迷が翻訳した「あひゞき」が引用される際には「落葉林の美を解するに至たのは近来の事で、それも左の文章が大に自分を教へたのである」と前置きされ、引用直後には「自分がかゝる落葉林の趣を解するに至つたのは此微妙な叙景の筆の力が多い」と添えられている。「武蔵野の野」について語る際にも再度「あひゞき」が引用されるが、「これは露西亜の野であるが、我武蔵野の秋から冬へかけての光景も、凡そこんなものである」とされた時の「今の武蔵野」の「詩趣」はもはや「武蔵野の残影」とは関係のない「露西亜の野」との比較対照によって見出されている。「昔の武蔵野は萱原のはてなき光景を以て絶類の美を鳴らして居たやうに言ひ伝へてあるが、今の武蔵野は林である。林は実に今の武蔵野の特色といつても宜い」という文章からわかるように「自分」

のなかで「今の武蔵野の特色」と「昔の武蔵野」とは明確に区別されているのだ。

このように「武蔵野」本文に即してみると独歩は柳田が批判の根拠とする「武蔵野の残影」にはこだわっているようにはみえない(5)。また、柳田にいわせれば独歩は〈武蔵野〉の「村境の楢の木林」を「古い天然状態」と誤解していたことになるのだが、こちらも独歩のテクストから考えてみれば断定はできない。たとえば、「武蔵野」には「今の武蔵野」の「詩趣」が北海道と比較される箇所がある。「野やら林やら」が「乱雑に入組んで」いる〈武蔵野〉の「特色」は「北海道の様な自然そのまゝの大原野大森林」とは異なるとされるほか、「嘗て北海道の深林で時雨に逢た事がある、これは又た人跡絶無の大森林であるから其趣は更に深いが、其代り、武蔵野の時雨の更に人なつかしく、私語《ささや》くが如き趣はない」とある(6)。また、同じ独歩の「空知川の岸辺」(『青年界』明治三十五年(一九〇二)十一月〜同年十二月)にはその「時雨」が「未だ嘗て、原始の大深林を忍びやかに過ぎゆく時雨ほど淋びしさを感じたことはない」と描かれており、汽車の車窓から眺められた風景が「原始時代そのまゝで幾千年人の足跡をとゞめざる大森林」と叙述されている。「空知川の岸辺」の叙述にしたがえば独歩が北海道の「大森林」を原始林として認識していたことは間違いない。ならば、「自然そのまゝの大原野大森林」と比較された〈武蔵野〉の「楢の類の落葉林」は「人工」的な二次林であることが前提とされ、その上で賛美されていたのかもしれない。「今の武蔵野は林である」という言葉はあらためて理解される必要があるだろう。

総じて、独歩の「武蔵野」は柳田が書くほどには「武蔵野の残影」にこだわっておらず、むしろ「今の武蔵野」を評価する方向性で書かれている。「楢の類の落葉林」は、「武蔵野の残影」ではなく、

「今の武蔵野の特色」として見出されているのだ。

ではなぜ柳田は独歩が「愛して居た」ことと「武蔵野の残影」をみることを同一のものとみなしたのだろうか。ここにこそ両者の〈武蔵野〉観を決定的に分かつものがある。

ここで、「武蔵野の昔」とも「武蔵野」とも異なるテクストを参照したい。〈武蔵野〉を題材とした写真集である福原信三編『武蔵野風物』（昭和十八年（一九四三）靖文社）に柳田は序文を寄せているのだ。『武蔵野風物』は、「失われ行く武蔵野及郷土の風物」という課題に応じて福原が主宰した日本写真会の会員が撮影した写真を集めたものであり、その一つ一つに撮影者自身の解説文が添えられている。そのなかには雑木林を対象とした写真が少なくなく、「薪材を採る為の半人工林であるクヌギは薪として最上のもの」とあるように雑木林があくまで「人工」のものであるという認識が持たれつつも、「独歩や蘆花のやうな詩人でなくとも、いつまでも懐かしみたい、失ひたくない情緒である」と独歩や『自然と人生』（明治三十三年（一九〇〇）民友社）、『み丶ずのたはこと』（大正二年（一九一三）警醒社）で雑木林に着眼した徳冨蘆花（健次郎）の名前が挙げられている。

蘆花の場合「東京で瓦斯を使う様になつて、薪の需要が減つた結果か、村の雑木山が大分拓かれて麦畑になつた」（『み丶ずのたはこと』）という叙述があり、雑木林が「人工」的であることをふまえた上で「武蔵野の特色なる雑木山」という評価を与えており、独歩のテクストとは異なり、雑木林を「人工」的な生活の一部と知りながら賛美していることは明瞭である。しかし、『武蔵野風物』の時代においては独歩や蘆花の「今の武蔵野」は「失われ行く武蔵野及郷土の風物」となっている。

柳田は「蘆花君の『みみずのたは事』」（『大阪朝日新聞』昭和三年（一九二八）十月八日）で「み丶ず

のたはこと」に触れており、「多摩川一帯の野の新しい村人等は、秋はみみずの神秘な歌を聞くたびに、永くこの大切なたゞ一つの実録を、思ひ出さずにはをられぬであらう」と評価していた。東京西郊は、とくに大正十二年（一九二三）の関東大震災以降、急激な人口の増加とともに住宅化や鉄道網の整備による郊外化が著しかったため、柳田は新しい移住者の視点に立って、蘆花の〈武蔵野〉がかつての「武蔵野の人生」を浮かび上がらせる「実録」に充分に値するとして評価したといえるだろう。とはいえ、「失われ行く武蔵野及郷土の風物」の記録を目的とする写真集にあって、柳田は「昔とはいひながら何れも年代があつて」と「昔」に段階をつけることを忘れていない。独歩や蘆花に照らして「情緒」とされる雑木林についても「大抵は江戸がよく開けて、町から外へ出るものが多くなつてからの新らしい愉快な変化だつた」ことを強調し、「第一に今まではどうだつたかを示し得ることが、実は今の新らしさと悦ばしさを、説いたり論じたりする者の資格なのである」と続けている。

「武蔵野の昔」に戻れば、柳田の「武蔵野研究」とは「我々散歩党の最も切に知りたいのは、この静かな田舎の背後に続いて居る昔である」とあるように、「今」を成立させてきた「昔」との連続性の上で思考されるものなのだ。「今」を称賛するのも結構だが、それでは「趣味」の域を出ず、「研究」を自称するからには「今」をその「背後に続いて居る昔」との連続性において認識し、「今」を捉え直すことが求められるのである。両者の〈武蔵野〉観は以下のように整理できるだろう。柳田も独歩も「昔」と「今」とを思考の基盤としていることに違いはない。しかし、独歩の「武蔵野」が、「昔」と「今」とを切断した二項対立的な思考（「武蔵野の美今も昔に劣らず」）によって成立しているのに対し、柳田は「昔」と「今」の連続性を前提とした思考を方法とする。柳田は、「昔」をよく知ることなく「今」の視点のみに耽溺することが「研究」と称されることを「趣味」として一蹴していた。独歩の「武蔵野」はすぐれて「武蔵野趣味」を方法としたテクストであるが、柳田は「昔」と「今」とを不可分とするがゆえに独歩の試みを「武蔵野の残影」をみていると誤認したのに違いない。それは逆説的に「昔」と「今」を連続したものとして捉えようとする柳田の方法意識が確固としてあったものであることを示している。

以上のような独歩と柳田の〈武蔵野〉観の違いに照らせば、「武蔵野」における雑木林とは別の場面も解釈の対象となる。「武蔵野」において、「自分」が「所説に少しの異存もない」として引用する「朋友」の書簡に記されたのは「昔の面影を想像することが出来ない」から「東京は必ず武蔵野から抹殺せねばならぬ」という提言であった。(7)「朋友」は「町外づれ」を擁護する立場から「多摩川はどうしても武蔵野の範囲に入れなければならぬ」や「八王子は決して武蔵野には入れられない」などと極めて恣意的に〈武蔵野〉の範囲を設定していくが、「町外づれ」が評価される理由を「自分」や「朋友」の言葉から総合すれば、「生活と自然とが密接して居る」、「一種の生活と一種の自然とを配合して一種の光景を呈し居る場処」が「自分の詩趣を喚び起」し、「社会といふもの、縮図」がみられるためということになる。

柳田にしてみれば、ここでの「生活と自然」はどちらも「生活」という言葉でしか説明がつかないものだろう。「今の武蔵野」に「詩趣」を感じることを方法とするのが独歩の「武蔵野」とはいえ、「元来日本人はこれまで楢の類の落葉林の美を余り知らなかつた様である」や「未だ夏の日の光を知らぬ人の話である」といった言葉、あるいは「茶屋の婆さん」に「夏の郊外散歩のどんなに面白いかを婆さんの耳にも解るやうに話して見たが無駄であつた」というエピソードをみれば、「武蔵野」には「今の武蔵野」に「生活」し、そこでの風景をあくまで「生活」のものとしてしか感受できない人々への想像力は欠けている。「婆さん」の「東京の人は呑気だといふ一語」が示すように「武蔵野趣味」的なまなざしによって「生活」の風景が「自然」として扱われてしまうこと。まさにこの点においてこそ柳田の独歩批判は強度を持ち得ているだろう。「武蔵野の昔」で批判の矛先となった「当節の頻りに研究々々と云ふ人たちが、さも〳〵東京の武蔵野と言はぬばかりに、此辺を中心にした江戸式の心持で話をすること」がそのまま描出された場面だからである。

以上素描してきたような柳田の方法意識は、「成城の地理書」において「私たちは以前の生活の上に住んでいるのです。せつかく文学の上にも現れ、歴史を持つて居る武蔵野に住んで居るのですから、現代をそれと結びつけて昔の名残を考えて見なければなりません」と、より平易かつ明快な言葉で書かれている。柳田にとっての〈武蔵野〉が生涯に通じて魅力的な「研究」対象としてあり続けたことは間違いないだろう。

注

（1）「武蔵野雑談」はそれぞれ異なる筆名で発表されたものがまとめられたものである。初出時の書誌情報は以下の通り。菅沼可児彦「武蔵野雑談（一）」、中川長昌「武蔵野雑談」、大野芳宜「武蔵野雑談」、安東危西「武蔵野雑談」（『郷土研究』大正三年（一九一四）四月、同年六月、同年九月、大正五年（一九一六）十二月）。「武蔵野雑談」は、「武蔵野の昔」とともに『豆の葉と太陽』（昭和十六年（一九四一）創元社）に収められた。

（2）原題「武蔵野雑話」（『登高行』大正八年（一九一九）七月）、原題「続武蔵野雑話」（『登高行』大正九年（一九二〇）六月）。後に「武蔵野の昔」と改題され、『豆の葉と太陽』（昭和十六年（一九四一）創元社）に収録。また、上林暁編集のアンソロジー『武蔵野』（昭和三十三年（一九五八）宝文館）にも収録された。

（3）柳田と独歩の出会いは、明治二十九年（一八九六）の秋とされている。二人を仲介したのは田山花袋である。独歩の『欺かざるの記』には十一月十六日「田山花袋、松岡國男の両氏来訪終日談話す」との記述があり、「十年前の田園生活」（『文章世界』明治四十年八月）にも花袋、柳田と知り合ったのは「此時」であると書かれている。

（4）ここで矛先を向けられているのは、大正五年（一九一六）七月に文化人類学者である鳥居龍蔵を中心に創立された武蔵野会の活動である。大正七年七月から発刊された機関雑誌『武蔵野』は会員の研究の成果の発表媒体となっていった。「序～『武蔵野』創刊八十五周年・鳥居博士没後五十周年にあたり～」（『武蔵野』平成十六年（二〇〇四）六月）によれば、創立当初はわずか十数名だった会員も昭和初期になると八百名を超す大所帯になったようだ。柳田と鳥居の〈武蔵野〉観の比較については池谷匠「武蔵野―郷土研究をめぐる葛藤」（後藤総一郎監修・立川柳田国男を読む会編著『柳田国男の武蔵野』平成十五年（二〇〇三）三交社）がある。なお、同書には「武蔵野の昔」本文と注釈も収録されており、適宜参照した。

（5）斎藤正二「武蔵野の発見」（『日本的自然観の研究』上、昭和五十三年（一九七八）八坂書房）によって、独歩の「武蔵野」は「和歌などによって定型的に固定化されてしまっていた日本人の伝統的な

〝自然のみかた〟」に対する「一つの反措定を提示した」と評価され、柳田による批判を「江戸および江戸以前のひとびとがつくった伝統美を懐かしむ場所を武蔵野に求めているのではない」と退ける指摘が既になされている。

（6）明治二十八年（一八九五）九月、佐々城信子との開拓生活を夢見た独歩は単身北海道へ渡った。「空知川の岸辺」はこの体験を元に執筆された。

（7）「朋友」のモデルが今井忠治という人物とされることについては前田重「峰夏樹―「暴風」のモデル今井忠治」（『国語と国文学』昭和二十三年（一九四八）五月）を参照。なお独歩の「武蔵野」に関しては日本近代文学大系十巻『国木田独歩集』（昭和四十五年（一九七〇）角川書店）の山田博光、近代文学注釈叢書十一巻『国木田独歩』（平成三年（一九九一）有精堂）の芦谷信和、新日本古典文学大系明治編二十八巻『国木田独歩・宮崎湖処子集』（平成十八年（二〇〇六）岩波書店）の藤井淑禎による校注を適宜参照した。

また、「武蔵野」五章冒頭に引用された「自分の朋友が嘗てその郷里から寄せた手紙」の「朋友」とは柳田であることが『文章世界』（明治四十年（一九〇七）四月）の「文範」欄に、「武蔵野」五章が「武蔵野の路」と題されて再掲載された際の編者の付記に書かれている（この編者は花袋と推定されることを芦谷が校注で指摘している）。その「手紙」で「朋友」（柳田）は縦横に入り組んだ道を歩くことの魅力を説いており、それを引き受ける形で「自分」は「武蔵野に散歩する人は、道に迷ふことを苦にしてはならない」という文章に象徴される〈武蔵野〉散歩について語り始める。

コラム

吟行の武蔵野——高浜虚子

土屋　忍

「私達東京に住まつてゐるものであつて、兎角、京洛の景色にのみあこがれて、東京近傍にも亦た関東特有の風景があることを忘れたやうなものがあることは慨はしいことである。先づ第一番に閑却してならぬものは武蔵野である」——昭和五年（一九三〇）八月号の『ホトトギス』に掲載された高浜虚子の「欅並木」の冒頭である。以後、最終回の「鶴ヶ丘八幡宮初詣」（『ホトトギス』昭和十四・一）まで、原則として月に一回、第一日曜日に、虚子を師と仰ぐホトトギスの同人が集まり催した武蔵野吟行の記録が『ホトトギス』に連載される。連載は百回を数え、総勢二十五名の同人が執筆を担当した。その後、虚子の編集で『武蔵野探勝』上中下（甲鳥書林、昭和十七・七、十七・十一、十八・二）の三巻（文庫判、各五千部）にまとめられ、「欅並木」をその劈頭とする。

昭和初期、武蔵野探勝というテーマのもとで催された一結社による吟行が、九年間にわたって継続されたのだ。満洲事変勃発の前年から日本俳句作家協会設立の前年までの九年間である。時世にもかかわらず、瀟洒な三巻本にまとめられたことも興味深い。上巻の造本は「大東亜戦争」開戦からまもなくのことである。日本俳句作家協会は、「国民詩たる俳句によって新体制に協力」すべく虚子の呼びかけによって結成された国策団体である。紙不足の折、そのような虚子の立場が造本を可能にした面もあるのだろうか。『武蔵野探勝』には、関東防空大演習（昭和九年）のことに触れる箇所があったり、昭和十三年一月二日の「明治神宮初詣」（第八十九回）を「戦勝の目出度いお正月の武蔵野探勝会」と捉える何気ない記述があったりするが（おそらく前年からの日中戦争のことであり、「戦勝」は「南京陥落」を指すものと思われる）、知識人として時局と向き合うような姿勢はみられない。山口青邨「軍艦諷詠の記」（第五十九回、昭和十年六月二日）では、横須賀軍港を訪れ、帝国軍艦比叡と工廠を見学している。「水兵がお茶をもて来ぬスヰートピー」（あふひ）や「波涼し航空母艦志す」（虚子）、「艦を出て日傘をさして工廠へ」（青邨）にみるごとく、やはり、その頃のホトトギス派の基本理念はどこまでも「花鳥諷詠」である。批評精神は必要ない。おのずと思想的には時局追認ということになるのだが、青邨が高角砲の下の一鉢の盆栽に「風流のエスプリ」を見出したごとく、戦時下の花鳥諷詠は多くの国民の身体を和ませたのかもしれない。

　それにしても彼らは、どのような経緯で武蔵野探勝をおこなうようになったのだろうか。企画の中心にいた虚子は、『武蔵野探勝』上巻の「序」（「昭和十七年五月十五日」付）で、上京当時に見た風景を回想している。「明治二十六七年頃」の「郊外」の記憶として、「芒の原」「松林」「櫟林」を挙げて、「野路には藁葺の百姓家が点在してゐて、その前を旅人が荷物を背負つて通つたり、馬が軒端に繋いであつたりして、今日の自動車やトラックなどは元よりのこと、電車も無く舗装道路も無く、すべてもの静かな武蔵野の俤があるのであつて、日が草から出て草に沈むといつた昔の俤も想像することができないことはなかつた」という。そして昭和五年、実際に「郊外」に足を運んでみると「その明治二十六七年頃の武蔵野とは大分変化してゐた」と述べている。「変化」の表徴としては「線路」「電車」「鉄道」「舗装」「畑」「人家」が挙げられ、「舗装道路が野を貫いてをり、電車の線路が縦横に走り、森や林は大方伐り拓かれて人家が立ち並び、花芒が遠く連なつてゐたと思つたところが一面に畑になつてゐる」と述べている。昭和五年当時の虚子からみると、近代文明や科学技術の産物とともに、一定数以上の人間の暮しもまた武蔵野にはふさわしくなかったようだ。大岡昇平の『武蔵野夫人』（昭和二十五年）においても、同様に「線路」「電車」「鉄道」「舗装」は非武蔵野的あるいは新武蔵野的要素であるが、「畑」「人家」はむしろ武蔵野の残影として描かれる。共通点もあるが、土着と外来の位相を腑分けしながら太古からそこに生活してきたであろう無名者にも焦点を当てようとした『武蔵野夫人』と比べると、対象への深い関心と言えるようなもの（とりわけ民俗学的関心や生態環境的関心）は虚子にも『武蔵野探勝』にも見られない。そもそも、「序」における回想より明らかなのは、同人との吟行を始めるまでに「変化」を感得する機会はなかったということである。それはつまり、それ以前の虚子は武蔵野散策をおこなっていなかったということになるだろう。

明治七年（一八七四）、愛媛県松山で生れた高濱清は、尋常中学時代に正岡子規に俳句を教わり、十七歳の年には虚子の号を授かる。やがて二高を中退し、根岸に庵を構えていた子規のもとに転がり込む。明治二十七年（一八九四）のことであった。

『子規居士と余』（日月社、大正四）でみずから述べるところによると、虚子は、東京に憧れる地方の青年であった。題名の「余」は「田舎青年」と自認され、子規との関係だけではなく、どれだけ「余」が「東都の空」と「文芸」に憧れていたのかについても記されている。上京後の虚子は、「広漠な東京市中をただ訳もなく彷徨き廻る日の方が多かつた。浅草の観音堂から玉乗り、浪華踊、向島、上野、九段、神田、本郷の寄席を初めとして、そんな処に日を消し夜を更かすことも珍らしくなかつた」という。そんな様子をみて心配した子規は、小金井の桜見物を勧めて紀行文を書かせようとする。小金井桜といえば、近代以前より漢詩文にも詠まれてきた名所であり、またちょうど同時期の小金井は、国木田独歩における武蔵野の原点となる愛の告白の地であった（「武蔵野」発表の少し前。『欺かざるの記』による）。虚子は「この時初めて汽車の二等に乗つ」たというが、発表の舞台まで用意されていたにもかかわらず、原稿はついに書けず仕舞であった。その後も書いたものを見せるが、（「専門家」の）文章になっていないと酷評され、「余はまた広漠な東京市中を訳もなく彷徨き廻るのであつた」。同郷の先輩のもとでの修業時代がよくわかるエピソードであるが、この時点での虚子は、東京版おのぼりさんであり、「郊外」も「武蔵野」も言語化＝対象化していない。正岡子規は、すでに『俳諧大要』（明治三十二年）で「公務あるものは土曜日曜をかけて田舎廻りを為すも可なり。半日の間を偸みて郊外に散歩するも可なり。已むなくんば晩餐後の運動に上野、墨堤を逍遙するも豈二、三の佳句を得るに難からんや」と写生のための吟行の勧めを書いており、「郊外」を俳句の対象とするという意識を明確にもっていた。子規に勧められるまでは近郊の鉄道にさえ乗ったことのなかった当時の虚子には、そうした感覚をもち得なかったものと思われる。

やがて虚子は、子規の協力を得て柳原極堂が松山で創刊した俳誌『ほと、ぎす』を引き継ぎ、編集方針を変更し、和歌や散文を加えた俳句文芸誌とする。このとき、『ほと、ぎす』の発行地を東京の虚子宅に移転する。場所は東京市神田区錦町。明治三十一年（一八九八）のことであった（独歩の「武蔵野」はこの年に発表される）。明治三十四年に『ほと、ぎす』は『ホト、ギス』となる。子規を喪くした明治三十五年（一九〇二）には俳句の創作をやめ、明治四十三年（一九一〇）には神奈川県鎌倉市に移住（終生の住処となる）。同じ年、財政難のため『ホト、ギス』発行所を芝区南佐久間町に移す。朝鮮周遊と小説『朝鮮』の連載、『子規居士と余』の連載などを経て、大正二年（一九一三）、同じ子規門下の河東碧梧桐に対抗するため俳壇に復帰する。大正十二年（一九二三）一月には発行所を丸ビル六百二十三区へ移転。九月には関東大震災を経験。昭和二年三月十五日、『東京日日新聞』夕刊の連続企画『大東京繁盛記』のトップバッターとして「丸の内」の連載を開始する。

日清戦争の従軍記者として『愛弟通信』を発表して有名になった国木田哲夫（独歩）は、結婚後まもなく逗子での新婚生活に破れて東京府豊多摩郡渋谷村に移住し、明治三十一年に「武蔵野（「今の武蔵野」）」を執筆する。まもなく再婚し、居住地も麴町、赤坂と中心部へ移すが、明治三十五年、鎌倉に住み、「鎌倉夫人」などを執筆する。出版編集に携わっていた独歩と虚子の仕事場は、東京の中心地である。武蔵野に思い入れがあったとしても、定住したわけではない。虚子に至っては、武蔵野と呼ばれる場所に住んだこともない。「郊外」で縁があると言えるのは、武蔵野ではなく鎌倉だったのかもしれない。

「時には武蔵野を突破して遠く出向いたこともあるのであるが、それらもすべて感興の赴くままであつて必ずしも縄墨に拘泥しないのである」（序）と述べられているように、安田蚊杖「螢狩」（第四十八回、昭和九年七月一日）には、「今日の探勝会は鎌倉で——素十くんが居られたならば鎌倉も武蔵野かなんて云はれるかもしれないが、鎌倉は愚か伊豆の大島であらふが場合によれば新潟へでも出かけやうといふのだからさして驚く程のことはない」とある。どこからが「武蔵野を突破」した例になるのかは曖昧なままである。虚子など実際には鎌倉の自宅から出発しているはずだが、そうした記述はなく、武蔵野を出発点とする格好になっているのが面白い。また佐藤漾人「東京名所遊覧」（第五十三回、昭和九年十二月二日）には、「敏識なるわが探勝会の幹事は、人心を倦ましめさらんためか、近爾頻りにわれ等の詩嚢を、閑里野水よりも寧ろ都巷の間に傾けしめんとしてゐるやうである。即ち『われ等の浅草』、隅田川周遊と続けて、今度は又ずつと拡げて大東京名所遊覧との通知」「武蔵野探勝会と銘打つて、曾ては伊豆の大島にさへ遊ばんと企図した事もあつたやうであるから、東京遊覧が勿論その名に添はないどころではない、否むしろこの東京こそ武蔵野の真只中にある訳である。『東京音頭』にも、『昔や武蔵野芒の都、今はネオンの灯の都』とあり、又昔太田道灌がその居城――今の宮城富士見櫓、宮内省のあるあたり――で詠んだ歌にも『わが庵は松原つゞき海近く富士の高根を軒端にぞ見る』とある」と記されている。

佐藤漾人の「東京名所遊覧」にはそれ以上の説明がないので補足しておくと、引用されている太田道灌（一四三二～一四八六）の和歌についてのくだりは、『永享記』や『関八州古戦録』に記された江戸城中吟詠説に合致している。「わが庵」とは、みずからが築城した江戸城であり、そこで富士を望みながら詠んだ歌というわけだ。しかし、この歌が詠まれたのは京都であり、しかも将軍や天皇の前であったとする説もある。『太田家記』の記述を踏まえると、寛正六年（一四六五）、上洛して宮中に招かれた道灌は、後土御門天皇から「おことは常に武蔵野にあり、その風景は如何」と問われて答えた歌ということになる。「露おかぬ　かたもありけり　夕立の　空より広き　武蔵野の原」も同様に、道灌が京で勅問をうけて返した歌だとされている。「わが庵」のある武蔵野では、どこからでも富士を望めるが、京にはそのような場所などないだろう、というわけだ。詠んだのが宮中ではなく江戸城中であったとしても、京の都に対して武蔵野をアピールする和歌であることには違いない。室町期の武将である道灌は、武蔵野を代表する歌人でもあった。松田秀任の『武者物語之抄一』などによれば、文明十二年（一四八〇）にも、（おそらくは在原業平の有名な歌「名にし負わば…」を念頭においているのだろう）後土御門天皇が、あの隅田川の都鳥はどうなっているかと訊ねたという。道灌はこのときも機転を利かせて「年ふれど まだ知らざりし 都鳥 隅田川原に 宿はあれども」と返答し、一連のやりとりは、「武蔵野は かやはらの野と 聞きしかど か丶る言葉の 花も有哉」と帝に歌わせて終わるのである。以上はもちろん言伝えであり、詠じた場所、歌の順序などには諸説あるが、いずれにしても太田道灌の名は、文化の中心地にも通じていたようだ。海の向こうに富士を望むことのできるように築城された江戸城は、明治に入って宮城（「宮内省」）になり、やがて皇居となるので、歴史的想像力が必要になるのだが、中世において、ただの武人としてではなく東《あずま》の文人としても都にその名が伝わっていたこと、京都の文化的習慣の中で武蔵野文化を主張できたということは、やはり特筆すべきであり、だからこそ逸話として残っているのだろう。「芒の都」から「言葉の花も有」となり、遷都を経て「ネオンの灯の都」へと変貌したとみてとるなら、「東京こそ武蔵野の真只中」というホトトギス派歌人の捉え方には、それなりに感慨深いものがある。武蔵野探勝会が遊覧した「大東京名所」は、丸の内～宮城～靖国神社～明治神宮～乃木大将旧邸～新橋銀座～震災記念堂～上野公園などであった。もちろんこれらの場所は郊外ではないが、紛れもなく武蔵野であった。

その他、「工場・ガンブリス・七夕竹」（第六十回、昭和十年七月七日）における「麒麟麦酒株式会社の横浜工場」、「冷房デパート」（第六十一回、昭和十年八月四日）における「全館冷房装置を誇るデパート高島屋」、東村山の「全生病院」（第六十四回、昭和十年十一月三日）などを吟行の地にしているのは、一種のモダニズムと言ってもよく、興味深い。

昭和十一年（一九三六）の四ヶ月間、武蔵野探勝は、虚子の外遊により「先生御不在」（第六十八〜七十一回）のまま継続される。帰国後すぐに発表した虚子の『渡佛日記』を読むと、フランス旅行だけではなく往路と復路でシンガポールに立ち寄ることも重要な外遊の目的であったのがわかる。ポール＝ルイ・クーシューらフランスの「ハイカイ詩人」との出会いもあったが、寄港したシンガポールではホトトギス派の俳人たちに出迎えられ、往路で南洋の俳人のために歳時記を改訂することを求められ、復路では歳時記の夏の部に「熱帯季題」を挿入することを決定したことを発表している（拙著『南洋文学の生成』）。それからまもなく武蔵野探勝会の一行は、新潟まで足をのばすことになる。「新潟行」（第七十七回、昭和十二年一月三日）には、「武蔵野探勝と云つて新潟まで出かけるのも如何と中には小首を傾げる人もあつたが、武蔵野俳人の赴くところ皆これ武蔵野で、新潟どころか支那、朝鮮、満洲、南洋、欧米までも機会さへあつたら、渡り鳥の如く翔り廻るのだと大気焔を吐く人もあつた」とある。当初は「京洛の景色」に対抗する「関東特有の風景」を見つけるために選ばれた「武蔵野」であったが、後半は実に威勢がいい。『武蔵野探勝』の「武蔵野」は、国木田独歩の武蔵野とも柳田國男の武蔵野とも異なる。同人集団とはいえ共同制作的なイメージ形成になるので、作家的主観に乏しく、民俗学的関心からも自由であり、かと言って武蔵野趣味に耽るわけでもない。郊外でありながら郊外にとどまらない。東京の中央集権に対する意識からもその裏返しの郷土愛からも自由であり、郊外という一種の「国内植民地」（サルトル）から外へと内破する力も秘めていたが、武蔵野の特権化、俳句による帝国主義的膨張というレベルの政治力まではもち得なかった。融通無碍な武蔵野なるトポスだけが遺されたのである。

坂口安吾の〈武蔵野〉

——「木枯の酒倉から」を読む

山路敦史

一

従来、坂口安吾と〈武蔵野〉の関係については作家論的見地からその実人生や舞台背景として確認されたことはあっても、テクストと〈武蔵野〉とを具体的に結びつけた作業がなされてこなかった。また、〈武蔵野〉文学や文化を対象とした側から安吾が取り上げられた例もほとんどない。〈武蔵野〉という語が登場する安吾のテクストには本稿で扱う「木枯の酒倉から」(『言葉』二号、昭和六年(一九三一)一月)以外にも「竹藪の家」[1]や「盗まれた手紙の話」(『文化評論』(昭和十五年(一九四〇)六月)、「日本文化私観」(『現代文学』昭和十七年(一九四二)三月)、「二十一」(『現代文学』昭和十八年(一九四三)八月)、「風と光と二十の私と」(『文芸』昭和二十二年(一九四七)一月)、「高麗神社の祭の笛」[2](『文藝春秋』昭和二十六年(一九五一)十二月)がある。

そのなかでも「木枯の酒倉から」に注目する理由には、テクストに〈武蔵野〉という言葉が頻出することが挙げられる。その程度は他の安吾のテクストと照らし合わせても群を抜いており、〈武蔵野〉が単なる小説の舞台背景ではなく、物語の主題構築に貢献する重要な装置なのではないかと考えられるのだ[2]。本稿ではテクストに即した分析とともに〈武蔵野〉の歴史的な背景を射程に収めたい。こうした視点から「木枯の酒倉から」を読み直すことで、「狂人」対行者という単純な二項対立の構図に支えられた従来の読解とは異なる読みの地平を切り開くことができるはずだ。

まず基本的な状況設定から確認しておきたい。「木枯の酒倉から」は、「発端」と「蒼白なる狂人の独白」（以下、「独白」）に章分けされた二部構成の短篇小説である。「発端」で、「木枯の荒れ狂ふ一日」に「今度武蔵野に居をトさうと」歩いていた「僕」は、「見はるかす武蔵野が真紅に焼ける夕暮れといふ時分に途方もなく気に入つた一つの村落を見つけ出した」途端に「気狂ひ」や「怪物」のようにもみえる男（「狂人」）と出会う。「僕」の「一体こいつほんとに気狂ひかしら」という疑問は「広い武蔵野の真ん中で紅紅とただ二人照し出されてみますと、この怪物がばかに親密に見えるものですから」と〈武蔵野〉によって解消される。「僕」は〈武蔵野〉に住みたい旨を「狂人」に伝えるが、それに反対する「狂人」は「尊公も亦呪はれたる灰色ぢやよ」と不可解な言葉を発し、ここで「独白」へ移行する。〈武蔵野〉に住むことを希望する「僕」とそれに反対する「狂人」という両者の関係性の基盤にあるのもまた〈武蔵野〉である。文字通り「発端」の役割を〈武蔵野〉は担っているのだ。

「独白」は、「狂人」の禁酒声明にはじまって基本的には酒への誘惑に対する狂人の姿勢が語られる構成であり、聞き手となった「僕」は「君」と表記される。「独白」では、酒が「灰色」と繰り返し形容されており、「独白」のもう一人の作中人物である酒倉亭主の行者が「酒を飲めば酒と化すことを誇りとすべき」と語っていることから、「発端」末尾の「呪はれたる灰色」という「狂人」の言葉は端的に酒に呑まれる状態のことを指していると思われる。しかも、その言葉が〈武蔵野〉に住もうとする「僕」への忠告として発せられていたことから、「狂人」にとっては飲酒と〈武蔵野〉が不可分の関係にあるのだ。以上のことから「狂人」の「独白」の目的は、「君」が住もうとしている〈武蔵野〉が酒を呑まざるを得なくなってしまう場であると説明することだとわかる。

このように〈武蔵野〉に注目してみるとき、「木枯の酒倉から」初出時に書き添えられた「附記」は興味深い。「附記」では、小説の舞台を指す「所」が「模糊」と表現されている。後に発表される「風と光と二十の私と」や「二十一」といった自伝的小説においては「荏原郡」や「板橋の中丸」が「まつたくの武蔵野」や「見はるかす武蔵野」と形容されており、これらのテクストでも〈武蔵野〉という語はイメージとして用いられているといえるのだが、「木枯の酒倉から」でも〈武蔵野〉という語には曖昧さが込められている。「木枯の酒倉から」を〈武蔵野〉との関係で考察する上でも、ここで同時代までの〈武蔵野〉がどのように語られていたのかを確認する作業を経由しなければならない。

二

そもそも〈武蔵野〉が指し示す範囲とはどのように考えられていたのだろうか。「木枯の酒倉から」と近い時期の〈武蔵野〉関連書籍をいくつか取り上げて確認しておきたい。まず、鳥居龍蔵『武蔵野及其周囲』（大正十三年（一九二四）磯部甲陽堂）が「武蔵野といふことに就いては、定義は小さくもなるし大きくもなる、狭くもなるし広くもなる」、「人の解釈に依つてどうにもなります」と述べている。小田内通敏『聚落と地理』（昭和二年（一九二七）古今書院）は「武蔵野と云ふ名は古く文学者に依つて用ゐられてゐたから、その当時は武蔵野と云つてもはつきりした範囲がなかつた」としながらも、「先づ武蔵国にある所の特殊の地質や景観を有つて居る台地と見るのが最も適当である」とし、「今日何処に武蔵野らしい所が残つて居るかと云ふと、多摩・入間二郡の境附近」を挙げている。高橋源一郎『武蔵野歴史地理』第一冊（昭和三年（一九二八）武蔵野歴史地理学会）は「本来武蔵野といふ名は一の行政区画をなして居つたのみであるから、画然たる範囲境域といふものはないのである。故に地図の上に其の境界線を書くことは出来ない」と断じ、「最も広い意味」には「武蔵一国中苟くも平地であれば、皆是を武蔵野といふことが出来る」、「狭義に解釈すれば、武蔵国の内、山地と丘陵地と水田地方を除きたる、洪積層赤土の原野総て」、「一層狭義に解すれば、川越以南、府中までの間を限る原野」などと複数の定義を提出した上で「著者の所謂武蔵野は、西は秩父、西多摩の連山を以て限り、北及び東は越辺川、入間川及び荒川筋を以て境する高台の地方」と設定している。こうしてみると、〈武蔵野〉は歴史的にも行政区分にその地理的な範囲が左右されない場として認識されており、歴史的・文化的な変容を伴いながら絶えず更新される概念であり、解釈の自由度がある。「木枯の酒倉から」の「附記」に「模糊」と記されていたのは〈武蔵野〉のこうした性格が踏まえられていたといえる。

こうした事情を文学テクストから探ってみると、柳田國男「武蔵野の昔」(3)が「近年の所謂武蔵野趣味の元祖」と位置づけた国木田独歩「武蔵野」(原題「今の武蔵野」、『国民之友』明治三十一年〈一八九八〉一月〜二月)が「多摩川はどうしても武蔵野の範囲に入れなければならぬ」や「八王子は決して武蔵野には入れられない」などと極めて恣意的な範囲設定を行っていた。しかし、こうした範囲設定は先に見た〈武蔵野〉関連書籍が地理学や歴史学の視点から範囲設定を述べたこととは異なり、個人的な「武蔵野趣味」によるところが大きい。独歩の「武蔵野」は「今の武蔵野」の「詩趣」として「楢の類の落葉林」の「美」を「発見」(4)し、「一種の生活と一種の自然とを配合」する「町外れ」を「今の武蔵野」と呼ぶのだから、「落葉林の美」や「町外れ」以外の範囲は独歩にとって〈武蔵野〉ではないのだ。「僕の武蔵野の範囲の中には東京がある」にもかかわらず「東京は必ず武蔵野から抹殺せねばならぬ」とされ、「町外れは必ず抹殺してはならぬ」、「武蔵野の詩趣を描くには必ず此町外れを一の題目とせねばならぬ」と〈武蔵野〉の範囲を確定するところに重きが置かれている。独歩の「武蔵野」は、柳田によって「国木田氏が愛して居た村境の楢の木材なども、近世の人作であつて、武蔵野の残影ではなかつた」と批判されることになるが、独歩は「武蔵野の残影」にこだわったのではなく、あくまで「今の武蔵野」を問題としたのであった。

このような新しい風景としての雑木林は、たとえば独歩と同じく〈武蔵野〉に着目した作家として名前が挙がる徳冨蘆花（健次郎）『み、ずのたはこと』（大正二年（一九一三）警醒社）が「武蔵野の特色なる雑木山」を挙げているが、「東京で瓦斯を使う様になつて、薪の需要が減つた結果か、村の雑木山が大分拓かれて麦畑になつた」とあるように生活に組み込まれた「人作」であることは認識されていた。また、独歩の「武蔵野」の受容圏にある河井酔茗「武蔵野の面影」（『街樹』大正四年（一九一五）梁江堂書店）では独歩の「武蔵野」を「郊外趣味」と呼び、「私の謂ふ草の武蔵野とは多少趣きが異なつてゐる」としている。(5) 河井は「古い武蔵野は秋草を以て代表せられ、新しい武蔵野は雑木林を以て代表せられて居る」と整理し、「所謂武蔵野の面影を見やうと思へば、東京から西北に二三里離れた野を歩かねばならぬ」と設定した「兎に角秋草の原があることは確実」な範囲を「真実の武蔵野の名残」と呼んでいる。ここでは、独歩のテクストは正しく「今の武蔵野」を表象したものと理解されており、「武蔵野の面影」ではなかった。そこに河井自身が捉えた「真実の武蔵野の名残」が対置されたことに違和感はない。そしてまた、「武蔵野趣味」と郊外が対立をみせていない時期でもあった。

独歩や河井の範囲設定をみれば、自らの内面にある〈武蔵野〉イメージに合致する範囲を〈武蔵野〉と呼び表していることがわかる。しかし、「木枯の酒倉から」に時期を近づけてみると〈武蔵野〉と郊外の関係あるいは〈東京〉との関係が変化する。「木枯の酒倉から」が発表された昭和六年（一九三一）とは、翌年に東京市が五郡隣接八十二町村を合併して二十区を新設の全三十五区となり、世界第二位の人口四百九十七万人のいわゆる〈大東京〉が成立する時期であり、大正十二年（一九二三）の関東大震災の影響から東京西郊に急激な人口流入をみせたことによる住宅開発や人々の交通あるいは震災復興資源の運搬手段としての鉄道網の整備など東京市周縁が郊外化されて都市のネットワークに組み込まれていく時期であった。『日本家庭大百科事彙』第三巻（昭和五年（一九三〇）冨山房）の「武蔵野」の項目に「明治以後は首府東京と共に発展し、日常蔬菜の供給地として大都会の胃腑を満たし、大震災後、急劇な交通網の拡張と共に郊外住宅地として盛んに開拓されつつある」と記されているように、この時期の〈武蔵野〉とは「大都会」に組み込まれた地であり、「郊外住宅地」化の候補地であった。ゆくゆくは都市郊外化する場であることが含意されているのである。この時期の「震災後の西への発展によって生まれた「郊外住宅地」」を論の中心とした川本三郎が「「武蔵野」と「郊外」の違いを考えてみると、「武蔵野」のほうが広い地域を指している。まだ自然、田園が多く残っているところである。それが宅地化されてゆくと「郊外」になる。従って、「武蔵野」の範囲も時代によって異なってくる」[(6)]と述べたように〈武蔵野〉と郊外とは対立し、都市の周縁の郊外化は〈武蔵野〉をさらに周縁へと追いやるものであり、その消滅が意味されるものであった。

実際、こうした〈大東京〉構想とその実現は「待望の『大東京』へ」（『東京朝日新聞』大正七年十月一日）と威勢よく語られる一方で、「武蔵野趣味」からみれば危機感を募らせるのであった。柳田が指した「近年の所謂武蔵野趣味」の直接の対象と思われる武蔵野会（大正五年（一九一六）七月成立）の機関雑誌『武蔵野』をみると、田村剛「大東京と武蔵野」（『武蔵野』五巻一号、大正十一年（一九二二）四月）が〈大東京〉の実現を「当然武蔵野の侵蝕併合を意味するもの」とし、「今や全滅に近らんとしてをる武蔵野の郷土風景の記念又は保存の意味」から「所謂武蔵野中の景勝地を選んでこれを将来の自然公園遊園地等として目論んで置くことが刻下の急務ではないか」と述べている。金坂愛硯「武蔵野の新気象」（『武蔵野』大正十五年（一九二六）八月）も「郊外の都市化即ち武蔵野の自然と人文との上に齎し来たれる新気象」のなかで「すゝき、かるかや、雑木林」は「武蔵野の特色」として「出来る限り之を汚損したくない」とし、「郊外の野趣豊満なる武蔵野」が「縦横無尽に滅却破壊さるゝことは、断じて容認することが出来ぬ」と強い危機感を表明する。ここでは、郊外は「武蔵野の特色」を有したものとされており、〈武蔵野〉の現状として受け入れられてはいるもののさらなる「都市化」の可能性を常に孕むがゆえに、〈武蔵野〉に消滅の危機が含意されていることに変わりはない。

このように独歩の「武蔵野」時点では「東京は必ず武蔵野から抹殺せねばならぬ」とされていた〈東京〉が、「抹殺」どころか〈武蔵野〉を「侵蝕併合」するものとして認識されていくなかでは、デンニッツァ・ガブラコヴァが「武蔵野が改めて時代の焦点として浮かびあがるためには、野としての武蔵野が消え、帝都の一部として郊外化され都市化されなければならないという逆説」[7]と整理したように、雑木林などが〈武蔵野〉の「面影」としての意味を担い関心を集めていくことにもなる。たとえば松川二郎「新東京生活案内記―東京近郊の名所」(『中央公論』昭和二年(一九二七)四月)は「武蔵野趣味」を次のように解説している。

東京の郊外の特色とは、言ふ迄もなく武蔵野の気分である。今日の東京の郊外に武蔵野の俤を求むることは、甚だ困難であらう。或ひは不可能といふかも知れない。しかし私は尚ほ其処に、多少の気分だけは見出すことができるとおもふ。

武蔵野に特有のカラアは丘陵である。雑木の林である。欅の並木である。萱と薄である。更に、さういふものの上にぽつこりと出てくる富士である。西郊の特色が全くそれであつて、西郊の興味は岡と林の興味である。その丘と林との間に建設せられた畑と村落との興味である。

「武蔵野の俤を求むること」が「困難」だからこそ「気分」を味わうために「武蔵野に特有のカラア」を求める欲望が生まれていく。昭和五年(一九三〇)からの九年間に〈武蔵野〉吟行を実施した高濱虚子を始めとする『ホトトギス』同人の『武蔵野探勝』[8]はその最たる例だろう。虚子の「序」にみられるように、「実際に郊外に出てみると、その明治二十六七年頃の武蔵野とは大分変化してゐた」ために「昔日の武蔵野を見ることが出来ないのに今更ながら驚いた」からこそ「ところ〴〵に残つてゐる名勝非名勝の地を探つて、そこに武蔵野の名残を求め歩いた」という吟行の動機が生まれた。富安風生「雑木林など」(第四回、昭和五年(一九三〇)十一月九日)が「これ等の雑木林こそは誰もが知つてゐるやうに独歩が「武蔵野」の中であんなにも賛美した林なのである」と感動した風景は、赤星水竹居「小金井」(第五回、昭和五年(一九三〇)十二月三日)にあるように「我々の武蔵野探勝会も、武蔵野の欅並木全部を名勝指定地として保存法を講ずる」必要性を訴えかける。消滅の危機と隣り合わせだからこそ、「名残」として感動的な風景となるのだ。また、山口諭助『幻想の武蔵野』(昭和五年(一九三〇)井田書店)では「一つの自然とある心との、さゝやかな交渉の一記録」の試みが「亡びゆく武蔵野」を前提としているがゆえに「こゝに「武蔵野」がある!」と「追憶」させるものとして「古き武蔵野の面影を残した」雑木林が機能し、〈武蔵野〉は「無数の星屑が無数の遠近の層をなして、凍り付いた様にまた、いて居る」「不思議な幻想が、深い憧憬を伴つて我が心を領してゆく」場として描かれている。このように〈武蔵野〉が詩的な表現を呼び込んでいくところに「気分」としての「武蔵野趣味」がみられるのであり、ここでの雑木林は現実に眼前にある風景であるとともにかつてあったとされる〈武蔵野〉を憧憬するための媒体であった。

ここまでの議論をまとめておけば、〈武蔵野〉とは本来的に曖昧性を孕む語であり、自身の〈武蔵野〉イメージに合致する範囲を〈武蔵野〉と呼ぶことができた。しかし、都市郊外化の進展によって、〈武蔵野〉は自由な範囲設定が可能な場ではなく、次第に「面影」を探すべきもの、保存すべきものとしての性格を色濃くしていったということができる。「木枯の酒倉から」と同時期の

〈武蔵野〉は、都市郊外化の可能性を含意しており、〈武蔵野〉そのものよりも「面影」として見出されていた。つまり、眼前にある〈武蔵野〉というよりも、雑木林などの「面影」を媒介に、幻視されていくものこそが〈武蔵野〉だったのである。ここに、先のガブラコヴァが提起するような「帝都が東京に移されて以後、常に変容することを迫られた武蔵野の、失われてしまう光景を、表現形態はどのようなものであれ、表紙と表紙の紙の中の空間に時間を超えて保存しておきたいという心理的傾向[9]」がうかがえる。以上のような〈武蔵野〉観に鑑みて、〈武蔵野〉について語り、聞くことが構造化された「木枯の酒倉から」を考えてみたい。

三

まずは、「独白」本文の分析によって、主題としての〈武蔵野〉の様相を具体的に捉えたい。「狂人」は酒倉の行者と対決する「聖なる禁酒の物語」を語る前に、禁酒宣言に至るまでの「事のいきさつ」を語り始める。

毎年のことだが、夏近くなると俺は酒倉へサヨナラをする。それといふのが、夏は君、ペンペン草を我無者羅に俺達の酒倉へはやすからなんぢやよ。見給へ。夏が来ると俺達の酒倉はペンペン草で背の半分を埋めてしまふのだ。

「ペンペン草」の季節である「夏」に限り、酒を断つことができるという「狂人」は、しかし「木枯」が「恰も俺の活力を刺し殺すやうに酒倉のペンペン草を枯してしまふ」ため「木枯がペンペン草を吹き倒すとき、俺は毎年もとの酔つ払ひに還元してしまふ」。一連の流れは「木枯と酒と俺は因果な三角関係」と整理され、この「因果な三角関係」を前提としながら「おお光よ、おお緑よ、おおペンペン草よ、怖るべき力よ、俺の若き生命よ」といった語りが生成されていき、同時に酒は「憎むべき灰色」として抗いの対象とされていく。

この「因果な三角関係」は「独白」全体を貫く基本設定だが、重要なのは「冬」の寒さを「狂人」に体感させるとともに「ペンペン草」を枯らしてしまう「木枯」について「武蔵野の木枯」や「木枯の武蔵野」と繰り返し〈武蔵野〉との連関が強調されていることだ。「因果な三角関係」を前提とした「狂人」の語りは、禁酒と痛飲を繰り返すことになる「狂人」の行動原理を決定づける場として〈武蔵野〉を意味づけてもいくのである。〈武蔵野〉が「狂人」の意に反して酒を飲ませてしまうような「因果」を生む場であるならば、「僕」が〈武蔵野〉に住むことに「狂人」が反対し、「独白」を開始した理由はひとまず理解できる。とはいえ、たしかに「狂人」は「活力」を象徴する「ペンペン草」について力を込めて語っていくのだが、実際に語られた内容は「「ああ太陽よ」とか「おお生命よ」とか、まあそいつたことを喚きながら」と適当に済まされてしまう程度の場当たり的なものであり、それほど深い意味が込められているわけではない。「狂人」と「ペンペン草」とが「三角関係」の「因果」を結ぶことは設定としてはたしかに呈示されるものの、実際には自身の「活力」とみなした「ペンペン草」を過剰な言葉で彩ろうとする「狂人」の戦略的な身振りの方が際立っていくことになる。

「狂人」の禁酒理由は、酒が「肉体的、経済的、ならびに味覚的に於てすら」「愉快なる存在ではなかつたからだ」と「独白」冒頭で説明されていたが、「狂人」はその直後に「無論禁酒を声明した程だから昔は酒を呑んだんだ。あべべい、酒は茨だねえ、不快極る存在ぢやよ、と言ひながら」と語ってもいる。「狂人」の酒が「不快極る」という認識は、実際のところ禁酒の意志とは無関係だったのであり、「憎むべき灰色」や「不快極る存在」などという表現は酒席での大言壮語に過ぎなかったということができる。そもそも、「余は断じて酒を止めるぞよ！」などと繰り返すこと自体が酒を止めることのできない人間に典型的な身振りにほかならない。

このように、「狂人」の語りには自身が酒を求めてしまう責任を自身とは別のものに転嫁していく力学が働いている。その最終的な宛先とされたものこそが「夏」には「活力」を象徴する「ペンペン草」が生え揃い、「冬」には「ペンペン草」を枯らす「木枯」が荒れ狂う〈武蔵野〉なのである。「因果な三角関係」とは、「狂人」の飲酒と〈武蔵野〉とを関連づけようとする「狂人」が用意した口実に過ぎないのだ。

以上のような「狂人」の責任転嫁の戦略はテクストの後半部でより顕著になる。

俺の禁酒は、結局悲劇にもならずに笑ふべき幕をおろした。悶々の情に胸つぶし狂はしく掻い口説くのは一人恋人だけであるといふことを、呪はれたる君よ、知らなければならぬのぢや。冬はあまりにも冷たすぎるものぢやよ。

だから（聖なる決心よ！）俺はうなだれて武蔵野の夕焼を――ういうい、酒倉へ、酒倉へ行つたんだ！

右での「狂人」は禁酒の失敗を「木枯の武蔵野」の「冬」に転嫁するだけではなく、「武蔵野の夕焼」についても語ろうとしている。ここに書き込まれた「――」は「武蔵野の夕焼を」に続くはずだった言葉の存在を匂わせているが、前後の文脈から判断しようにも「武蔵野の夕焼」と酒倉へ向かう「狂人」の行動に直接の関連性は見出せない。ここでの「――」とは、「武蔵野の夕焼」と「酒倉へ行つた」ことを結ぶ「因果」関係を説明する言葉が空白のままに置かれていることを指し示しており、「因果」関係を語ろうともせずに「ういうい」という適当な感動詞で間を繋ぎ、早急に飲酒の責任を〈武蔵野〉へ転嫁しようとする「狂人」の姿勢そのものを照らし出しているのだ。

四

「狂人」と行者の論戦を（一応の）軸とした「聖なる禁酒の物語」は、行者が「狂人」に飲酒を促す存在として描かれているために両者の対立関係だけが読まれてきたが、「狂人」の姿勢にも注目しておきたい。「聖なる禁酒の物語」は、「狂人」が「酒の呪にたまりかねて」、行者の「楽天主義を打破しやうと論戦の火蓋を切つた」ところから唐突に開始される。まずは両者の立場から確認しておく。

「狂人」は「幻術をもつてしては及びもつかぬ摩訶不思議」を可能とする「人間の偉大なる想像能力」としての「詩」を擁護する立場であり、「人間能力の驚嘆すべき実際を悟らずして徒らに幻術をもてあそび、実は人間能力の限界内に於て極めて易々と実現しうべき事柄を恰も神通力によつてのみ可能であるなぞと」誤認する行者を批判する。対する行者は「狂人」の依拠する「想像能力」が「現実」には何ら効果を及ぼすものではないとし、「現実に於て詩」を可能とする「幻術」の優位性を主張する。

この論戦において両者の主張だけをみていると見過ごされてしまうのが、投げやりな議論運びをみせ、論戦に「退屈」している「狂人」の姿である。「想像能力」の「驚嘆すべき実際」を実践してみせようとする「狂人」は「目をつむれば茨は茨ならずしてたちどころに虹となり」と主張してみせるが、「虹と見ゆれど茨は本来茨だから茨には違ひないけれど亦虹なんぢやあ」と及び腰になると「しかし亦虹は茨――うう、面倒くさい話であるが」と主張を続けることが「面倒」になり、結局は「だから余は断じて幸福であるのだ！」と開き直ってしまう。また、行者からの批判に対しては「俺はもう行者の長談議の中途から全く退屈してゐたので、どうにと勝手になるやうになれ」と聞き流してしまっている始末である。このような「狂人」の態度は、自ら仕掛けたはずの論戦の目的や意義を極めて曖昧にしている。そもそも「二十石の酒樽より酒をなみなみと受けて呑みほし」ながら行者を批判しようとする姿勢は、議論の行方が「狂人」の禁酒云々を左右するものではないことを明かしてしまっている。

行者の「幻術」の「退屈」さは結末近くでも再度描かれる。禁酒に失敗し、酒倉で浴びるように酒を飲み続けた「狂人」は徐々に朦朧としていき、やはり「勝手にしろよ」という態度を決め込んでいると酒倉が「いつの間にか緑したたる熱国の杜に変つて」おり、「狂人」は「わしは幻術を好まぬよ」、「呪はれたる尻よ」などという態度で行者の尻を「平手でピシャピシャと」叩き始める。ここでもやはり尻を叩く行為に「退屈」した「狂人」の方から打ち切られることで、行者との対立関係にはたいして意味が与えられることはない。小説の結末は「狂人」が酒倉の「窖」へ転落して気絶してしまったというものだが、それが酒に酔った「狂人」がたびたび起こしていた行動であることは、既に「概して俺はこの酒倉で最もへべれけに酔つ払ふ男の唯一人で、酒倉の階段を踏みはずすと窖へ宙づるしにブラ下つたまま寝ちまふこともままあるのだ」と説明されていたことであった。つまり、「独白」の結びでもあり、小説の結末として用意された事柄は「狂人」にとってみればば特別一回的なものではない。ここで本稿前半でも触れた「木枯の酒倉から」の「附記」に再度目を向けたい。その全文は次のようなものである。

附　記

この小説は筋もなく人物も所も模糊として、ただ永遠に続くべきものの一節であります。僕の身体が悲鳴をあげて酒樽にしがみつくやうに、僕の手が悲鳴をあげて原稿紙を鷲づかみとする折に、僕の生涯のところどころに於てこの小説は続けられるべきものと御承知下さい。僕は悲鳴をあげたくはないのです。しかし精根ここにつきて余儀なければしやあしやあとして悲鳴を唄ふ曲芸も演じます。（作者白）

この「附記」は初出時以降は削除されているためにすべてを鵜呑みにすることはできないが、「附記」の大半を占める作者の今後の展望のような部分はさておき、テクスト自体に差し向けられた最初の一節は参照しておきたい。まず、「永遠に続くべきものの一節」という言葉は、既に確認した結末や「事のいきさつ」での「毎年のことだが、夏近くなると俺は酒倉へサヨナラをする」という「狂人」の痛飲が〈武蔵野〉の季節と連関しながら「毎年のこと」永遠に続いていくことを説明している。また、舞台としての〈武蔵野〉を指す「所」が、「筋」や「人物」と並列されて「模糊」とされていることは〈武蔵野〉が物語内容と深く関わっていることの証左といえるだろう。

何より「幻術」の「退屈」さに比べて、それを圧倒するような存在感を持つものとして描き出されているのが「永遠に続くべきものの一節」としての物語に基盤を提供するところの〈武蔵野〉なのである。そのことを「事のいきさつ」で描かれた二つの場面から確認したい。

武蔵野に展かれた宿の窓から、俺は時々頸をつき延して、怖るべき冬の情勢を探るのだ。すると、見渡す視野がばかに広茫と果もなくひろがつてゆくのに、その都度瞠若として度胆を失つてしまふのだ。冬の広さを見てゐると、俺は俺の存在が消えてなくなるやうに感じるものだから……

……こうして、木枯のうねりが亦一とうねり強くなると、俺はつい堪りかねて、ふつとあの酒倉を、思ひ出してしまふのだ。

見給へ——彼は分身の術を用ひて、さむざむと武蔵野に展かれた俺の窓から、脂ぎつた顔のニタニタをぬつと現す。

前者は「ペンペン草」の枯れる〈武蔵野〉の「冬」について語る場面であり、後者は行者がさりげなく「幻術」を披露してみせた場面である。二つの場面に共通して描かれている「窓」に注目し、とくに後者での「俺の窓」という言葉にしたがって「窓」を「狂人」のまなざしを規定する枠を指すものとして捉えておこう。その上で二つの場面を比べてみると、前者の〈武蔵野〉が「窓」枠から顔を出してもなお収まりきらない広がりを持ち、「狂人」自身の存在を脅かすように描かれているのに対し、後者の「幻術」は行者が外側から「窓」枠に顔を入れるものであるから「窓」枠の範囲内に収まり、あくまで室内にいる「狂人」個人への影響に留まっているため、その範囲を踏み越えていくような印象は受けない。こうした印象の相違は、「狂人」の「退屈」によってそのたびごとに容易く相対化される「幻術」と「因果な三角関係」を形成する〈武蔵野〉という物語における双方の重要度にそのまま由来しているといえるだろう。右の場面での〈武蔵野〉には「度胆を失つてしまふ」「冬の広さ」という言葉によって「武蔵野の木枯」や「武蔵野の夕焼」があくまで〈武蔵野〉の一面でしかないようなイメージが与えられており、そうであるがゆえに「狂人」に「ふつとあの酒倉を」想起させるに至るという「因果な三角関係」の変奏によって、責任転嫁の対象としての〈武蔵野〉が「独白」を根底から支えるものとしての存在感を発揮しているのである。

五

前節までの議論を活かしつつ「発端」をも含めた小説総体を〈武蔵野〉という主題から捉え直すための補助線としたいのは、独歩の「武蔵野」である。「武蔵野」では「武蔵野に散歩する人は、道に迷ふことを苦にしてはならない」とあり、「どの路でも足の向く方へゆけば必ず其処に見るべく、聞くべく、感ずべき獲物がある」ことが「武蔵野第一の特色」と強調されていた。そこで、「発端」の冒頭を読んでみたい。

木枯の荒れ狂ふ一日、僕は今度武蔵野に居を卜さうと、ただ一人村から村を歩いてゐたのです。物覚えの悪い僕は物の二時間とたたぬうちに其の朝発足した、とある停車場への戻り道を混がらがせてしまつたのですが、根が無神経な男ですから、ままよ、いい処が見つかつたらその瞬間から其処へ住んぢまへばいいんだ、住むのは身体だけで事足りる筈なんだからとさう決心をつけて、それからはもう滅茶苦茶に歩き出したんです。ところが案外なもので（えてして僕のやることは失敗に畢るものですから）、見はるかす武蔵野が真紅に焼ける夕暮れといふ時分に途方もなく気に入つた一つの村落を見つけ出したのです。

独歩のテクストを脇に置いてみれば、「物覚えの悪い」、「根が無神経」な「僕」が「滅茶苦茶に歩き出した」ことこそが〈武蔵野〉を歩く上では正しい方向に働き、「失敗に畢」りがちだった普段とは異なり、「途方もなく気に入つた一つの村落」の発見に繋がったと読み解くことができる。独歩が「到頭みんなを散歩好きの武蔵野好きにしてしまつたのである」と述べた柳田（前掲）や「独歩の言い草ぢやないが、岐れ路に立つたらステツキを立てて倒れた方へ歩いてゆく」ことが「東京の郊外散策者には、さうした趣味を有つた者が可なり多いのは事実である」と松川（前掲）が書いた程には、独歩のテクストは「武蔵野趣味」のパターンを提出したものとして参照されており、右の場面での「僕」のふるまいにもそれは踏襲されていたといえるだろう。(10)〈武蔵野〉に「居をトさうと」し、〈武蔵野〉を「途方もなく気に入つた」「僕」とは「武蔵野趣味」を体現した人物なのだ。

みてきたような「狂人」の責任転嫁の対象としての〈武蔵野〉と「僕」の「武蔵野趣味」的な人物造型を踏まえた上で、「ペンペン草の夏」という言葉にも注目しておきたい。まずはナズナ（俗称ペンペン草）の生態を確認しておく。一般に、ナズナは秋に発芽して冬期に葉を放射状に広げて（ロゼット）越冬する。春になると茎から長い総状花序を出し、小型の十字状花を多数開く。倒三角形の短角果である果実ができ、この状態を俗称であるペンペン草と呼ぶ。一般にナズナの発生している期間は秋から翌年の夏前までであり、少なくともペンペン草にとっての夏とは生長の期間ではなく、枯死の期間である。そして冬はペンペン草と呼ばれる形態ではないにせよ、枯死ではなく、ロゼット状態から開花へ向けての生長期間である。(11)

以上を踏まえると、「木枯の酒倉から」の〈武蔵野〉では現実には枯れているはずの「夏」に、酒倉の「背の半分を埋めてしまふ」ほどの巨大な「ペンペン草」が存在し、「活力」の象徴とされていたことになる。このことは「独白」における〈武蔵野〉が「狂人」の語り、つまり「独白」内においてしか存在し得ない極めてフィクショナルな場であることを意味している。しかも重要なことは、テクスト自体にこのような〈武蔵野〉の虚構性そのものを指示するような言葉がみられることなのだ。それには「発端」時点で「僕」と「狂人」の類似性が「いやに僕によく似た」、「ばかに親密に見える」と繰り返し示唆されていたことが重要になる。(12)「独白」の叙述をも含めるならば、〈武蔵野〉を「滅茶苦茶に歩き出した」「僕」の「根が無神経」な性格と「勝手になるやうになれ」という「狂人」の態度、「えてして僕のやることは失敗に畢る」ことと「狂人」が禁酒に失敗し続けることなども挙げられる。すると、次の「狂人」の言葉も両者の類似性を鍵として読み解くことができるのだ。

だから君、夏がきてペンペン草が酒倉の白壁の半分を包み隠してしまふとき、俺は呆然として無から有の出た奇蹟をば信ずるに至るのだけれど——君が見かけ程詩人なら、疑ふべき筋合ではないのぢやよ。といつたわけで、ペンペン草は生え放題に庭も道も一様に塗りつぶすものだから、俺は酒倉への出入にペンペン草に捲き込まれてとんだ苦労をしてしまふのだ。

ここでの「君が見かけ程詩人なら」という「狂人」の言葉が意味するのは「狂人」の「見かけ」もまた「詩人」ということであり、行者との論戦で「人間の偉大なる想像能力」としての「詩」を擁護していたこととも重なる。しかも、引用箇所にも当てはまる「因果な三角関係」という設定を「狂人」が明かす際には「事のいきさつに詩的情緒の環をかけさせて呉れ給へ」と前置きされていたのだった。「因果な三角関係」を形成する〈武蔵野〉とは、「狂人」が飲酒の責任転嫁のために「詩的情緒の環」、つまり「想像能力」としての「詩」によって構築したものなのだ。

そもそも、「狂人」の依拠する「想像能力」としての「詩」を「現実とは何等の聯絡を持つことを得なかつた」と批判する行者を相手にしてみれば「虹と見ゆれど茨は本来茨だから」という「面倒くさい話」でしかなく、「目をつむれば」実現するとでもいうような個人的な「想像」の域を出るものではなかった。そうしてみれば、ここでの「君が見かけ程詩人なら、疑ふべき筋合ではないのぢやよ」と語る「狂人」が求めているのは、同じ「詩人」としての「君」が本来生え揃っているはずのない「夏」に巨大な「ペンペン草」が存在するという「無から有の出た奇蹟をば信ずる」ことと、「因果な三角関係」に巻き込まれてしまう〈武蔵野〉の存在を「信ずる」ことにはかならない。「狂人」が責任転嫁の対象としていた〈武蔵野〉とは、聞き手である「君」の理解が得られることによって初めて「面倒くさい話」の域を脱した「現実」となるのであり、逆に聞き手に疑念を持たれた場合は、その瞬間に破綻してしまう空中楼閣なのである。「木枯の酒倉から」の〈武蔵野〉とは、浅子逸男が述べたような「東京の郊外であれば何処であってもよい(13)」場なのではなく、「現実」と完全に切り離された「想像」上の場なのだ。

六

以上分析してきたような「木枯の酒倉から」をたとえば安吾の「ファルス」論(「FARCEに就て」、『青い馬』五号、昭和七年(一九三二)三月)と関連づけるとすれば、「狂人」と行者の「何とも珍妙なやりとりに、作者の意図する「乱痴気騒ぎ(14)」」を認めることよりも、「狂人」の「想像能力」によって、〈武蔵野〉が生成されていたことが重要に違いない。そこに、言葉を「説明」や「写実」といった「代用の供」として用いない「ファルス」と接続可能な実践を確認できるのであり、「現実」

には存在しない「ペンペン草の夏」の〈武蔵野〉を「因果な三角関係」という設定を根拠に「信ずる」ことを求める「狂人」の姿は、論理的な一貫性とは程遠い語りによって「偉大なる風博士の自殺を信じなければならない」と「諸君」を相手に主張し続けた「風博士」（『青い馬』二号、昭和六年（一九三一）六月）とも重なるだろう。また、「想像能力」によって構築されたのが〈武蔵野〉であればこそ、小林真二のように「狂人」の「想像能力」を単に安吾の「文学」[15]認識という抽象的な領域へ回収するのではなく、「木枯の酒倉から」を同時代の〈武蔵野〉観と照らし合わせる回路が得られるだろう。

既に確認したように、〈武蔵野〉とは行政区分に左右されずに着目する対象によって論者各々の範囲設定を可能とする曖昧かつ自由度の高い場を指す語であったが、大正から昭和初期にかけての〈大東京〉の進展が〈武蔵野〉の消滅（可能性）を含意するようになると、〈武蔵野〉は「面影」を通じて幻視される場となった。そのため、雑木林などは「面影」とみなされ記録や保存の対象となったのである。しかし、「木枯の酒倉から」の〈武蔵野〉の象徴とされた「ペンペン草」と「木枯」は、〈武蔵野〉を「現実」と媒介するのではなく、逆に完全に「想像」上の虚構の側へと回収するものであり、〈武蔵野〉があくまで「現実」とは無関係な「想像」上の場であることを強調するものだったのである。消滅の危機に瀕した〈武蔵野〉の「面影」の「気分」に耽溺する「武蔵野趣味」や記録することによって「現実」に繋ぎ止めようとする試みとはまた別の実践がなされていたといえるだろう。

しかも、「狂人」の「想像能力」で構築された〈武蔵野〉が、「武蔵野趣味」的な行動パターンを踏襲した聞き手「僕」によって「面倒くさい」話ではなく、「笑うべき物語」として受容されていたことを忘れてはならない。「狂人」の「独白」が、痛飲の責任転嫁という個人的な問題以外の何物でもない話題であったことによって、「木枯の酒倉から」は〈武蔵野〉の「現実」を正しく説明することに重心を置いたのではなく、「想像」上の〈武蔵野〉を「笑うべき物語」として共有するという「気分」的な「武蔵野趣味」のあり方を戯画化していたのだ。しかし、〈武蔵野〉とはどこか実体としての場から離れた「想像」の蓄積によって形成されてきた概念だったのではないだろうか。そのような〈武蔵野〉の特徴に自覚的な「木枯の酒倉から」は、〈武蔵野〉が「現実」とは切り離されていることを強調し、「想像」のものでしかないことを「狂人」の責任転嫁という極端な形で描き出したテクストだったのである。

注

（1）「一」〜「六」（『文科』一〜四号、昭和六年（一九三一）十月〜昭和七年（一九三二）三月）。「七」〜「九」（『黒谷村』昭和十年（一九三五）竹村書房）。

（2）上林暁編集のアンソロジー『武蔵野』（昭和三十三年（一九五八）宝文館）には、安吾の「高麗神社の祭の笛」が収録されている。〈武蔵野〉を対象とする側から安吾が注目された数少ない例である。

（3）「武蔵野雑話」（『登高行』大正八年（一九一九）七月）、「続武蔵野雑話」（『登高行』大正九年（一九

二〇）六月）。後に「武蔵野の昔」と改題され、『豆の葉と太陽』（昭和十六年（一九四一）創元社）に収録。また、上林暁編『武蔵野』（前掲）に収録された。
（4）柄谷行人「風景の発見」（『日本近代文学の起源』昭和五十五年（一九八〇）講談社）、同「村上春樹の風景―『1973年のピンボール』」（『終焉をめぐって』平成二年（一九九〇）福武書店）参照。
（5）「武蔵野の面影」は、上林暁編『武蔵野』（前掲）に採録されているが、書誌情報に誤りがある。
（6）川本三郎『郊外の文学誌』（平成十五年（二〇〇三）新潮社）。引用は平成二十四年（二〇一二）岩波現代文庫。
（7）デンニッツァ・ガブラコヴァ『雑草の夢―近代日本における「故郷」と「希望」』（平成二十四年（二〇一二）世織書房）。
（8）吟行の成果は、『ホトトギス』に連載され、後に『武蔵野探勝』上・中・下（昭和十七年（一九四二）七月・十一月、昭和十八年（一九四三）二月、甲鳥書林）としてまとめられた。
（9）注（7）に同じ。
（10）〈武蔵野〉の道に迷うことを発端とした幻想的な小説として、石川淳「山桜」（『文芸汎論』昭和十一年（一九三六）一月）がある。なお、石川は「佳人」（『作品』昭和十年（一九三五）五月）でも〈武蔵野〉を舞台としている。
（11）ナズナについては、北村四郎・村田源『原色日本植物図鑑・草本編（Ⅱ）』（昭和三十六年（一九六一）初版、平成二十年（二〇〇八）改訂、保育社）、有岡利幸『春の七草』（平成二十年（二〇〇八）法政大学出版局）、矢野亮監修『日本の野草　春』（平成二十一年（二〇〇九）学習研究社）、亀田龍吉『雑草の呼び名事典―写真でわかる』（平成二十四年（二〇一二）世界文化社）などを参照した。なお、今蔵湖山（牧野富太郎の講演記録）「春の七草」（『武蔵野』四巻一号、大正十年（一九二一）四月）には、ナズナ（ペンペン草）の項目がみられ、本田正次「武蔵野の野草」（田村剛・本田正次編『武蔵野』昭和十六年（一九四一）科学主義工業社）には、「秋から冬へ残された落葉や枯草の淋しい景色の中にも、春の七草の小さな緑の息吹は既に始められている」、「春の七草は武蔵野なら何処へ行つても決して珍しくない」と書かれている。

（12）山根龍一「坂口安吾「木枯の酒倉から」論―安吾文学と仏教のかかわりについて」（『国語と国文学』平成十八年（二〇〇六）十月）は、「発端」における「僕」と「狂人」の「不自然な類似性」を手がかりに両者を同一人物と捉えようとすれば、「独白」は「僕」の「狂言という仮説が措定できる」とし、「作品全体を「僕」という一人物の、手の込んだモノローグとして読み解くことを可能にする」と述べているが、本稿はあくまで小説内の言葉に即し、類似性に留めて考察する。

（13）浅子逸男『坂口安吾私論―虚空に舞う花』（昭和六十年（一九八五）有精堂）。

（14）大久保典夫『昭和文学の宿命―夭折と回帰の構図』（昭和五十年（一九七五）冬樹社）。

（15）小林真二「坂口安吾「木枯の酒倉から」論―〈想像力〉の提起」（『稿本近代文学』十七号、平成四年（一九九二）十一月）。

太宰治の武蔵野——「東京八景」における風景表象

土屋　忍

一、はじめに——太宰治の場所

太宰治とつながりの深い場所といえば、まず津軽を思い浮かべる人が多いだろうか。『津軽』は、東京に住む主人公が生れ故郷津軽をどう捉えなおすかという観点から書かれた紀行文的な小説である。独特の土地の言葉や風土をそこに読み、実際に足を運ぶ者も多い。かつて旅館を兼ねていた金木にある太宰の生家「斜陽館」は、観光シーズンともなればすぐに満室になった。檀一雄、五木寛之、梅原猛、安岡章太郎、井上ひさし、リービ英雄など、津軽の地を訪れ、太宰治の面影を偲んだ作家も少なくない。

奥野健男の太宰治論でも、自ら足を踏み入れてからは「原風景」としての津軽が強調され、津軽の風土理解が重視されるようになる。土地の言葉を肌身で解する長部日出雄や相馬正一の土着的な太宰治研究は、風土理解を文学研究の基盤に置く立場を奥野とは別の側面から支えてきた。現代の文学においては「故郷を失った文学」(小林秀雄)は珍しいものではない。だからこそ物珍しさもあり、太宰治(あるいは葛西善蔵や寺山修司、棟方志功らを含めて)を通じて伝承された津軽という場所が、津軽を異郷とする者たちから比較文化論的関心を寄せられ、ともするとエキゾチスムとノスタルジーの対象たり得たということもできるだろう。

よきにつけあしきにつけ、文学者の名声は観光資源と化する。行政と文学館はその恩恵に与る。太宰治定住の地であり終焉の地である三鷹市は、「三鷹の太宰治」を街おこしと結びつけて「太宰治文学サロン」を開き、縁の場所に案内板を建て、関連グッズ販売などをおこなっている。美知子夫人のふるさと甲府でも、天下茶屋や湯村温泉「旅館明治」など、太宰が滞在したことのある場所などが観光マップ化されている。山梨県立文学館においても太宰治の展示をおこなってきた。これらの動きを一気に加速させたのが二〇〇九年の生誕百年という節目であり、桜桃忌(六月十九日)にそのピークを迎えた。多くの愛好者たちが三鷹の禅林寺を訪れ、テレビのワイドショーがその様子を中継した。映画化された作品が次々に公開され多くの太宰本が刊行された。青森への観光客も増大し、津軽鉄道には人が押し寄せ、車両内には津島家の系図や『津軽』における乳母のモデルの顔写真のコピーが貼りつけられ、まさに津軽は太宰一色となった。

かくして作品に登場する場所は次々と地図上で推定=特定され、登場人物のモデル探しの成果とともに、生れ故郷と終焉の地を中心にした太宰治の文学散歩に寄与することになった。本稿では、以上のような社会現象と文学研究の断絶と結びつきを鑑みながらも、これまで文学散歩においても文学研究においてもほとんどとりあげられることのなかった「武蔵野」という場所に焦点を当てて太宰治の小説を読み解いてみたい。

二、「東京八景」――第一景としての武蔵野の夕陽

太宰治の小説「東京八景」は、ある地域の絶景を八つ定めて八景として愛でるという中国起源の習慣を形にした、いわゆる八景ものを継承している。八景ものには室町末期の「近江八景」から昭和初期の「日本八景」に至るまで様々あるが、作中の「私」が書こうとしている作品名もまた「東京八景」である。ただし通常の八景が実際の景色そのものであるのに対して、「私」が試みているのは言語（のみ）による風景表象である。

作家である「私」の手になる東京の八景は、第三景までしか決まらずに終わる。次の引用部分で述べられているのは、第一景としての「武蔵野の夕陽」である。

（上略）そのとし（昭和十四年――引用者注）の初秋に東京市外、三鷹町に移住した。もはや、ここは東京市ではない。私の東京市の生活は、荻窪の下宿から、かばん一つ持つて甲州に出かけた時に、もう中断されてしまつてゐたのである。

私は、いまは一箇の原稿生活者である。旅に出ても宿帳には、こだはらず、文筆業と書いてゐる。苦しさは在つても、めつたに言はない。以前にまさる苦しさは在つても私は微笑を装つてゐる。ばか共は、私を俗化したと言つてゐる。毎日、武蔵野の夕陽は、大きい。ぶるぶる煮えたぎつて落ちてゐる。私は、夕陽の見える三畳間にあぐらをかいて、佗しい食事をしながら妻に言つた。「僕は、こんな男だから出世も出来ないし、お金持にもならない。けれども、この家一つは何とかして守つて行くつもりだ。」その時に、ふと東京八景を思ひついたのである。過去が、走馬燈のやうに胸の中で廻つた。

ここは東京市外ではあるが、すぐ近くの井の頭公園も、東京名所の一つに数へられてゐるのだから、此の武蔵野の夕陽を東京八景の中に加入させたつて、差支へ無い。あと七景を決定しようと、私は自分の、胸の中のアルバムを繰つてみた。併しこの場合、藝術になるのは、東京の風景でなかつた。風景の中の私であつた。藝術が私を欺いたのか。私が藝術を欺いたのか。結論。藝術は、私である。（「東京八景（苦難の或人に贈る）」『文學界』昭和十六・一）

「東京八景」には、三鷹町に移住するまでの間に「私」が辿った道のりが具体的に明記されている。転居先の地名を列挙していくと、「戸塚」「本所区東駒形」「五反田」「神田・同朋町」「神田・和泉町」「淀橋・柏木」「日本橋・八丁堀」「芝区・白金三光町」「杉並区・天沼」「荻窪駅の近く」、「阿佐ヶ谷」「世田谷区・経堂」の病院を経て、「千葉県船橋町」で転地療養。「板橋区」の病院を経てふたたび「杉並区・天沼」。見合い結婚をして「甲府市のまちはずれ」となる。「院長の指示」による船橋への転地と甲府での新婚生活をのぞくと、すべて東京市内の移動であることが強調されているのがわかるだろう。「私」にとっての東京生活はあくまで「東京市」の生活のことであり、だからこそ「十年間の私の東京生活」を振り返るべく拡げるのも「東京市の大地図」なのである。膨張を続ける東京は、昭和七年、周辺の五郡八十二町村を合併し二十区を新設し、旧来の十五区とあわせて三十五区の「大東京（市）」を形成する。(1)「昭和五年に弘前の高等学校を卒業し、東京帝大の仏蘭西文科に入学」して以来、十年間の東京放浪を経て、最終的に三鷹町という「東京市外」に「原稿生活者」として居を定めたとき、都落ちに似た感慨があったのかもしれない。落日としての「夕陽」こそふさわしい感慨である。

では、なぜ三鷹の夕陽ではなく「武蔵野の夕陽」なのだろうか。

「東京八景」における「武蔵野」は、特定の範囲を指すというよりも、後進地域である東京市外をイメージする地名として用いられている。「戸塚の梅雨。本郷の黄昏。神田の祭礼。柏木の初雪。八丁堀の花火。芝の満月。天沼の蜩。銀座の稲妻。板橋脳病院のコスモス。荻窪の朝霧。武蔵野の夕陽。」と、いちどは「東京八景」の候補を並べてみるが、「武蔵野の夕陽」以外は却下されることになる。これらの中でただしく特定の場所を指さない地名は「武蔵野」だけである。当時（昭和十六年）、武蔵野市の前身である武蔵野町が存在してはいたものの（「私」が上京する少し前までは武蔵野村）、吉祥寺・西窪・関前・境の四箇村と井口新田飛地をあわせた区域に過ぎず、「私」が「三鷹町」で見た「夕陽」がこの武蔵野町の夕陽であるとは考えにくい。そもそも「武蔵野」とは、行政区分とは無関係の茫漠たる場所を指す。かと言って、旧武蔵国の野や武蔵野台地といったようにひたすら広く定義しておけば充分だと言える地名でもない。太宰は国木田独歩の短篇を「非常にうまい」と記しているが[2]、その独歩の「武蔵野」には、かつての「俤」を残しつつ変わりゆくその姿が「東京」や「八王子」、「北海道」や「ロシア」との対比において描かれていた。「東京八景」においても「武蔵野」は、「武蔵野」ではない場所との差異によって表象されており、「武蔵野」ではない場所の選択は、恣意的なイメージによるところが大きい。しかし、そうしたイメージとしての武蔵野を表象する差異は、単なる地理的相対性の中でのみ示されるのではなく、武蔵野をめぐる文学的表象との関わりにおいても生じることになる。

「武蔵野の夕陽」が「大きい」のも、「ぶるぶる煮えたぎつて落ちてゐる」のが見えるのも、さえぎるもののない場所だからである。「むさしのは木蔭も見えず時鳥幾日を草の原に鳴くらん」（『桂林集』）とあるように、元来、武蔵野イメージの中心は人里離れた萱原であったと考えられる。江戸時代に大規模な水路工事がおこなわれるまでは基本的に田畑も雑木林もほとんどない。「武蔵野の森」などあるべくもなかった。国木田独歩が有名にした「落葉林」（雑木林）も、元は人工林である[3]。大岡昇平の『武蔵野夫人』が描いた「はけ」周辺は、野川の湧水に恵まれ、古代から人の生活があったと考えられるいわば例外的武蔵野であった。

また武蔵野は、中世の頃より月と縁のある地であった。「行く末は空も一つの武蔵野に草の原より出づる月かげ」（『新古今集』）から「武蔵野は月の入るべき嶺もなし尾花が末にかかる白雲」（『続古今集』）、そして「むさしのの尾花の末はさだかにて月よりさきに落る雁金」（正岡子規）に至るまで、月と対照するもののない場所こそが武蔵野が原であり、遠くから月を望み自己と観察対象の間の漠とした不在を詠んだ歌、京に住む人が旅人などから得た知識に基づいて都との違いを想像して詠んだ歌であった。ここで、小中学校で学んだ太陽と月の動きの関係を思い出してみたい。一夜の間の月の出入りとなれば満月の頃の歌であろう。そう考えると、月は太陽が沈む頃に東方より出て、太陽が昇る頃に西方へと入る。例に出した三首では、武蔵野より出でる月を東方に見る眼差しと武蔵野に入る月を西方に見る眼差し、さらにそれら東西の出入りを同時に見られるだけの視界の広さを想定することができる。

それに対して西條八十作詞の「東京行進曲」四番には、「シネマ見ましょか　お茶のみましょかいっそ小田急で逃げましょか　変る新宿　あの武蔵野の　月もデパートの　屋根に出る」（JASRAC出 1309210-301）と、「あの武蔵野の月」が今やデパートの屋根越しに見える（しか見えない）様子が歌われているが、これはおそらく歌詞の一番で詠んだ銀座の方面（東方）から新宿のデパートやさらにその向こうの武蔵野の月を西方に望む構図である。だとするならば、西方から出る（西方に見える）月は新月であろうか。同名の菊池寛原作の映画の主題歌として佐藤千夜子が歌いヒットしたのは昭和四年（一九二九）。「東京八景」の「私」が上京する前年のことであった。それから四年後、同じく西條八十作詞の「東京音頭」は、東京人による東京人のための盆踊りを通じた「ふるさと」

希求とも言うべき現象を生み出した(4)。東京人であった西條は、歌詞の七番でふたたび「武蔵野」を用いて「昔ゃ武蔵野　芒の都　今はネオンの　今はネオンの灯の都」と詠むが、その内容は、同じ年に刊行された本のタイトル『武蔵野から大東京へ』（白石実三）とも合致する。太宰の「東京八景」にみられる大東京から武蔵野へという「私」の動きは、まさにこうした社会現象に逆行しており、東京人による東京表象に沿うことはなかった。月ではなく「夕陽」への着目も、武蔵野に外来者の視点を持ち込んだ国木田独歩『武蔵野』初版の表紙絵に描かれた「武蔵野の夕日」や、本文第五章における「落日の美観」についての記述を継承することとなった。

「東京八景」では、武蔵野との取り合わせとして「夕陽」が選びとられた状況がはっきり記されている。夕陽を見ているのは「私」と「妻」。場所は、「三鷹町」にある「家」の「三畳間」である。そこで食事をとり、その食事を「侘しい」としている。夕陽の見える時間帯に一家で食事をする光景。狭いながらも我が家と言える空間で、家を守ると宣言する主。ここで夕陽が見える方向はもちろん西方である。三鷹よりもさらに都心の外側へと落ちていく夕陽。それを見ている「私」と「妻」は「東京市」に背を向けていることになる。このとき、新月ならば夕陽と同じ方角に見えるはずだし、満月ならば都心の方角に見えるはずだが視界には入らない。「東京八景」における風景の第一は、武蔵野の「夕陽」でなければならなかった。そして夕陽の枕詞には、さえぎるもののない場所というイメージを蓄積している武蔵野こそがふさわしかったのである。

従来の研究では、作中で「私」が「東京八景」を描けないのは、「自分が志賀や葛西ではなく、風景に感慨を託す心境小説のような芸術作品に遂に無縁であることに思い至ったからであろう」として、通俗小説家として生きる覚悟に至るまでを書いた作品だとする論考[5]にみられるように、太宰治が風景を描けない作家であることを宣言した作品だとされてきた。「藝術」と対比されている「俗化」の意味も、「東京の風景」を描けないことと結びつけて理解されてきたし、「胸の中のアルバム」には「風景の中の私」しかなかったという部分なども描写能力の問題としてネガティブにうけとめられ、すべては「〈私〉の自意識に回収されてしまう[6]」と解された。「生まれてすみません」的な〈私〉=太宰のイメージはかくも根強く浸透しているのである。

しかし、この「東京八景」には、本当に風景描写がないのだろうか。また作中作である「東京八景」は未完成で終わるが、「私」を介して「風景」表象論を展開している太宰という語り手が別にいるとするなら、完成していないことにこそ意味があるのではないだろうか。

三、風景画になり得ない一景

次に引用するのは、「武蔵野の夕陽」に続いて八景に加えるべき風景を回想場面によって伝えている箇所である。

（上略）美術館で洋画の展覧会を見た。つまらない画が多かつた。私は一枚の画の前に立ちど

まつた。やがてSさんも傍へ来られて、その画に、ずつと顔を近づけ、

「あまいね。」と無心に言はれた。

「だめです。」私も、はつきり言つた。

Hの、あの洋画家の画であつた。

美術館を出て、それから茅場町で「美しき争ひ」という映画の試写を一緒に見せていただき、後に銀座へ出てお茶を飲み一日あそんだ。夕方になつて、Sさんは新橋駅からバスで帰ると言はれるので、私も新橋駅まで一緒に歩いた。途中で私は、東京八景の計画をSさんにお聞かせした。

「さすがに、武蔵野の夕陽は大きいですよ。」

Sさんは新橋駅前の橋の上で立ちどまり、

「画になるね。」と低い声で言つて、銀座の橋のはうを指さした。

「はあ。」私も立ちどまつて、眺めた。

「画になるね。」重ねて、ひとりごとのやうにして、おつしやつた。

眺められてゐる風景よりも、眺めてゐるSさんと、その破門の悪い弟子の姿を、私は東京八景の一つに編入しようと思つた。

それから、ふたつきほど経つて私は、更に明るい一景を得た。（下略）

ここで「さすがに、武蔵野の夕陽は大きいですよ」と「東京八景」の一を語る「私」に「Sさん」は「画になるね」と二回繰り返しているが、それは「武蔵野の夕陽」に対する応答ではない。「Sさん」の指さしているのは、「東京行進曲」でも「東京音頭」でも花の都の東京市を代表する「銀座」（の橋のはう）である。「眺められてゐる風景よりも、眺めてゐるSさんと、その破門の悪い弟子の姿を」とあるが、「Sさん」が眺めている「画になる」実景と、「私」が語っている言語上の風景である「武蔵野の夕陽」とは、まったく別のものである。「眺めている」側の「Sさん」とその傍らにいながら違うものを眺めている「私」の風景化が試みられている。一景となるべき「眺めているSさんと、その破門の悪い弟子の姿」がどのような内実をもった「景」かと考えるなら、実景としては現実には同時に存在することのできない風景であり、ひとつのカンバスにも、スクリーンにも同時に描くことのできないふたつの風景である。「東京八景の一つ」を生みだすことになる「私」と「Sさん」とのやりとりは、銀座から「新橋駅前の橋の上」までの道のりでなされているが、ふたりはその前に美術館で洋画の展覧会をみて、その後、映画の試写を見ていた。ここで強調されているのは、言語上の第一景としての「武蔵野の夕陽」と「画になる」銀座の風景というそれぞれの風景を掛け合わせた言語の上でのみ成り立つ風景なのではないだろうか。すなわち、「私」が「東京八景の一つ」に編入することにしたのは、絵画にも映画にもなり得ない言語上の風景だったのである。

それでは、「ふたつきほど経つて」得たという「更に明るい一景」、すなわち「増上寺山門の一景」とはどのようなものだったのだろうか。

（上略）T君（「私」の妻の妹の許婚で出征前である――引用者注）の部隊は、なかなか来なかつた。十時、十一時、十二時になつても来なかつた。女学校の修学旅行の団体が、遊覧バスに乗つて、幾組も目の前を通る。バスの扉に、その女学校の名前を書いた紙片が貼りつけられて在る。故郷の女学校の名もあつた。長兄の長女も、その女学校にはひつてゐる筈である。乗つてゐるのかも知れない。この東京名所の増上寺山門の前に、ばかな叔父が、のつそり立つてゐるさまを、叔父とも知らず無心に眺めて通つたのかも知れない等と思つた。二十台ほど、絶えては続き山門の前を通り、バスの女車掌がその度毎に、ちやうど私を指さして何か説明をはじめるのである。はじめは平気を装つてゐたが、おしまひには、私もポオズをつけてみたりなどした。バルザック像のやうにゆつたりと腕組みした。すると、私自身が、東京名所の一つになつてしまつたやうな気さへして来たのである。一時ちかくなつて、来た、来たといふ叫びが起つて、間もなく兵隊を満載したトラックが山門前に到着した。T君は、ダットサン運転の技術を体得してゐたので、そのトラックの運転台に乗つてゐた。私は、人ごみのうしろから、ぼんやり眺めてゐた。

「私自身が、東京名所の一つになつてしまつたやうな気さへして来たのである」とあるように、眺めている私が眺められている私となり、「東京名所の一つ」として風景化されて画の中の一部になりつつある私を私が語る。このとき風景化された私を縁どる額縁の中には同じ場所にいるはずの「妻」がいない。引用部の前には、「翌朝、私たちは早く起きて芝公園に出かけた。増上寺の境内に、大勢の見送り人が集つていた」「『どうして、かうなんでせう。』妻は顔をしかめた。『そんなに、げらげら笑つて。』」とあり、妻とともに出かけたことが明記されているのだが、「私自身」が「東京名所の一つ」になるまでの間に「私たち」という夫婦の単位が「私」という個人を示す記号となり、「私」の語りの上で妻の存在は脱落する。そのような「私」の風景化は、出征前の「T君」を待っている場面で起こるのだが、「T君」は妻の方の親戚である。そこで「私」に意識されているのは、修学旅行生用の遊覧バスの扉に掲げられた「故郷の女学校」の名前が示す（可能性としての）「長兄の長女」の眼である。「東京名所」は、二十台の観光バスと、その中に乗っているかもしれない女学生の姪から「私」に向けての眼差しによって構成され、傍らの「妻」と到着予定の「T君」は、構図の外に置かれた。そのように恣意的な構図がつくる「東京名所」はそこに固定されることなく額縁を抜け出すのである。

引用部の後で「私」は、妻の妹とT君に対して、妙に力強い言葉をかけるのだが、その場面は「東京名所は、更に大きい声で、／『あとは、心配ないぞ！』と叫んだ」と道化たように表現されている。道化たようではあるが、「T君の厳父」の眼にちらと見えた「不機嫌の色」にもひるまない。強気な態度でいられたのは、T君一行が到着したとき、「私」がすでに「東京名所」と化していたからである。この場面には東京の中心部における縁戚関係総動員の図がみられるのだが、「私」がそこにあくまで「東京名所」として加わっており、兵隊を鼓舞したり、別れを惜しんだり、残された妻とその家族を気遣ったり……といった感情のやりとりに加わっている様子は記されていない。「東京名所」と言っても、東京風を吹かしているのではなく、みずからの血縁の視線を借りて拵えたものである。その視線にも切実な実体がともなっているわけではなく、「かも知れない」という推測に基づくいわば一人芝居の所産であった。

こうして「東京名所」がT君を見送るところを「増上寺山門の一景」とするならば、其前の「眺めているSさんと、その破門の悪い弟子の姿」の一景と同様に、私のいる風景ではあるが私だけがいる風景ではなかった。風景の成り立ちに小説的な説明を要する言語上の風景であるが、風景そのものに多くの言葉を費やすのではなく、ある瞬間を言語で切り取り構図化したものであった。その構図は、複数の空間表象を恣意的に掛け合わせてつくったものであり、見たままの構図ではなかった。それらをイメージしている時間は伊豆という東京を離れた場所における回想の時間であり、東京における現在進行形の時間ではなかった。以上のような風景の表象の仕方は、次節にみる如く太宰がすでに「富嶽百景」で試みていることであった。

四、富士には月見草がよく似合ふ―太宰治「富嶽百景」の方法

「お客さん！　起きて見よ！」かん高い声で或る朝、茶店の外で、娘さんが絶叫したので、私は、しぶしぶ起きて、廊下へ出て見た。

　娘さんは、興奮して頬をまつかにしてゐた。だまつて空を指さした。見ると、雪。はつと思つた。富士に雪が降つたのだ。山頂が、まつしろに、光りかがやいてゐた。御坂の富士も、ばかにできないぞと思つた。

「いいね。」

　とほめてやると、娘さんは得意さうに、

「すばらしいでせう？」といい言葉使つて、「御坂の富士は、これでも、だめ？」としやがんで言つた。私が、かねがね、こんな富士は俗でだめだ、と教へてゐたので、娘さんは、内心しよげてゐたのかも知れない。

「やはり、富士は、雪が降らなければ、だめなものだ。」もつともらしい顔をして、私は、さう教へなほした。

　私は、どてら着て山を歩きまはつて、月見草の種を両の手のひらに一ぱいとつて来て、それを茶店の背戸に播いてやつて、

「いいかい、これは僕の月見草だからね、来年また来て見るのだからね、ここへお洗濯の水なんか捨てちやいけないよ。」娘さんは、うなづいた。

ことさらに、月見草を選んだわけは、富士には月見草がよく似合ふと、思ひ込んだ事情があつたからである。（下略）（「富嶽百景」『文体』昭和十四・二〜三）

太宰治の「富嶽百景」もまた「東京八景」と同様に、風景表象そのものについてあれこれ考察する小説になっている。富士のある風景をどう描くか、どういうときにどういう角度から見た富士を描けばいいのか。富士は富士である。しかし、たとえば「まんなかに富士があつて、その下に河口湖が白く寒々とひろがり、近景の山々がその両袖にひつそり蹲つて湖を抱きかかへるやうにしてゐる」「御坂峠から見える富士山」の景色は、「風呂屋のペンキ画」「芝居の書割」同様の「俗の俗なるもの」で、「恥づかしくてならな」い。冒頭から富士の絵が実際の形とは異なることが述べられ、いわば本家である葛飾北斎の『富嶽百景』を下敷きにした風景表象論が語られてゆくのである。

ここで北斎の描く富士から得た着想は、構図と取り合わせの妙である。北斎の富士は、近くのものを通して遠くの富士を望見する構図をもっている。近景には子供、乞食、遊女、花嫁、水辺で忙しく働く人々、白い紙を風に吹き飛ばされる商人、あるいは犬や雁が、徳利や盃などの小道具、欠伸や指差しといった動作とともに大きく描かれ日常の一齣を形作り、遠景に様々な貌の富士が描かれる。富士の相貌も雪や霧など多様であり、場所も吉田や御坂などの名所から江戸の各所に至るまで様々である。近景と遠景の距離はそのまま日本一の富士との隔たりを表しており、その取り合わせの妙によって百景が成立している。太宰の「富嶽百景」は、北斎が富士と掛け合わせた様々な人物や小道具、動作や状況を、実にさりげなく作中に登場させており、そこから独自の「単一表現」を探すテクストになっている。こうして発見されるのが、引用部のあとに記される回想（時間的には引用部よりも前になる）の中に出てくる「富士には、月見草がよく似合ふ」という言葉であった。

そこで「私」は、富士と月見草の両方を同時に視界に収めていない。月見草は、富士と「反対側の、山路に沿つた断崖」に咲いていたのであり、「私」の視線は、富士には一瞥も与えずに断崖を見つめていた「私の母とよく似た老婆」に寄り添っていた。バスの中の乗客たちは、みな一様に富士の側を見ている。そのとき、「私」に安心したかのように老婆が「おや、月見草」と「ぼんやりひとこと」「細い指でもつて、路傍の一箇所をゆびさした」。その先に「私」の視線がいく。「さつと、バスは過ぎてゆき、私の目には、いま、ちらとひとめ見た黄金色の月見草の花ひとつ、花弁もあざやかに消えず残つた」とあるように、月見草を発見した「私」は、その姿を「さつと」一瞬間で脳裏に焼き付け、「三七七八米の富士の山と、立派に相対峙」させるのである。

「ちらとひとめ見た」ばかりの「月見草」の映像の記憶に、視覚的には空白である共同幻想としての「富士」を組み合わせて言語化するその方法は、瞬間を切り取る時間の芸術である俳句を思わせ、意外性のあるものを掛け合わせてつくるコントの作法を想起させる。さらに、わざわざ言及されている富士と月見草との取り合わせが生れる経緯の内容を重視するのであれば、同時に見ることのできない複数の映像を加工編集することにより合成するフォトモンタージュに近い技法だと言えるだろう。(7)断片と断片とをつなぎあわせて一枚の写真にするいわゆる合成写真である。作中に何度か登場する写真というメディア。北斎の時代にはなかったが、太宰の時代にはすでに日本にもあったモンタージュという技法。末尾で「私」は、東京から来たと思われる「若い智的の娘さん」ふたりから頼まれ、写真撮影をすることになるが、「ふたりの姿をレンズから追放して、ただ富士山だけを、レンズ一ぱいにキヤツチ」してシャッターを押す。このいたずらもまたコント的であるが、と同時に、撮影の瞬間まで被写体の構図が定まらない（被写体も確認できない）のが絵画のスケッチとは異なる写真の特性である。月見草の発見が、一回的で即興性のあるいわばスナップショットによるものであったことを考えると、(8)写真というメディアの特性を意識しながら北斎の『富嶽百景』に挑んだとは言えないだろうか。だからこそ「私」は写真の富士に対して肯定的なのではないだろうか。作中の「私」は「軽蔑」さえする「富士三景の一つ」と「へたばるほど対談」しながら絵画や写真と「対談」し、小説における風景表象の方法を考案しているのである。

「素朴な、自然のもの、従つて簡潔な鮮明なもの、そいつをさつと一挙動で摑へて、そのままに紙にうつしとること、それより他には無いと思ひ、さう思ふときには、眼前の富士の姿も、別な意味をもつて目にうつる」という本文中の記述は、「私」が見出した風景表象についての一つの明確な見解であるが、それは、絵画や写真を参照して小説における写実表現を考えた結果、風景画や風景写真における構図や取り合わせ、デフォルメや合成など、フィクショナルな部分を積極的に取り入れる方向へと向かうのである。

五、太宰治の風景表象——富士から武蔵野へ

太宰治の風景表象においては、風景における一瞬の時間を言葉で切り取ることに心が砕かれ、結果的に短詩的で広告的な表現が残された。「富嶽百景」の「富士には月見草がよく似合ふ」はその代表である。そこでは、自然描写が重ねられてそこに登場人物の内面が仮託されるのではなく、「私」のいる風景からある瞬間（月見草を発見する私）がとりだされ、それが描くべき対象（富士）と結びつけられる。しかし、それだけでは広告的表現に終わるだろう。事実、「富士には月見草がよく似合ふ」というフレーズが有名になるとそれだけが一人歩きをはじめ、それらしき絵画や写真が量産された。月見草を発見するまでの経緯と発見後のことが書き込まれていたのを読み落としてはいけない。同時に視界に収めることのできなかったふたつのものを掛け合わせてひとつの風景表象が生れるまでの経緯と、いつかそれを実際に視界に収めるべく種を播いて育つのを「私」が待つ場面のくだりには、太宰治の風景観が表れているのだ。すなわち風景とは、誰にとっても瞬間瞬間で異なるものであり、見る角度によっても異なるものである。通俗化も免れないが、人の手によって新しく拵えることのできる制作的なものである、という観方である。

このように、瞬間瞬間を切り取り合成して成立させた言語上の風景に対して、その背景を自己解

説的に語り、「私」の物語を背負わせるという方法は、「富嶽百景」を経由して「東京八景」で試みられる。第一景として「武蔵野の夕陽」を定めることは、東京市内に背を向け三鷹以西の東京市外（その方角には富士も見える。葛飾北斎の「富嶽百景」には、月とともに描かれた「武蔵野の不二」も含まれている。口絵参照のこと）に向かってなされた一種の決意表明であった。古来の武蔵野の月の系譜を意識しながらも、「ぶるぶる煮えたぎつて落ちてゐる」という生命感溢れる動きを表現するには、月でも朝日でもなく夕陽である必然性があった。都落ちの感慨と再出発の気概とが同時に仮託されているという意味では、内面としての風景表象にもっとも近いと言えよう。しかし続く第二景では、Sさんによる銀座の夕暮れと武蔵野の夕陽とを掛け合わせた風景がつくりだされる。第一景で確立した私的な風景をもってして銀座の風景と対峙させているのだが、ここでSさんのモデルが佐藤春夫であるというよく知られた伝記的事実を持ち出すなら、佐藤が『田園の憂鬱』で舞台にした武蔵野の南端への対抗意識が隠れているとうけとることも可能である。さらに第三景では、想像力により「東京名所」と化した「私」が東京の中心で威勢のいい言葉を投げかける風景である。ここでついに「風景の中の私」が外界と関わってつくりだす風景が自立する。そして風景表象論としては明瞭なものとなるのだが、そこで示された方法的意識により八景すべてを書き終えることのないままテクストは閉じられる。名所を名所として固定してしまうと制作も加工も創造も止まってしまう。それを回避しなければならない「私」にとっては、最後まで書けなかった、のではない。「東京八景」を完成させてはならなかったのである。

「武蔵野の夕陽」という新たに拵えられた風景には、「東京名所」ほどには人間の表情が染み付いていなかったが、今や、太宰治のいたであろう風景は、至るところで「名所」と化し、「俗化」した。しかし、太宰の風景観に沿うならば、どれだけ手垢にまみれた場所であっても、「風景の中の私」を幻視して言語上の風景を加工すればそこに独自性が生れるということになる。権威や中心からのずらしや逸脱を経由しながらそこにとどまらず、そのつど新しい表現を求め続けるところに成立する未完の風景表象が「東京八景」であった。

最後に、「東京八景」以後のことも述べておこう。太宰治は、「富嶽百景」（昭和十四年）と「東京八景」（昭和十六年）を書くことを通じて、富士や東京といった〝中心〟の風景の表象史がつくりだす場所のヒエラルキーを充分自覚し、距離をとりながらもそこに参入し、その上で『津軽』（昭和十九年）の執筆へと向かったのではないだろうか。『津軽』は、松尾芭蕉の旅やみちのく表象、東京の文壇地図、そして南へ向かう作家たちをはっきり意識して書かれている。その『津軽』における「少しも旅人と会話をしない」「『風景』の一歩手前のもの」の表象は、〝中心〟表象への反逆としては成功したと言えそうである。もちろんそれは、故郷礼賛、中央批判といったものではなく、その土地の人々が自身では意識していないであろう定住者の生活風景を、半ば地元民半ば異人である旅人の視点で描いてみせるというドキュメンタリータッチのフィクションであった。その意味で、やはり独歩の『武蔵野』の方法を継承しているのである。

注

（1）試みに『大東京市地図』（小林又七編、昭和十一年）をみても、市外である三鷹はかろうじて記載があるものの白い部分が多く、市内のように住宅区域や番地が記されていない。また、索引には「東京名所」という項目がある。

（2）拙稿「太宰治と国木田独歩」（『武蔵野に迷う――保谷・三鷹・小金井の作家たち』武蔵野文学館、二〇一二所収）で両者の関係について言及している。また、拙稿「太宰治『乞食学生』の嘘―学生服の〈酔詩人〉とカルピスを飲む〈小説家〉」（『武蔵野日本文学』二〇〇九・三）も、太宰の「乞食学生」と独歩の「武蔵野」の類似性を指摘している。

（3）柳田國男「武蔵野雑話」（『登高行』一九一九・七。後に「続武蔵野雑話」とともに「武蔵野の昔」と改題され、「東京八景」発表と同じ年に刊行された『豆の葉と太陽』に収録）に「国木田氏が愛して居た村境の楢の木林なども、実は近世の人作であつて、武蔵野の残影ではなかつたのである」とある。また足田輝一『雑木林の博物誌』（新潮社、一九七七）には、雑木林というもの自体が「人工林のひとつ」であることが詳述されている。

（4）筒井清忠『西條八十』（中央公論新社、二〇〇五）、一六三～一九七頁を参照。

（5）山下真史「『東京八景』論」（『太宰治研究』二〇〇〇・二）。

（6）安藤宏「太宰治と〝東京〟――「東京八景」を中心に」（『東京大学国文学論集』二〇〇九・三）。安藤論文では、「〈私〉に根本的な変容を迫る、他者性を持った風土との出会い」を描くことが東京を語るための条件になると考えているようだ。確かに、「東京八景」における〈私〉は〈弘前〉から上京している。そのような〈私〉にとっての〈東京〉は「他者性を持った」場所であり、そこには「出会い」の物語があったはずだと考えることはできる。安藤に倣って東京には読みとるべき「風土」があるのにここでの

〈私〉は無関心である、ということも指摘できよう。しかし、「風土」を表象するという行為は透明性のある差異表出にとどまるわけではない。「〈私〉に根本的な変容を迫る、他者性を持った風土との出会い」の表象という倫理的で規範的な物語の定型は、ともすると退屈であり、読書行為において必ずしも狙い通りに機能するわけではない。とりわけ名所の表象は増殖することにより量的偏差を招き、いざ質的に成功すると場所をめぐる階層形成へと結びつく。そもそも「東京八景」という用語自体が階層性の具現化とその再生産を象徴しており、〈私〉が「東京八景」を完成させるということは、表象のピラミッドを認めて頂点をめぐる闘争に参与するということである。仮に葛藤や批判を描いてもヒエラルキーを強化することから逃れることはできない。そう考えると、〈私〉への固執、「武蔵野」との部分的結託、同郷人の眼差しの活用、そして「東京八景」の未完成は、消極的な後退なのではなく、積極的な戦略に基づくものだとみることができるのではないだろうか。

（7）月見草と富士がモンタージュされた映像であるという指摘については、好川佐苗「『富嶽百景』のモダニズム――写真的感性をめぐって」（『日本文学』二〇〇七・一〇）によってすでになされている。

（8）同上、好川論文において「スナップショットに相当する行為」という指摘がある。

＊本稿は、武蔵野市寄付講座「武蔵野の記憶と現在」（二〇〇九年）内で担当した講演「太宰治と武蔵野」などに基づいて新たに稿を起したものである（本書「はじめに」を参照のこと）。

武蔵野で遊ぶ子どもたち——児童文学と武蔵野

宮川健郎

『ノンちゃん雲に乗る』

川本三郎の『郊外の文学誌』（新潮社、二〇〇三年）は、「郊外」ということばを使いながら、実際には、武蔵野の文学のことに大半のページを割いている。第一章は「花袋の代々木、独歩の渋谷」だが、その前に置かれた序「なぜ郊外か」は、こんなふうに書き出されている。

東京の郊外生活をよく描いている小説はなんだろうかと考えるとき、すぐに思い出すのは、石井桃子の児童小説『ノンちゃん雲に乗る』である。

『ノンちゃん雲に乗る』は、はじめ、一九四七年に大地書房から刊行された。

川本三郎は、ノンちゃんの家族の暮らす「東京府のずっとずっと片すみにあたる菖蒲町という小さい町」について、三鷹あたりかと考える。

東京の中心から二十七、八キロというから中央線沿線の三鷹あたりだろうか。戦時中、こつこつとこの小説を書き続けていた石井桃子は、荻窪に住んでいた（現在も）から、そのイメージが反映されてもいよう。昭和のはじめの荻窪は、まだ市中の外側にある郊外である。（カッコ内原文。（現在も）とあるが、その後、石井桃子は、二〇〇八年四月二日に亡くなった）

ノンちゃんの家族は、もともとは四谷で暮らしていた。ノンちゃんのおとうさんは、小さいとき赤痢にかかって、「避病院」に二か月も入院したノンちゃんの健康を心配して、「菖蒲町」に引っこすことを思い立ったのである。――「そのころのあるお休みに、おとうさんはひさしぶりに釣りにいきました。そして、ひろい空と川の水をながめながら、つくづく考えたのだそうです。子どもはこういうところで育てたいなあと。」（引用は『石井桃子集』一、岩波書店、一九九八年による）引っこしたために、おとうさんは、東京駅にちかい会社まで一時間三十五分かけて通うことになるのだが……。

川本三郎は、本間千枝子のエッセイ「回想の山の手」（岩渕潤子他編『東京山の手大研究』都市出版、一九九八年所収）をふまえて、さらに、こう述べる。

昭和八年（一九三三）に東京で生まれたエッセイストの本間千枝子は「回想の山の手」のなかで、市ヶ谷の高台で育った子供時代を思い出し、「子どもというのが、山の手文化のもう一つの中核をつくっていたと思う。『大切にされる子ども』がいるのが、山の手の特徴ではなかったろうか」と書いている。

四谷に生まれたノンちゃんのお父さんは、この子供を大切にする「山の手文化」を郊外での生活で継承したことになる。そもそも石井桃子がたずさわった児童文学というものが、「大切にされる子ども」を対象にした、山の手で成立した小市民文化である。

こんなふうに、川本は、「郊外」＝武蔵野と小市民文化としての児童文学をむすびつけていく。その石井桃子だが、『石井桃子集』第七巻（岩波書店、一九九九年）におさめられた年譜の一九三八年に、「旧友が亡くなり、荻窪の家を譲り受ける。」と記されている。一九五八年に一室を開放して、子どものための図書室「かつら文庫」を開いたのも、この荻窪の家だ。「かつら文庫」での実践は、『子どもの図書館』（岩波新書、一九六五年）にまとめられた。やはり、年譜の一九四二年には、「戦争中の息苦しさのなかで、創作を始める（『ノンちゃん雲に乗る』）」（カッコ内原文）とある。戦時下の状況が、かえって『ノンちゃん雲に乗る』の空想を育てたのだろうか。一九四七年に大地書房から刊行された『ノンちゃん雲に乗る』は、一九五一年には光文社から再刊される。これが第一回芸術選奨文部大臣賞を受賞し、ベストセラーになった。一九五五年には映画化もされて、話題になった。ノンちゃん役は、鰐淵晴子だった。

『心に太陽を持て』

石井桃子は、子どもの本を通じて、山本有三とも井伏鱒二ともつながりがあった。石井の年譜の一九三四年には、「六月から、新潮社で「日本少国民文庫」（山本有三編、全一六巻、一九三五〜三七年）の編集に携わる（〜三六年六月まで）。「世界名作選二」に、ヴァン・ダイク「一握りの土」と、グレンフェル「わが橇犬」を訳す。」（カッコ内原文）とある。石井桃子は、日本女子大学校英文学部在学中から菊池寛のもとで外国の雑誌や原書を読んでまとめるアルバイトをしていて、菊池の文藝春秋社の社員だった時期もある。文藝春秋社をやめたあと、新潮社で『日本少国民文庫』の編集にかかわることになる。

『日本少国民文庫』の編者、山本有三に「小学読本と童話読本」（『文藝春秋』一九二六年一月）という随想がある。書き出しを引く。

私のところの長男はまだ数え年で五つだが、近所に小学校へ通う子どもが大ぜいいるので、彼はそのまねをしてカバンを下げたいと言いだした。妻は学童用のカバンを買ってやった。すると今度はみんなが持っているような本を、カバンに入れてくれと言うものだから、尋常一年の国語読本を買ってやった。ところがカバンのほうは今でも下げているが、読本のほうはたった一日で放り出してしまった。子どもはあきっぽいものではあるが、これは少しひどいと思った。しかしべつに気にも止めずにそのままにしていた。

（引用は『定本版山本有三全集』一〇、新潮社、一九七七年による）

ある日、有三は、長男が投げすてたままの国語読本（当時の国定教科書）を手にとり、その劣悪ぶりにおどろき、憤慨することになる。有三が子どもの本に関心をもつきっかけとして、しばしば語られるエピソードである。有三は、「ひとりの父おやとして現在の小学読本に対すると、暗い気もちに襲われる。」と書く。――「もっと内的の改正を急速にやってもらいたい。たとえば、あのうすぎたない冷たい表紙や、劣悪なさし絵は何よりもさきに改めてもらわなくってはならない。そして内容ももっともっと精選してもらいたい。」

有三が国定教科書と対比してとりあげ、「表紙からして国定教科書とは雲泥（うんでい）の相違である。」（カッコ内原文）としたのは、一高時代、有三と同期生で、雑誌・第三次『新思潮』の仲間でもあった菊池寛が編んだ『小学童話読本』（興文社、一九二五年）である。とりわけ、「非常に明かるくって、上品で、子どもにはもってこいである。」として、田中良の表紙絵・挿絵をほめている。田中は、菊池寛の新聞連載小説「第二の接吻」（『東京朝日新聞』ほか、一九二五年）の挿絵などで評判になった画家だ。子どもの本の仕事も多い。

山本有三は、一九二六年から吉祥寺で暮らし、一九三六年には三鷹に転居する。有三は、武蔵野という「郊外」で一男三女を育てた。菊池寛が『小学童話読本』を編んだのも、自分の子どもが学校へあがることにともなってのことだったけれども、山本有三も、やがて、父親としての視点を仕事に繰りこんでいく。菊池寛も山本有三も、「菖蒲町」への引っこしを決意したノンちゃんのおとうさんと同様、子どもを大切にする父親だったのだ。山本有三は、『日本少国民文庫』を編集し、「ミタカ少国民文庫」を創設し、子どもたちに開放する（一九四二年）。戦後は、少年少女雑誌『銀河』を創刊し（新潮社、一九四六年）、小中学校の国語教科書（日本書籍発行）の監修もする。

『日本少国民文庫』全一六巻のうちの第一回配本は、第一二巻『心に太陽を持て』（一九三五年）、山本有三著である。ドイツの詩人フライシュレンの詩「心に太陽を持て」（心に太陽を持て／嵐が吹かうが、雪が降らうが……）を巻頭に置き、「パナマ運河物語」、船が沈没して海に投げ出された人びとの一夜を描いた「唇に歌を持て」、画家フランソワ・ミレーの話「ミレーの発奮」など三〇編あまりを収録している。それらは、「苦心」、「工夫」、「努力」といった徳目を人物を軸に描き出したものが多く、『心に太陽を持て』は、「教育読み物」といえるような性格をもっている。そして、その性格は、『日本少国民文庫』全体に見てとれるものだ。「教育読み物」とは、「子どもたちのモラルや知識の教育を目的とした読み物」（日本児童文学学会編『児童文学事典』東京書籍、一九八八年「教育読み物」の項。執筆は安藤美紀夫）である。「教育読み物」は、もとは、一八世紀後半から一九世紀半ばにかけて欧米で数多く出版されたものだ。

『日本少国民文庫』の編集同人だった石井桃子は、後年、『日本少国民文庫』のうち、『世界名作選』（一）（二）が復刊された際、「私個人としては、（中略）「つらいことに耐える感心な子」という傾向の話が多いなと感じました。もう少し明るい子どもの話やナンセンスな作品も紹介したかったのですが。」と語っている（「『世界名作選』のころの思い出」『世界名作選』（二）復刊、新潮社、一九九八年所収）。『世界名作選』（一）には、ケストナーの「点子ちゃんとアントン」（高橋健二訳）全編が収録されていて目を引くけれど、アインシュタインの「日本の小学児童たちへ」、フランクリン「私の少年時代」など、「教育読み物」もとられている。石井桃子は、「教育読み物」よりも「文学」を志向していたのだろう。その志向は、戦後、石井らが中心になって構想されたシリーズ［岩波少年文庫］（一九五〇年〜）に生きることになる。

『ドリトル先生「アフリカ行き」』

井伏鱒二が荻窪に家を建てて、早稲田の下宿屋から引っこしたのは、一九二七年だった。石井桃子より十年あまり前から荻窪に住んでいたことになる。石井が文藝春秋社時代に仕事を手伝っていた永井龍男のところへ井伏がしばしばやってきていたので、ふたりは顔見知りだったようだが、ヒュー・ロフティングの『ドリトル先生』シリーズの翻訳をとおして、つきあいを深めることになる。『ドリトル先生』シリーズは、戦後、石井らが刊行をはじめた『岩波少年文庫』や、やはり岩波書店の『ドリトル先生物語全集』で広く読まれることになるが、最初に刊行されたのは、一九四一年に白林少年館出版部が発行した『ドリトル先生「アフリカ行き」』である。白林少年館は、一九四〇年に石井桃子が友人ふたりとはじめた出版社だ。そのあとがきに、井伏は、こう記している。

この書物を出版する石井さんといふ人が、今度から児童用の図書室を開設されることになりました。もうせん亡くなられた犬養さんの書庫を提供され、それを改造して塾のやうな家を造るのです。（中略）石井さんは自分の図書室用の読物として、このドリトル先生「アフリカ行き」物語を選び、私に翻訳してくれと申されました。（中略）しかし私は多忙の身の上で、さうでなくても旅行ばかりしてゐますので、石井さんにいつさい下訳を頼みました。石井さんは自分の図書室用のためですから、たぶん一生懸命に訳したことと思ひます。その下訳を私は自分の独断で、自分の好みのままの文章に改めました。この翻訳に杜撰なところがあるとすれば、それは独断で文章を改めた私の責任です。（引用は『井伏鱒二全集』九、筑摩書房、一九九七年による）

井伏鱒二は、このほかのエッセイでも、石井桃子の面影を伝えている。「をんなごころ」（『小説新潮』一九四九年一二月）では、井伏が何かと面倒を見た太宰治と玉川上水で心中した「某女」と、石井桃子を対比的に描き出す。井伏は、自分の家でたまたま石井桃子と同座することになった太宰が、「美貌で才媛だといふ評判であつた」石井に当分のあいだ、あこがれていたと書いている。長いエッセイのしめくくりは、こうだ。

──桃子さんは（中略）、私が話を持ち出さないのに太宰のことについて噂をした。主に太宰の小説について印象を語つた。この女性は、太宰があこがれてゐたのを意識して話してゐるものと私は解釈した。私が「すつぱりして、気持のいい男でしたね」と云ふと、「ほんとよ、いい人でしたわね」と桃子さんは、わが意を得たといふやうに答へた。これならもう云つても失礼でないと判断して、だしぬけとも思はないで私は云つた。

「あのころの太宰は、あなたに相当あこがれてゐましたね。実際、さうでした。」

桃子さんは、びつくりした風で、見る見る顔を赤らめて、

「あら初耳だわ。」

と独りごとのやうに云つた。

「おや、御存じなかつたのですか。どうも、それは失礼。」

「いいえ、ちつとも。──でも、あたしだつたら、太宰さんを死なせなかつたでせうよ。」

その才媛は、まだ顔を赤らめてゐた。

一とくちに「をんなごころ」といつても、人によつて現はれかたが違つてゐる。

（引用は『井伏鱒二全集』一三、筑摩書房、一九九八年による）

井伏鱒二が話題にした『ドリトル先生「アフリカ行き」』の翻訳や、太宰治のことについては、石井桃子のほうでも、やはり、エッセイに書いている。

「井伏さんとドリトル先生」（『井伏鱒二全集』月報、筑摩書房、一九九八年一一月）では、『ドリトル先生「アフリカ行き」』の翻訳の仕事が井伏の創作のさまたげになったのではないかと気づかいながらも、こう述べる。

しかし、最初の巻だけをお手伝いした私から見ると、井伏さんは、あの本の翻訳ちゅう、かなりたのしまれたのでもあろうという気もしないではない。「ドゥーリトル」の名前は、下訳をもっていって、説明する私に、ずばり、「ドリトル先生にしましょう」とおっしゃっておきめになるし、「情況が思わしくなく、好転するのを待つという意味の諺……」などと私が言い終わらないうちに、「待てば海路の日和」と教えてくださるし、「頭が二つで胴体が一つの珍獣、押しっくらをしているけものの名」といえば、「オシツオサレツ」という言葉が井伏さんの唇から流れ出ていたのだった。（引用は『石井桃子集』七、岩波書店、一九九九年による）

石井桃子は、太宰治の死後に、太宰のことを井伏と話し合ったことも書いている。「太宰さん」（『文庫』一九五七年六月）である。石井は、井伏が書いたのと同じやりとりを記した上で、「私なら、太宰さん殺しませんよ。」という自分のことばについて、こう書く。

私は、太宰夫人のことも、たいへん同情していたし、そのほかのこともあったから、このことばは、私が、太宰さんをすきとかきらいとかということとは、まったくべつで、一つの生命が惜しまれてならなかったのだけれど、私は、それを井伏さんによく説明することができなかった。(引用は『石井桃子集』七、前掲による)

「掃除当番」

吉祥寺弘という童話作家がいる。これは、槇本楠郎のペンネームの一つである。槇本は、プロレタリア児童文学を代表する評論家・作家・童謡詩人だ。『文藝戦線』一九二七年九月号「小さい同志」欄に、日本ではじめてのプロレタリア童謡だと槇本自身がいう「メーデーごつこ」を発表した。

メーデーごつこ

一人来い
二人来い
みんな来い
長屋の子供は
みんな出ろ

おいらは腹がへつた
手をつなげ
町のまん中
ねり歩かう

メーデーごつこだ
勢揃ひ

恐れな
乱れな
前進だ

（引用は『日本児童文学大系』三〇、ほるぷ出版、一九七八年による）

「メーデーごつこ」を発表した、この年、槇本は、労農芸術家聯盟に参加するが、間もなく、藤森成吉、蔵原惟人、林房雄、山田清三郎、村山知義らとともに脱退し、前衛芸術家同盟を結成する。翌一九二八年一月、前衛芸術家同盟は、機関誌『前衛』を創刊するが、槇本は、「コドモノページ」欄を担当し、童話や童謡を数多く執筆する。そればかりか、吉祥寺弘の筆名でも童話を書いたのだ。

槇本は、一九二七年から家族とともに吉祥寺で暮らしはじめていたから、この筆名が生まれたのだと思われる。

吉祥寺弘である槇本楠郎だけでなく、童話作家の塚原健二郎も、一九二九年に吉祥寺に家を建てて、住むようになる。塚原が、評論「集団主義童話の提唱」を書いたのは、一九三二年だった（『都新聞』九月）。

塚原健二郎は、集団主義童話をどういうところから発想し、提唱しようとしたのか。一つは、「最近に至って、社会生活の複雑化と共に個人主義的な教育法に代って、集団主義的な教育法が研究され、現にこれを採用している小学校も少なくない」（引用は『日本児童文学大系』三、三一書房、一九五五年による。以下同じ）こと。また、塚原のこの文章以前に、雑誌『教育論叢』によった書き手たちによって、集団主義童話が書きはじめられていること。塚原は、この『教育論叢』一九三三年五月号にのった花岡淳二の文章を引用する。

童話は、その作品の性質に於て児童の生活感情を豊富にし高めていかねばならないものであるが、それをするためには童話の材料が真に社会的関連に於て把握されていなければならない。（集団的と言ってもよい）社会的関連に於て把握されている作品にして、はじめて真実の意味に於て児童の日常の生活感情を刺戟し、いろいろな影響を与えてそれを高めることが出来るものである。（カッコ内原文）

塚原健二郎は、この意見に補足して、「児童の集団的生活（社会的）の中に於ける自主的、且つ創造的な生活を助長しその個々の生活行動を通して、新しい明日の社会に向ってのびて行くための童話」（カッコ内原文）といい、それを集団主義童話とするのだ。そして、塚原が「正しい集団主義的な作品」としてあげたのは、雑誌『教育論叢』掲載の「一年生の教室」（柴田正）、「仔猫の裁判」（小泉礼二）、「掃除当番」（小泉礼二）、雑誌『児童問題研究』掲載の「子供会の裁判」（太田哲一）である。「仔猫の裁判」や「掃除当番」の作者である小泉礼一、これは、またもや槇本楠郎の筆名なのだが。塚原が、これらのなかから特にとりあげて紹介したのが小泉礼一＝槇本楠郎の「掃除当番」（『教育論叢』一九三三年七月）だ。


びつくりするほど冷たい井戸水を、ザブ〳〵と二つのバケツに一ぱい汲むと、元気な槇君はそれを両手にさげて、廊下から階段を登つて、トツトと自分の教室へ帰つて来ました。

すると、だしぬけに、四五人の掃除当番の者が、口々にかう叫びました。

「おい、君、五年生のやつらが、僕たちのぞうきんを持つてつちやつたぞ！」

「おれ、ほうきで追つかけたんだが、どうしても返さないんだ――」

「三人はいつて来て、だまつて探してゐたが、『おう、たくさんあるな、一枚かりてくよ』つて、持つてつちやつたんだよ！」


（引用は『日本児童文学大系』三〇、前掲による。以下同じ）

掃除当番の四年生たちは、五年生の教室へのりこんでいく。五年生と言い合いをしているうちに、実は、五年生は、六年生に雑巾をうばわれていたことがわかる。そこで、四年生の槇君がいう。――「ぢや、みんなで、かうしようぢやないか？　僕たちのぞうきんは、僕たちがもらつて行くことにして、その代り、君たちのぞうきんも、今すぐ、もらつて来ることにしようぢやないか？　君たちと僕たちとで、みんな一しよになつて行けば、きつと、六年生だつて返すにちがひない。ねえ君たち、すぐ行かうぢやないか？」

四年生と五年生で六年生の教室に行くと、ここでまた言い争いがおこるが、やがて、四年生の槇君がいう。

「あのねえ、かうしたらどうだらう？　四年生以上の組には、どの組にだつて『クラス自治会』があるね。そこへぞうきんのことを持ち出して、ボロになつたら、すぐ新しいのを、学校から出してもらふことにしたらどうだらう？　さうするとぞうきんの取り合ひごつこもなくなるし、掃除だつてすぐ出来て、きれいに出来上ると思ふんだがな。どうだらう」

このことばに、五年生の掃除当番長が「うまい〳〵、さんせい！」「四年の当番長はあたまがいゝや！」といい、六年の当番長の下田君はこういう。

「今の意見は、大へんい丶意見だと思ひます。僕も大賛成です。で僕は、この次の土曜の、僕たちのクラス自治会にかけて、ぜひ、さう決めたいと思ひます。君たちも、君たちのクラス自治会にかけて、早くさう決めて下さい。」

「子供の会議」

「集団主義童話の提唱」を書いた塚原健二郎自身も、「子供の会議」(『赤い鳥』一九三二年一月。のち、「七階の子供たち」と改題して、同題の童話集、子供研究社、一九三七年に収録)という集団主義童話を書いている。

ある日、アパートに住む子どもたちのあいだに、こんなビラがまわる。子ども用の謄写版で刷ったものだ。――「今晩七時、下の物置部屋に七歳以上の子供はめい〳〵紙と鉛筆を持つて、全部お集り下さい。なるべく大人に気づかれないやうに」(引用は『日本児童文学大系』二七、ほるぷ出版、一九七八年による。以下同じ)

物置部屋にあつまったのは一六人。彼らは、エレベーター・ボーイのポオル君に対する大人たちの態度を見かねて会議をもつことにしたのだ。まず話しはじめたのは、会議の発案者であるレックスである。――「皆さん、僕達が今夜あつまつたのは(中略)僕達の最も不仕合せな友、ポオル君のことについて、みんなで一つになつて、このアパート中の大人たちに頼むためです。」そして、レックスがあげたのは、「ポオル君から捨子といふ名前をとること」「ポオル君が、夜だけでもいゝから学校へ行けるやうにすること」「夜おそく、よつぱらつてエレベーターにのりこんでポオル君をこまらせないこと」などを大人たちに頼むことになる。これらの事柄を書記のアンリが筆記し、子どもたちは、そこへ署名するのだ。

一般に、これらの集団主義童話は、プロレタリア児童文学の後退期にあらわれたものとされている。日本児童文学学会編『児童文学事典』（東京書籍、一九八八年）には、「集団主義児童文学」という項目がある。この項目の執筆者である関英雄は、塚原健二郎の「集団主義童話の提唱」や「子供の会議」にふれたあとで、こう述べている。

児童文学理念としては同時期の槇本楠郎の生活主義童話理論〈児童の集団的自主的創造的生活を導き出す〉創作理念に相通じる。生活主義童話理論は一九三一年にプロレタリア児童文学が政治弾圧によって逼塞した後、階級闘争と社会主義の思想を表に出さず、一歩後退して子どもの中に自主民主の考えを培う創作理念で、集団主義童話も同様であった。しかし、創作方法は既成の童話概念の枠を出なかったため作品の実りは乏しく、戦後の民主主義児童文学の開花を待たねばならなかった。

関英雄は、集団主義童話の理念が「同時期の槇本楠郎の生活主義童話理論」に通ずるとしている。

これは、槇本が「転換期の児童文学」（『教育・国語教育』一九三六年四月、『新児童文学理論』東宛書房、一九三六年所収）で、「児童の正しい集団的・自主的・創造的生活を導き出し、それをヨリ合理的な社会生活へと、彼等自身によつて高めさせて行くこと」の必要を説いたことなどをさす。関は、集団主義童話について、「創作方法は既成の童話概念の枠を出なかったため作品の実りは乏しく」とも述べたが、集団主義童話より前のプロレタリア児童文学は、それ以上に童話的だったのではないか。

槇本楠郎の『プロレタリア児童文学の諸問題』（世界社、一九三〇年）は、大正期の童話や童謡に見られる「童心」へのあこがれを批判している。つぎは、北原白秋、三木露風、野口雨情らの童謡観を批判的に紹介しながら、書いたところ。

私は現実社会の生きた子供を観る場合、彼等の謂ふ「子供」があまりに偏してゐ、しかも抽象的で、概念的で、そしてあまりに偶像化され神秘化されてゐる事を看過す訳に行かないからである。（中略）彼等は現実の生きた子供を観てゐない、現実社会の隅々の子供をまで観てゐないのだ。もし観てゐると云ひ得るなら、彼等は一部一階級の、しかも彼等の「可愛げな」子供をしか観てはゐないのだ。彼等の観念や概念を満足せしめる所の、即ちブルヂヨア乃至プチ・ブルヂヨアの子供しか観ず、しかも子供と云へばそれが凡てであるかの如く考へ、またはそれをもつて子供の代表者の如く考へてゐるのである。

だが吾々は社会科学の教へるところによつて、現在この社会での階級的対立をハッキリと認識し、また階級人の自覚を持つ。そしてこの社会は刻々に二つの階級に分裂し、その闘争は益々激烈に且つ尖鋭化しつつある事を意識する。と同時に子供の世界にも大なる亀裂を生じ、今やその天地はまさに二つに割けやうとしてゐる事を認識するのである。

ところが、槇本は、猪野省三の作品「にぎりめし」(『プロレタリア芸術』一九二八年四月)について、「これは恐らく作者・猪野の代表作であるばかりでなく、現在までのわが国プロレタリア童話の典型的代表作の一つに数へられよう。」とした上で、こう述べている。――「この表現技術は注目さるべきもので、童話文学のテクニックを充分利用し、充分生かし得てゐると思ふ。」(『プロレタリア児童文学の諸問題』)槇本のこのことばは、童心主義を批判したプロレタリア児童文学もまた、創作方法の上では、まったく「童話」の影響下にあったことを示している。

猪野省三の「にぎりめし」は、貧農の子の真二が、いくら食べてもへらない握り飯を得て、世の中の矛盾とたたかう話だけれど、地主とまずしい少年の対比の構図、「なかまとともに/力を合せろ/そして戦へ/そう《ママ》すれば勝利は我等のものだ。」というメッセージが前面に打ち出されてはいるものの、物語の展開は、すこぶる弱い。これは、同じく猪野省三の「ドンドンやき」(『プロレタリア芸術』一九二八年二月)をはじめとして、プロレタリア児童文学に共通する印象である。

プロレタリア児童文学の作家は、子どもの主人公に深い信頼をよせ、子どもこそは正義であると考えていた。たとえば、猪野省三は、自作の主人公に、正一、清一(「ハクショ婆さん」『プロレタリア芸術』一九二八年二月)、真二(「にぎりめし」)といった名前をあたえ、彼らへの信頼を表明している。

集団主義童話は、プロレタリア児童文学の後退期にあらわれたものと考えられているが、物語性は、むしろ豊かになっているのではないか。槇本楠郎の「掃除当番」なら、四年生と五年生、そして、四年生・五年生と六年生という対立の構図を具体的に示し、その対立の解決を見出す物語になっている。塚原健二郎の「子供の会議」もまた、エレベーター・ボーイのポオル君の処遇をめぐって、大人たちと子どもたちの対立を描き、それを何とかするための方策をさぐる子どもたちを描き出している。

集団主義童話の考え方は、農繁期託児所をひらく準備をする子どもたちを描いた「太陽をかこむ子どもたち」(『日本の子供』一九三九年六~八月)の川崎大治らに引きつがれていく。川崎も吉祥寺で暮らした人だが、先にプロレタリア児童文学を代表する作家として紹介した猪野省三は、東京の下町や、故郷の栃木県ですごし、武蔵野の人ではない。

『モグラ原っぱのなかまたち』

集団主義童話には、現代児童文学につながっていくものを見出すことができる。たとえば、古田足日のいくつかの作品を連想する。古田の児童文学のなかで、集団主義童話にもっとも近いものは、『ぼくらは機関車太陽号』（新日本出版社、一九七二年）だろうか。ここには、話し合いや行動を積み上げながら、自分たちの手で「歩き遠足」をなしとげる小学六年生たちを描いている。ただ、一九三〇年代の集団主義童話と、七〇年代の『ぼくらは機関車太陽号』がちがうのは、その長さだ。「掃除当番」は四百字詰原稿用紙で一五枚くらい、「子供の会議」が一二枚くらいなのに対して、『機関車太陽号』は、優に五百枚を超える長さである。

一九三〇年代と七〇年代のあいだで、日本の子どもの文学は、大きな転換を経験した。大正から昭和戦後にかけての「近代童話」、小川未明らが代表的な作家である「童話」は、詩的・象徴的なことばで心象風景（心のなかの景色）を描くようなものだった。そうした「近代童話」が、散文的・説明的なことばで子どもをめぐる状況（社会といってもよい）を描く「現代児童文学」になっていったのである。長い戦争を経験したのちの児童文学は、戦争のことも、戦争を引き起こす社会のことも書かなければならなかった。一九五九年に刊行された、佐藤さとる『だれも知らない小さな国』（講談社）や、いぬいとみこ『木かげの家の小人たち』（中央公論社）などが、日本の「現代児童文学」を出発させた。「近代童話」には、詩的なことばで書かれる短編しかなかったが、「現代児童文学」の多くは、もっと散文的な文章で展開する長編である。『ぼくらは機関車太陽号』も長編で、「歩き遠足」を実現するまでのプロセスを具体的に書いている。

古田足日の『モグラ原っぱのなかまたち』（あかね書房、一九六八年）は、まさに武蔵野で遊ぶ子どもたちを描いた作品だ。最初の話「校長先生はこわくない」は、「サクラ小学校は、東京のはずれにある小学校です。」という一文ではじまる。あきらやなおゆきたち、二年生の四人組は、モグラ原っぱで、スギ鉄砲ごっこや海賊ごっこをしてあそぶが、やがて、原っぱをうしなう。原っぱは、市営住宅を建てるための土地になったのである。

東京の人口が一千万人をこえたのは、一九六〇年代の前半だった。都市化がすすみ、まわりの農村が都市に組み込まれていく、その境目の地域、つまり、「東京のはずれ」では、さかんに宅地造成が行われた。『モグラ原っぱのなかまたち』でも、市営住宅ができると聞いたひろ子のおかあさんが「家がなくてこまっている人が多いんだから、しんぼうしなくっちゃ。あの住宅ができたら、うちだって申しこむのよ。やちんがずっと安いものね。」という。ひろ子の、あるいは、ほかの子どもたちの父親も、「東京のはずれ」から都心へ勤めに出る、高度経済成長の戦士だったのではないか。

四人組は、畑のカボチャにマジックインキで「へへののもへじ」を書いたり、人の涙から塩をとろうとしたり、電気掃除機で虫をつかまえたりする。そして、そうした遊びやいたずらの延長にあるやり方で、住宅建設に反対する。市役所へ「工事をやめてもらいたいんです。」とかけあいに行って、「おい、市役所はいそがしいんだ。ばかなことをいいにくるもんじゃない。」と一喝されると、ひろ子は、「ばかなことじゃないわ。わたしたちのあそび場だもん。」と主張する。彼らは、さらに、工事現場の木の枝に板をわたした「巣」にあがって、ストライキをする。……それでも、市営住宅はつくられた。

一年後。モグラ原っぱのあとには、戸数二百の小さな団地ができた。小さな団地のなかには、「モグラ公園」もつくられた。かつて、子どもたちが原っぱを守ろうとしてストライキをした際に、市長は、こういったのだ。――「工事を中止することはできない。でも、きみたちにやくそくしよう。この住宅の中にあそび場をつくろう。」それでできた公園だったが、もう四年生になった四人組のひとり、あきらは、「これが山か！　これが森か！　フクロウもいないし、カブトムシもいないじゃないか！　市長のうそつき。」という。

物語のしめくくりは、こうなっている。

四人の頭の中には、（中略）未来の世界のことがうかび上がっていました。三十かいだてのビルのむれ、新幹線よりはやいモノレール――だが、その世界にほんとうの森があるでしょうか。四人とも、そううたがいはじめ、のどがかわくほど、ほんとうの森のある世界がほしいと思いはじめていました。

同じく古田足日の「ぼくらの教室フライパン」（『夏子先生とゴイサギ・ボーイズ』大日本図書、一九七一年所収）の舞台は、「東京のすぐちかく」のサクラ市の小学校、四年生はプレハブ校舎で勉強している。モグラ原っぱが宅地化された、この時期、「東京のすぐちかく」や「東京のはずれ」の小学校では、児童の増加による教室不足が深刻だった。それをおぎなうためのプレハブ校舎は、高度成長期の日本を象徴するようなものだったといえる。

作中、「ぼく」たちは、となりの教室に声がつつぬけになってしまうプレハブのうすい壁や、フライパンのように熱くなる屋根になやまされるが、決してへこたれない。「ぼくらの教室、フライパン教室、タマゴおとせば、目玉やき。」の歌詞で歌われる「アルプス一万尺」のからっとしたメロディーは、この作品によくにあう。

『モグラ原っぱのなかまたち』の子どもたちは、きのうまで原っぱで遊んでいた子どもたちの目で、その原っぱの消滅に立ち会う。モグラ原っぱには小さな団地ができ、古田足日は、『だんち5階がぼくのうち』（童心社、一九九二年）などで、団地で暮らす子どもたちのことも書く。モグラ原っぱは、作者が一九六五年から住むようになった東京都東久留米市の風景を下じきに描かれたと思われるが、東久留米市の滝山団地に人びとの入居がはじまったのは、一九六八年一二月だった。

ノンちゃんのおとうさんが子どもを育てる場所として見出した武蔵野は、高度成長期以降、原っぱをうしなっていくことになる。それでも、子どもたちは、プレハブ校舎で、団地のなかで、生き生きと遊びつづけるのだ。

〈付記〉
本稿は、左記の拙稿、拙著と内容が重複する部分があることをおことわりします。

・宮川健郎「「父」の仕事—山本有三と子どもの読み物—」（三鷹市山本有三記念館編『大正・昭和の〝童心〟と山本有三』笠間書院、二〇〇五年所収）
・宮川健郎「一九三三年の児童文学・覚書—「集団主義童話」をめぐって—」（『社会文学』一〇一三年二月）
・宮川健郎『現代児童文学の語るもの』（NHKブックス、一九九六年）

武蔵野と私

三田誠広

わたしは武蔵野大学で小説の書き方を教えている。小説家が小説の書き方を教えているというだけのことで、大学教授という肩書きはもらっているけれども、学術として何かを研究しているわけではない。武蔵野学という連続講座に基づくこの本でわたしが語ることができるのも、個人的な感想といったものにすぎない。しかしあらゆる学問は人間のためにあるので、人間に関することならば、語る意義があるということもできるし、個人的な感想にも意義があるのではないかと考えている。一人の人間がたまたま武蔵野という土地と出会って、その土地についての感想をもつ。人間と土地との関係を考える上で、こうしたたまたまの出会いといったものも、重要な意味をもつはずだ。

わたしは関西に生まれ育った人間なので、武蔵野という土地とは本来は無縁なはずだが、子どもの頃から武蔵野という地名を知っていた。最初の出会いは小学校の低学年の頃で、きっかけは手塚治虫の『鉄腕アトム』である。「赤いネコ」という作品の全体のテーマが武蔵野の乱開発というものなので、全国の子どもたちが武蔵野という地名とともに、自然が豊かに残されているところというイメージを植えつけられたはずだ。

物語の冒頭、おなじみのヒゲオヤジが自然の中を散歩している。武蔵野の自然の豊かさを語るとともに、国木田独歩の『武蔵野』の一節を心の中で暗誦する。これは独歩の文章の正確な引用ではなく、子ども向きにいくぶん単純化してあるのだが、それだけにやさしいトーンになっていて、胸の奥に深く刻みつけられる文章になっている。

武蔵野を歩く人は道をえらんではいけない
ただその道をあてもなく歩くことで満足できる
その道はきみをみょうなところへみちびく……
もし人に道をたずねたら……
その人は大声で教えてくれるだろう　おこってはならない
その道は谷のほうへおりていく
武蔵野にはいたるところ……
谷があり　山があり　林がある

頭の上で鳥がないていたらきみは幸福である

物語はこの武蔵野を乱開発しようとしている業者と、それをくいとめようとするY博士という、いささかマッド・サイエンティストの趣のある人物の対立として描かれる。この博士は動物を電波でコントロールする装置を発明し、工事現場を混乱させる。その動物たちを率いているのが、タイトルにもなっている博士の飼い猫のチリという赤いネコだ。

建設業者が政治と癒着して自然を破壊するという図式は、二十一世紀の現代でも見られる光景だ。終戦直後から連載が始まった手塚治虫の『鉄腕アトム』は、ロボットをアメリカの人種差別の問題と重ね合わせて、ロボット差別のテーマを追求するなど、かなり社会派の要素が強かった。この「赤いネコ」も連載開始の直後の早い段階で書かれたもので、武蔵野の自然の乱開発という大きなテーマが描かれている。

狂った科学者の暴走というSFによくある設定ではあるのだが、社会に対して反乱を起こす側に実は正義があるのだという、深い仕組みが用意されている。鉄腕アトムの活躍によって、電波で操られた動物たちの反乱は鎮圧され、博士も死んでしまうのだが、博士が問題提起した自然を守ろうという主張は認められ、乱開発は中止されることになる。物語の中ではそういうハッピーエンディングになっているのだが、現実の社会では乱開発はさらに進み、武蔵野の自然はほとんど失われてしまった。それだけに、終戦からまだ間もない段階で自然破壊の脅威をマンガで訴えかけた手塚治虫の主張には、切実なものが感じられる。

わかりやすいテーマなので、小学生だったわたしにも作品が投げかける問題提起はよくわかったし、何よりも引用された『武蔵野』の詩的な文章が心に残った。同時に、首都の近郊には武蔵野という大自然があるのだということも、強く印象に残った。

実際に国木田独歩の『武蔵野』を読んだのは、高校一年の頃だった。当時のわたしはツルゲーネフを愛読して、主要な長篇はすべて読んでしまい、二葉亭四迷訳の『あいびき』などにも目を通していた。二葉亭四迷の文章が国木田独歩に影響を与えたことを知り、独歩の作品を読むことになったのだと思う。

ツルゲーネフは多くの長篇小説や、短篇集『猟人日記』などでロシアの自然を描いている。社会問題に興味をもちながら、現実には何もできず挫折した若者というテーマは、当時、大江健三郎、高橋和巳、柴田翔などが描いていて一種のトレンドになっていた。ツルゲーネフの作品の場合は、そうした政治問題に、ロマンチックな感傷がおりこまれ、それが自然という甘い衣に包まれていた。

高校時代のわたしにとって、自然とはそういうもので、『武蔵野』の文章も、ただの自然描写ではなく、そのかげにセンチメンタルなものがあるのだろうと、勘を働かせながら読んでいた。そのあとで独歩の伝記などを見ると、独歩が武蔵野を散策するようになったのは、奥さんに逃げられた直後だといったことが書いてあって、自分の勘が当たっていたと思った。

プロの作家になったあとも、わたしはここぞという時には風景を描写するようになった。大自然といったものではなく、都会の中のちょっとした風景なのだが、とにかく風景をじっと見るというのは、センチメンタルな行為なのだということを、ツルゲーネフと独歩に学んだのだと思っている。

ツルゲーネフを翻訳した二葉亭四迷や、国木田独歩、および同時代の文壇人や読者にとって、自然というものは、新たな発見と感じられたに違いない。ここでいう自然とは、ゾラの自然主義の自然（この場合は居酒屋などで本性をむきだしにした人間の自然な姿を意味する）ではなく、文字どおりの大自然、緑に包まれた森林や草原を意味するのだが、人間が居住する領域の外にあるのが、自然と呼ばれるものだった。

そこは人為の届かない場所であり、ワイルドな領域であり、畏怖すべきゾーンだった。亡霊が出たり、悪魔が現れたり、オオカミや魔物が横行する場所だった。それが人間にとっての自然だった。ところが近代になると、都市に住むようになった人間が、自分は安全地帯にいながら、自然を遠望し、礼賛するようになる。『猟人日記』に出てくるツルゲーネフ自身は猟銃を手にしている。外敵から身を守るだけでなく、鴨を撃ったりして、自然を侵略する側に立っている。喉がかわけば近隣の農家（ツルゲーネフは自分の領地で狩猟しているので農民は自分に隷属する農奴である）で水をもらえばいいという、その程度の自然だ。ツルゲーネフが愛しているのは、飼い慣らされた自然なのだ。

国木田独歩もまさに近代の人間であって、彼が飛び込んでいくのは人跡未踏の大自然ではなく、鉄道の駅前にある自然にすぎない。甲武鉄道（いまの中央線）が計画された時、当初は江戸時代の人々が利用した甲州街道沿いに線路を敷くことが検討された。しかし調布や府中など、宿場町の人々に反対され、用地の確保が難しくなったことから、仕方なく町や村のない森林の中を、まっすぐに鉄道を通すことにした。

地図を見ればわかるように、中野から立川まで、線路は一直線に延びている。町と町とを結ぶという鉄道の本来の目的からは遠い路線だったのだ。そういうわけだから、中野にしても武蔵境にしても、駅の前には森林が広がり、ところどころに農地と農家が点在するという状態だった。

独歩が散策した森林は実のところ原生林ではなく、手入れの行き届いた雑木林だ。江戸時代、木造家屋が密集した江戸では、しばしば大火が発生した。武蔵野の農民たちは、農地を拡大するよりも、雑木林の手入れをして、木材の値段が上がった時に売るということで、生活の支えにしていた。武蔵野の森林は、まさに都市に隣接した自然、囲い込まれた自然、近代的な飼い慣らされた自然なのだ。

日本人は本来、自然を囲い込む名人で、日本庭園というものは、禅寺の枯山水は別として、自然をミニチュアのように取り込み、さらに庭の外の自然を借景として、自然との融合をはかろうとするものだった。本物の自然は危険で怖いけれども、庭先から眺める自然は安全で愛すべきものなのだ。

ただし、安全地帯にいて自然を愛でることができるのは、庭園を所有したり、名所に遊びに行ける、富裕層に限られていた。ツルゲーネフはただの作家ではなく、貴族で地主だったから、『猟人日記』や『あいびき』などで描かれた自然は、自分の領地の中の風景だった。国木田独歩は貧乏な文士にすぎない。貧乏な文士が、いきなり森林の中を散策できるようになったのは、鉄道というもののおかげである。

そう考えてみると、鉄道がさらに発達した現代は、もっと自然と親しむ機会があってもよさそうなものだが、鉄道の発達につれて沿線の宅地開発が進み、自然が侵略されるという、イタチゴッコが生じて、電車に乗ってどこまで行っても、独歩が出会ったような自然に接することができなくなった。

中央線に乗っても、高尾山のあたりまで行かなければ、森林と接することができなくなったわけだが、それでも武蔵野と呼ばれる地域のここかしこには、侵略されたあとの隙間のような自然が、いくつか残されている。武蔵野というのはもちろん、武蔵国の原野というくらいの意味だから、広大な地域を指すわけだが、地名として残っている武蔵野市やその周辺の三鷹、小金井、練馬、杉並のあたりを見渡しても、井の頭公園や小金井公園にはかつての武蔵野の面影が残っているし、神社や寺院の境内にはわずかながら森林が残されている。

実際にわたしが武蔵野の地に足を踏み入れたのは十八歳の時だった。高校時代のわたしは、ひたすら受験勉強をさせる学校の授業が退屈だったので、知的好奇心を満足させるために夜中に本を読んでいた。そのうち学校に行かなくなり、結果として一年間、休学することになった。いわゆる引きこもりの状態で、哲学と宗教と宇宙論の本を読んでいた。実存主義といったものに触れたのもその頃のことだ。サルトルと埴谷雄高《はにやゆたか》の影響を強く受けて、哲学小説めいたものを書いてみた。休学期間の最後の方で、その小説を書き終えたことで一つの区切りがついたという思いになり、学校に戻った。当然、落第しているのだが、小説家になりたいという具体的な目標ができたので、学校に戻って友人たちとつきあおうと思ったのだ。

書き上げた作品は河出書房の『文芸』が「学生小説コンクール」という募集をしていたのでそこに応募した。すると佳作として文芸誌に掲載してもらえた。それがわたしの文壇デビューとなった。担当編集者がついたので、春休みに東京に出向いた。友人が早稲田に合格して下宿を借りていたのでそこに泊めてもらった。わたしは落第しているから、あと一年、高校に通わないといけないのだが、自分も早稲田に行きたいと思っていたので、ようすを見に行ったのだ。

駿河台下にあった河出書房を訪ね、担当編集者と話をしていると、せっかく東京に来たのだから、誰か作家に会いたくないかと聞かれたので、まさかと思いながら埴谷雄高の名を告げると、その場で電話をしてくれた。翌日の午後に会ってもらえることになり、編集者と新宿駅で待ち合わせて埴谷さんのお宅に伺うことになった。当時のわたしは埴谷雄高に心酔していたので、神さまに会いに行くような高揚した気分だった。

埴谷さんは吉祥寺の駅から歩いて五分くらいのところに住んでおられた。わたしにとっての初めての武蔵野の地だ。駅に下り立つと、何やら大工事をしていた。記憶をたどってみると、当時の中央線は荻窪までの高架は完成していたのだが、荻窪から三鷹まではまさに工事の真っ最中だったようだ。とくに井の頭線との連絡通路が複雑な状態になっていて、乗客の流れも混乱していた。

われわれは乗り換えではなく、ただ地上に出ればいいだけのことなのだが、その駅の混雑が印象に残っている。埴谷さんのお宅は井の頭通り沿いに西荻窪の方向に進んでから、細い路地に入ったところにあった。とても細い路地で、埴谷さんのお宅もけっして大邸宅というわけではないのだが、和風の木造建築なのに玄関脇の応接間だけが洋風になっていて、モダンな感じがした。

文献を調べると、終戦直後に第一次戦後派と呼ばれる新人作家たちが『近代文学』という同人誌から輩出したのだが、その同人誌の編集会議や、宴会などが、この埴谷邸の応接間でしばしば催されたらしい。埴谷さんはその『近代文学』に『死霊《しれい》』という哲学小説を連載して、それが神話的な密かなブームを呼んでいた。

埴谷さんは長く結核を患っておられて、『死霊』は第三章までが一冊の単行本になったあと、連載が中断したままだった。単行本も絶版になっており、入手困難の状態だった。埴谷さんは六〇年安保闘争の時に、思想家として学生たちの心の支えになっていた。作家としては有名になっているのに、肝心の代表作は絶版になっているというので、幻の名作などと呼ばれていたのだ。

わたしは『虚空』という短篇集で、埴谷さんの影響をもろに受けた。超難解な哲学小説で、その難解さのゆえにブームになっていたのだが、わたしの文壇デビュー作となった『Mの世界』という作品は、短篇集『虚空』の中に収録されていた『洞窟』という作品と、サルトルの『嘔吐』から、哲学的なムードみたいなものを吸収して、自分なりにアレンジしたものといっていい。当時、そういうタイプの作品は少なかったから、担当編集者もわたしに期待して、埴谷さんに紹介してくれたのだと思う。

その伝説的な応接室で、埴谷雄高さんと対面した。編集者がわたしを紹介してくれて、作品が哲学的で埴谷さんに似ているといったことを話した。わたしが『死霊』を読んだというと、少し驚いた顔をされて、よく入手できましたね、といった話になった。わたしは作品が『文芸』に掲載されたあとで、人を介して『死霊』を入手し、何度もくりかえし読んでいた。神さまに等しい大作家の前で、わたしはコチコチに緊張していたはずだ。

応接間で話し始めた直後に、玄関で声がした。夫人は不在だったようで、埴谷さんが応対に出られたのだが、ゴミの出し方がよくないと、ご近所の人が苦情を伝えにきたのだった。それで埴谷さんが外の路地に出て、何やら作業をされていた。すぐに戻って来られたのだが、神さまでもゴミの苦情に対応するのかと、驚くと同時に、何かほっとするような気分になった。

それで少しは気持がほぐれたのだが、会話はあまり弾まなかった。わたしは埴谷さんの後継者になると意気込んでいたのだが、埴谷さんの方は、まだ十八歳のわたしの将来に、いくぶんか疑問をもたれていたのだろうと思われる。まあ、がんばりなさい、といったことを言っていただいたのだが、その言葉は熱意がこもっているとは言いがたかった。

急に風向きが変わったのは、担当編集者がわたしの姉の話をした時だった。わたしの姉は俳優座付属の俳優養成所に通い、卒業後は文学座に入っていたのだが、すべりどめに劇団四季の試験を受けた。そこで何かを朗読したのだが、それが注目されて、その後、ジロドウの『アンドロマック』の再演で、主役の一人の渡辺美佐子さんがご病気で代役が必要になった時に、強引にスカウトをされて、劇団四季に引き抜かれた。劇団四季ではそのすぐあとに、ドストエフスキー原作の『カラマーゾフの兄弟』を上演し、姉はカテリーナの役を演じていた。

わたしもその芝居を見に東京まで行ったのだが、パンフレットに埴谷さんの文章が載っていた。だから埴谷さんも芝居をご覧になったはずだとは思っていたのだが、自分からは言いだしかねていた。埴谷さんは姉の話を聞いた途端に、態度がころっと変わって、あの女優さんの弟なら才能があるはずだと、急に乗り気になって、いろいろな話をしてくださった。

のちに姉は『白痴』のナスターシャも演じたので、埴谷さんには強い印象を残しているはずだが、その後、埴谷さんとお会いする機会があっても、埴谷さんが姉の話ばかりするので、わたしとしてはあまり面白くなかったという記憶がある。

とにかくそんなふうに埴谷さんが急に乗り気になったので、午後二時くらいから始まった話は、あたりが暗くなるまで、数時間に及んだ。わたしにとっては、またとない貴重な体験だった。

埴谷さんが話されたことで、いくつか胸に残っていることがある。『死霊』の話をかなりしたのだが、その中のいくつかの登場人物について、わたしの方から質問をした。とても魅力的な人物がいたので、そのキャラクターについて尋ねると、埴谷さんがごく簡単に、あれは幽霊ですね、と答えられたので、わたしは胸の奥で、おお、そうなのか、と叫ばずにはいられなかった。

わたしは自分が書こうと思っている小説の話もした。奈良を舞台にした、存在論を中心とした観念小説で、ほとんど議論だけで展開されるような物語なのだが、奈良を舞台にすることで宇宙の神秘に迫るといった、若い書き手が考えそうな、理屈だけのプランだった。すると埴谷さんは、奈良を舞台にするのはいい、とおっしゃってくださった。それから大仏の話をされた。

電灯などの照明器具のない古代にあっては、暗い堂内の仏像は全体を明瞭に認識することができない。台座のあたりだけは見えるけれども、上半身は闇の中に融け込んでいる。われわれの宇宙の認識というのもそういうもので、見えない部分があるからこそ、そこに神秘性というものが出てくるのだ、といったお話だったように思う。これはいまから振り返っても的確な指摘で、その後のわたしの小説作りに大いに役立った。ただ残念ながら、この時わたしが埴谷さんにお話しした構想は、実現することができなかった。

すでに書いたように、埴谷さんの『死霊』は第三章までが一冊の単行本として発行されているだけで、その後は中断されていた。埴谷さんのご病気は完全に快復されていたのだが、その後の埴谷さんは政治評論や観念的な短篇小説を書くことに多忙で、『死霊』の方は永遠に中断されたままになるのではと考えられていた。そこでわたしは生意気にも、わたしが『死霊』の続篇を書くなどといったことも述べたように思う。その後、埴谷さん自身が作品を完成されたことを思えば、大変に失礼なことを申し上げた気もするのだが、埴谷さんは笑っておられた。

それから埴谷さんはこんなことを言われた。自分は若い頃、ドストエフスキーのようなものを書きたいと考えていたが、病気になったので実現できなかった。そこでドストエフスキーの中から、観念的なものだけを抽出して、血肉のない骨だけのような抽象的な作品を書こうと試みた。それが『死霊』だ。しかしドストエフスキーの本当の面白さは、観念的な部分と同時に、恋愛小説としても魅力的で、犯罪小説としても読めるという、あらゆる方向に魅力を満載した多面性にある。きみは若いのだから、自分の観念だけのような作風を真似るのではなく、ドストエフスキーのような作品を目指すべきだ。

わたしはもちろんドストエフスキーのすべての作品を読んでいたが、『罪と罰』から『カラマーゾフの兄弟』にいたる長篇群のスケールの大きさに圧倒されていた。ドストエフスキーを目指すなどというのは夢のまた夢で、似たようなものを書くことさえ難しいという気がしていた。それでいて埴谷さんの真似ならできると考えていたのだから、甘いといえば甘いのだが、埴谷さんにこういうことを言われては、埴谷さんの真似はできないと痛感することになった。

その後のわたしは、埴谷さんの影響からどうやって逃れるかという試行錯誤を続けることになった。文章まで埴谷さんに似ていて、古色蒼然としたものものしい文体だったのを、中学生でも読めるような軽い文体に変換していく過程には、迷いや悩みもあったのだが、何とか三十歳になる前に芥川賞をもらって、プロの作家になることができた。ただし文体を軽くしすぎたために、出版社から青春小説のようなものを求められ、そのイメージを払拭するために、さらに試行錯誤を続けることになってしまった。

転機になったのは、ドストエフスキーのような小説をどうやったら書けるのだろうと考えているうちに、『新約聖書』の福音書を自分なりに書き直すというプランを思いついたことだ。『地に火を放つ者——双児のトマスによる第五の福音』という作品だが、これを書いたことで、青春小説と哲学小説を合体させるという、ドストエフスキーや埴谷雄高が試みた小説のスタイルを、自分なりに踏襲していく道筋が見えたように思った。

その後は『空海』、『日蓮』、『道鏡』などの宗教小説や、『清盛』、『夢将軍頼朝』、『西行——月に恋する』などの歴史小説で、自分の書きたいスタイルの作品を追求することになった。

さらに、ドストエフスキーを書き直すという途方もない構想を思いついて、『新釈罪と罰』、『新釈白痴』、『新釈悪霊』と三冊の本を書くことができた。『新釈カラマーゾフ』は現在準備中だが構想はほぼまとまっている。十八歳の時、埴谷さんから受けた人生のアドバイスに従って、自分なりにここまでやってきたという感慨をいまは感じている。

東京に出てきて最初に住んだのは井の頭線で渋谷から一つ目の神泉というところで、そこに女優の姉が住んでいたので、同じアパートに住むことになった。三年後、まだ学生だったのだが結婚することになって新居を探した。結局、吉祥寺に住むことになったのは、地下鉄東西線が乗り入れているので早稲田まで一本で通えるという便利さもあるが、やはり埴谷さんのご自宅を訪ねた経験があったからだろうと思う。

当時の吉祥寺は、現在のサンロードと呼ばれるアーケード街のところが、ふつうの道路で、そこをバスが走っているような状態だったし、いまのような繁華街ではなかったのだが、それでも若い人には住みやすい楽しい街だった。その後、就職して、浅草橋や水道橋に通勤したのだが、これも総武線の黄色い電車で乗り換えなしに行ける。中央線沿線というのは大変に便利なところだ。

結局、吉祥寺には七年間住むことになった。二人の息子が生まれたのも吉祥寺だし、芥川賞の受賞の知らせも吉祥寺の自宅で受けた。その後、新聞記者のインタビューなども吉祥寺で対応したし、グラビアの撮影では、幼児をつれて井の頭公園に散歩に出かけた。

吉祥寺に住んでいた七年間で、さまざまな場所に赴いた。お宮参りは吉祥寺の北にある八幡神社だったし、子どもをつれて井の頭公園や、反対側の善福寺公園によく出かけた。小金井公園まで足を延ばしたこともある。子どもが生まれてからは、徒歩での散歩が多かったが、学生の頃は自転車で駆け回った。当時は市の周辺部にはまだ農地の端に林があったり、舗装されていない小道があったり、自転車で駆けるのに最適の道が随所にあった。

就職すると乗用車の広告の仕事を担当するようになって、免許を取る必要が生じた。クルマには興味もなかったのだが、仕方なく教習所に通った。東小金井にある教習所だったので、路上での教習は武蔵野市や小金井市を回ることになった。

のちに教鞭をとることになる武蔵野大学の前の五日市街道は、最終的な路上試験のコースになっていた。たぶん片側二車線の道路なのに青梅街道などと比べて格段にすいているというところが、試験コースに最適だったのだろう。客員教授として招かれて初めて武蔵野大学に来た時、正門の前でデジャビューのような衝撃を受け、何か運命的なものを感じたのだが、その後、確かにいつか見たことのある風景だと思いをめぐらせているうちに、何のことはない、路上教習で何度も前を通っていたということに気づいたのだった。

作家になってからも、しばらくは吉祥寺に住んでいた。何度も埴谷さんのお宅に出かけることになった。新宿の文壇バーでお目にかかったこともある。自分が作家になって、埴谷さんとお酒を飲んでいるというのは、わたしにとっては夢のようなことだった。埴谷さんの次に敬愛する小川国夫さんと会ったのも、埴谷さんのご自宅だったように思う。小川さんとは、藤枝でいっしょに講演させていただいたこともある。

吉祥寺には新田次郎さんも住んでおられた。わたしが住んでいたところと、ごく近い場所だったので、ご自宅に伺ったことがある。日本文藝家協会に入会する時の推薦人になっていただいた記憶がある。推薦人は理事と会員と二名必要なのだが、新田さんのところは奥さまも会員なので、その場で書類を作成することができた。詩人の清水昶さんのご自宅にも伺った。高校が同じだった詩人の佐々木幹郎と三人で吉祥寺で飲んでいて、そのままご自宅になだれ込んだといった感じだった。

吉祥寺で暮らした七年間は、わたしにとって、学生時代の最後の二年間であり、就職していた四年間であり、作家になった一年間であった。

それからわたしは八王子に引っ越し、子どもの成長に合わせて世田谷区に移った。どこに住むのかというのは、ある程度の意思は働くものの、偶然も作用する。引っ越しをしたいと思っている時に、たまたま適当な住居と出会うということがなければ、簡単に引っ越せるものではない。

勤め先というものも、偶然が左右する。吉祥寺に住んでいる時は、ある程度、通勤の便ということを考えて職場を選んだ。首都圏の通勤には、それだけでも大変な労力が必要だから、仕事そのものの厳しさだけでなく、通勤の苦労のことも考えに入れないわけにはいかない。たまたま総武線沿線に適当な会社があって、四年間は楽に通勤できた。

八王子に引っ越したのは、プロの作家になったので、もはや通勤のことを考えなくてすむと思ったからだ。

それでも編集者との打ち合わせなどで、出版社に出向いたり、新宿の文壇バーに出向いたりすることがあって、八王子は遠いと実感するようになった。子どもたちが小さい頃はよかったが、中学や高校のことを考えると、都心に近いところに住んだ方が選択肢が広がる。それで長男が中学に入るのに合わせて、世田谷区に引っ越すことになった。

引っ越した直後に、母校の早稲田大学文学部から、文芸専修で小説の書き方を教えてくれという依頼があった。わたしは文芸専修で学んだわけではないのだが、教養課程の同級生だった直木賞作家の笹倉明が文芸専修だったから、どんな授業があるかは知っていた。八王子に住んでいたら、この仕事は引き受けなかったと思う。

交通の便利なところに引っ越したので、週に一度の非常勤講師くらいならつとまるかなと、軽い気持で引き受けた。二年か三年で誰かと交替するのだろうと考えていたのだが、結果としては、非常勤で九年、専任扱いの客員教授で六年、あわせて十五年も小説の書き方を教えることになった。教えているうちに、ノウハウもわかってきたし、教え子が文壇に進出したりすると、喜びもあったので、長く続けることになった。

わたしは日本文藝家協会で著作権の責任者をやっていて、仕事が多忙になり、自分の創作の方も、晩年の山場に向かっているところでもあったので、大学で小説の書き方を教えることはもうないだろうと思っていたのだが、縁があって武蔵野大学の客員教授となり、いまは専任の教授になっている。それでこの武蔵野学の講座にも参加することになったのだが、これもまた不思議な運命というしかない。

先にも述べたように、武蔵野大学に最初に来た時、不思議な懐かしさを覚えた。初めて来た場所のはずなのに、自分にとってごく親しいところだという感じがしたのだ。まるでこの大学で教えることが、ずっと前から運命づけられた、自分にとっての宿命のようなものではないかと、一瞬、そんな気がしたのだが、あとでよく考えてみると、免許をとるための路上教習で何度もくりかえし大学の前の道を走ったのだった。しかしそれもまた一つの縁というべきかもしれない。

最後に、武蔵野とは何かということを考えてみたい。武蔵野とは武蔵国の原野であると先に書いたが、国木田独歩が『武蔵野』を書いて以来、武蔵野と呼ばれる地域はもう少し限定的になったのかもしれない。それは独歩自身が鉄道に乗って武蔵野に赴いているところから、甲武鉄道すなわち中央線沿線の中野から立川くらいの自然、といった趣があるのだと思う。

この地域は住宅地としての開発が進んだ。中野はもとより、高円寺、阿佐ヶ谷など、駅ごとに商店街ができ、その周辺には飲み屋街もできた。荻窪、吉祥寺、三鷹、国立などには、文化人、とくに小説家が好んで住んだ。そこから中央線沿線には、独特の文化圏ができることになった。それはこの沿線が、独歩が好んだ武蔵野の自然と、住宅地が接した地点として、つまり都心との連絡をとりながらも、散歩に出ればまだ武蔵野の面影が残っている地域として、文化人の心をとらえたのだと思われる。

独歩にとっては、ただ散策し、逍遙するところだったわけだが、いつしか武蔵野は、居住し、思索し、時には酒を酌み交わす場所となった。

そう考えてみると、吉祥寺で暮らしたわたしの七年間は、まさに青春そのものだったし、そこから多くの文化的なものを学んで、いまのわたしがあるのだろうと思う。

大学の武蔵野学の講座では、「武蔵野と私」というテーマで、思いつくことを話してきたのだが、いま改めて文章として書いてみると、自分の人生が、武蔵野から始まって武蔵野で終わるという気がしないでもない。

子どもの頃、『鉄腕アトム』で武蔵野のイメージを植えつけられ、ツルゲーネフから国木田独歩に進み、それから吉祥寺の埴谷さんのお宅を訪問した。そこまでが武蔵野との出会いだとすると、実際に武蔵野で暮らした七年間が、わたしと武蔵野との濃密なつきあいの期間だったということができる。

そして、人生のゴール近くになってから、また武蔵野と縁ができた。わたしが専任になったので、早稲田でやっていたような、卒論の代わりに小説を書く卒業制作というものを、この大学でも試みることになった。それから従来からあった在校生と卒業生を対象にした武蔵野文学賞に、高校生部門というのを作ってもらって、大学志望者はもとより、一般の高校生でも応募できる、新しいコンクールをスタートさせることになった。

こうした試みはまだ始まったばかりなので、しばらくは、この大学で成果を見守っていきたいと思っている。あと何年かは、武蔵野という土地に足を運ぶことになるだろう。そういう意味では、ここがわたしの、最後の居場所となるのかもしれない。

コラム　『たまらん坂』――ふるさとと武蔵野の文学

土屋　忍

東京人の故郷論

東京に住んでいると、東京を語り東京を論じる人が多いことに驚かされる。「東京の人間は冷たい」「田舎者ほど東京人を気取ろうとする」「東京には何でもある」「東京は地方出身者で成り立っている」「東京は日本の中心である」などと、まことしやかに言われているのを耳にする。「東京砂漠」「東京デビュー」「東京ルール」「東京コンプレックス」などという言葉まである。多くは、外来者による語り、名付けであり、一方向的なものである。そうしたなかばまやかしの言説をうけとる際に重要になるのが独特の位置どりをみせている土着の東京人の存在であろう。

どのような場所であっても、話題にのぼるときには外来者の視点によって語られることが少なくない。タイの首都バンコクは、外国人が耳にした音から一方的に名付けた呼称をタイ側がかりそめに受け入れてきたことでかろうじて成り立った地名であり、その土地での呼び名は別にある。多くの場合、その場所のnative（先住民）の存在、主体性は忘却・排除・従属されてsubaltern（サバルタン）となりがちである。外来者と先住民の関係に眼を向けるなら、舞台が東京の場合にも、構図としては同様の傾向がみられる。唯一、そして甚だしく異なるのは、一部の土着の東京人に限っては、いざというときの発言の政治力が強大であり、サバルタンの対極にいるという点である。

かつて芥川龍之介（入船大川端生れの本所両国育ち）や小林秀雄（神田猿楽町生れ）は、東京人としてのアイデンティティを語った。きっかけのひとつは関東大震災である。芥川は、多くの帰郷者を生み出した大正十二年（一九二三）の震災が東京出身者を東京人たらしめて連帯させたと述べた（「感想一つ—東京人—」（『カメラ』一九二三年十月））。昭和八年（一九三三）、三十代になった小林は、東京在住の地方出身作家の故郷観と比べると自己の故郷観には欠落した部分があるという思いを述べる一方で、自分たちの世代の東京人が故郷を喪失したことによって伝統にとらわれずに西洋文学を正当に受容する基盤が生れたと主張し、そのように考えることで現代文学に積極的な可能性を見出そうとした（「故郷を失った文学」『文藝春秋』一九三三年五月）。そう考えるなら、西洋文学を受容して著した芥川の「大川の水」は、故郷を失った文学者による文学上の故郷であった。

ここで注意しておきたいのは、どちらの主張も直接的にはほとんど継承されることはなかったということと、にもかかわらず、故郷論としての存在感を示し続けてきたということである。特に「故郷を失った文学」の提示した故郷論は、渡辺一民「故郷としての東京—『故郷を失った文学』をめぐって」（『群像』一九八五年四月）によると、奥野健男『文学における原風景—原っぱ・洞窟の幻想』（一九七二年）と大岡昇平『幼年』（一九七三年）、『少年—ある自伝の試み』（一九七五年）以外には「ほとんど取り上げられることもなく打ち棄てられたまま近年に至った」という。しかし、人口に膾炙しているのは周知のとおりである。特権的ポジションを得ているのは、ひとつにはそれが当事者からの発言であり（小林秀雄はもちろん、大岡昇平も奥野健男も渡辺一民も「東京人」を自認、標榜している）、抽象的な議論に戦略的に差し挟まれた体験談めいた言葉がリアリティをもち、その前で異郷者たちは沈黙するしかないからであろう。

まったく違う角度から小林秀雄の故郷論に異を唱えたのが黒井千次である。渡辺がとりあげている『文学における原風景』と『幼年』の初出時の直前である一九七一年一月号の『自由』に発表したエッセイ「ふるさと・東京（東京には空がある）」で黒井は、「『ふるさと』（それはぼくにとって東京でしかないのだが）というイメージの中核にあるのは、結局『人間』でしかないのではないかという考えに到達してしまう。／そう考えるのは、ぼくにとっての『ふるさと』が都会であり、いわば人工の街であり、むやみに人が溢れている割には、あまりに人がよそよそしい場所だからだろうか」と述べ、人込みで溢れてよそよそしさの漂う「人工の街」というイメージを受け入れて、そこが「ふるさと」であると明言している。これは、「『東京はふるさとではない』とか『東京に空はない』とかいう不正確で断定的な言い方にぼくは同意出来ない。東京には空がある。それが澱んでいる、有害なガスに充たされているという状態があるだけだ」に続く。小林秀雄の故郷論や高村光太郎『智恵子抄：詩集』（一九四一年）の有名な一節（「智恵子は東京に空が無いという／ほんとの空が見たいという」）が作り出してきた東京イメージを、はっきり拒絶していると言えよう。

また「フルサト過剰」（『東京新聞』一九七四年四月一日）では、「ねえ、うちのフルサトはどこにあるの？」とたずねる小学校一年生になる娘に「フルサトはここさ」と答えたエピソードを紹介し、「都市生活者三代目の漂流者であるぼくにはそういう答えしかない。（中略）それでも、声には出さずにぼくは娘に言った。『がっかりするなよ。俺だってフルサトなしで四十年も生きて来たんだから』」と記している。ここには、東京を「ふるさと」と考えてきた個人的な思いと、東京を「フルサト」とはみなしがたい一般のイメージが交錯しているように思われる。

たまらん坂の文学的形象——ふるさと武蔵野

谷崎潤一郎の「『藝』について」（『改造』一九三三年五月）に対する反論として書かれた小林秀雄の「故郷を失った文学」に対する異論は、直接の言及はないものの、坂口安吾の「文学のふるさと」（『現代文学』一九四一年七月）に見出すことができる。故郷喪失を東京人の特権のように語った小林に対して安吾は、ヒューマニティを離れたところで「突きはなされる」体験を文学上の普遍的な体験として語り、小林の言う故郷喪失など取るに足らぬこととしたのである。安吾が語っているのは比喩的な意味での「文学の」ふるさとであって、生れ育った場所としての故郷ではない（東京人の東京論については、東京人ではない安吾には直接は立ち入ることのできない領域だったのだ）。上俵を「文学」に移したという言い方もできるだろう）。「文学のふるさと」で提出した「ふるさと」は、どこでもない根源的な場所として追究されて、後には安吾の文学を読み解くキーワードにまでなる。黒井千次の文学の場合で考えるなら、おそらく「武蔵野」がキーワードである。生れ育った場所としての武蔵野地域と、近代文学を形成してきた文学的場所としての武蔵野の双方が重なり、黒井にとっては故郷でもあり「文学のふるさと」でもあるのが武蔵野だからだ。

一九七〇年代の故郷論を経て一九八〇年代に入ると、「たまらん坂」（『海』一九八二年七月）が発表され、連作『群棲』の完結（一九八四年）を待って「おたかの道」「せんげん山」「そうろう泉園」「のびどめ用水」「けやき通り」「たかはた不動」が書き継がれる。こうして七編は『たまらん坂—武蔵野短篇集』（福武書店、一九八八年：福武文庫、一九九五：講談社文芸文庫、二〇〇八年）として纏められることになる。「武蔵野」が書名に出されたこのとき、武蔵野は黒井千次によって「ふるさと」

と見定められ、「ふるさと」の文学が書かれた。国木田独歩の「武蔵野」や大岡昇平の『武蔵野夫人』などの武蔵野文学を念頭に置きつつ、『たまらん坂』が書かれたことについては、一九九〇年代のエッセイ「西郊の眼」や「傷心と観察と歩行」から遡って推測できる。そのことは、すでに「黒井千次の世界」（増補版『武蔵野の教壇に立った文学者―土岐善麿・秋山駿・黒井千次』武蔵野文学館、二〇一一年）で述べたので、ここでは、『たまらん坂』本文をみておきたい。

表題作「たまらん坂」は、「たまらん坂」の由緒を語る一種の由来記であるが、坂の物語を冒頭に据えているのは、武蔵野を語るには坂が欠かせないからでもある。

武蔵野の坂、などというと、あるいは違和感を覚える向きもあるかもしれないが、国木田独歩の「武蔵野」（一八九八年）を注意深く読むと、三種類の坂が描かれているのがわかる。ひとつは、「空車荷車の林を廻り」、野路へと下る坂である。「坂を下り」野路を横切る空車荷車の音が、「鳥の羽音、囀る声。風のそよぐ、鳴る、うそぶく、叫ぶ声。叢の蔭、林の奥にすだく虫の音」とともにある風景を形作っていて、自然の音色に溶け込みながらいい按配に人間と道具とが坂道で協奏する。ふたつめの坂は、「右にゆけば林、左にゆけば坂。君はかならず坂をのぼるだらう」とあるように、二股に分かれた径の一方の坂であり、広い眺望を期待してのぼりたくなるが、望みが達せられるような高い処とは通じていないとされる。最後は、「渋谷の道玄坂」と「目黒の行人坂」である。このふたつだけが名前のついた坂であり、一人称の「自分」が語りの中で紹介する朋友からの手紙に記されている。「武蔵野」の中に出てくる固有地名のほとんどは引用の中にあり、「自分」の武蔵野語りの中では曖昧にされているのだが、坂についても同様である。朋友からの手紙には、「道玄坂」の説明として、「東京市街の一端」で「郊外の林地田圃に突入する処の、市街ともつかず宿駅ともつかず、一種の生活と一種の自然とを配合して一種の光景を呈しおる場処」とある。これは坂の語源のひとつでもある境（さかい・境界）ということであろう。名前をもつ坂には、その坂を呼ぶ用途のあった人々の存在が想起されるが、境の役割を担う坂が口の端にのぼり名前がつけられ、待合せ場所などの目印にもなったと想像される。

こうしてみていくと、武蔵野の野にあるゆるやかな下り坂と、同じく林と隣り合わせにあるような、けっして高くない登り坂。そして、市街と郊外とを分かつ境界領域としての坂がそれぞれ描き分けられているのがわかる。近代の東京開拓史を簡単にふりかえると、東に東京湾を望む江戸城が建設された後、西側の段丘地帯が開拓されて坂の多い山の手が形成された。文字通りの山の手を上流とする東下の海辺地帯は随時埋め立てられて下町となり、間にあって山の手とを隔てていたのが隅田川であったが、雨量が多いときには河水が溢れ、衛生状態は悪かった。開発された山の手には、西方から上京してきた人々が移住し、やがて山の手の延長線上に（下町とは異なる形で）郊外が建設される。郊外は、近世以来の屋敷町と、近代の株式会社が武蔵野台地を切り拓いて造成した住宅地からなるが、「武蔵野」に描かれたゆるやかな坂も、山の手との境を示し山の手の奥をイメージさせたであろうし、平野部だからこその役割も担ったものと思われる。

では「たまらん坂」はどうかといえば、そのどれでもない。電車の中で十数年ぶりにばったり出会った旧友「要助」と「私」は、ともに「同じ中央線沿線の武蔵野に住んでいる」が、「私の家は起伏から見放された平坦な土地の只中にある」のに対して、「要助」の自宅と最寄りの国立駅との間には「たまらん坂」があるという設定である。「私」はその坂の名前を知らず（要助は思いがけず息子が聴いているRCサクセションの曲の中に忌野清志郎の作った「多摩蘭坂」があることを知るが）、武蔵野にあり名前ももっているがあくまで有名ではない坂ということになる。ひとつの坂が登り坂と降り坂を兼ねているという冒頭で提示されている着眼点も、独歩の「武蔵野」の坂にはないものである。また「坂の名の起りはまだ新しく、昭和六年（一九三一）に鉄道会社が「叢林の中の小道」を切り拓いて作った「急な勾配」をもつ急坂である点も異なる。そして、「五百メートルもあるかないかなのに、登っているうちに国立市から国分寺市に変って、あっという間に今度は府中市になる」とあるように、郊外の三市をまたいでいることから、都市計画においても境界を示す表徴として重視されることはなかったことがわかる。「町外れ」の目印にもならず、「道玄坂」や「行人坂」などとはその出自からして違うのだ。

したがって、小泉八雲の怪談「むじな」における「紀國坂」のように、妖怪が出ると認識されていた市街と郊外とを分かつ境界領域には属さない。森鷗外『雁』において岡田青年が日々散歩する上野の無縁坂——不忍池に通じており、その坂の途中にお玉が住んでいる——や、夏目漱石『三四郎』における団子坂や菊坂のように、はっきり由来のわかる有名な坂とも異なる。「たまらん坂」は、坂の「由緒」を調べることになった経緯とその後に判明した成果を「要助」が「私」に語る形式の小説なのだが、結局、たまらん坂には由緒らしい由緒がないことがわかり、「要助」に「失望」をもたらす。「落武者の影」を見出して勤め帰りにひとり疲れて坂を登るときに「たまらん」と呟くような心情にひそかに重ねてみようと試みるが、わかったのは、「猥褻と純情」の交錯する「青春の坂」

とでも言うべき坂であったということだけだ。存在自体が否定されるものではないが、開発された住宅街の通勤路にたまたまできた坂であり、武蔵野の野にあって、行き交う車の音が自然の音と溶け合う風景があるわけでもなかった。大岡昇平『武蔵野夫人』には、「はけ」を紹介するくだりで「中央線国分寺駅と小金井駅の中間、線路から平坦な畠中の道を二丁南へ行くと、道は突然下りとなる。『野川』と呼ばれる一つの小川の流域がそこに開けているが、流れの細い割に斜面の高いのは、これがかつて古い地質時代に関東山地から流出して、北は入間川、荒川、東は東京湾、南は現在の多摩川で限られた広い武蔵野台地を沈澱させた古代多摩川が、次第に西南に移って行った跡で、斜面はその途中作った最も古い段丘の一つだからである」という描写があるが、「平坦な畠中」が下った先にあるのは「野川」であり、「斜面」は「古い段丘」である。「古い段丘」は山の手の面影と通じる。「たまらん坂」は、歴史的に規定され得るそうした風情や面影をもたない。

「たまらん坂」の「坂」は、明治期における東京の文学が描いてきた山の手の坂、近世以前からの名のある坂ではなく、郊外の文学が描いてきた無名の坂でもなく、山の手と郊外とを分ける坂でもない。要するに、武蔵野の文学が描いてきた無名の坂や境の坂、あるいは「平坦な畠中」の先にある「段丘」とも異なる昭和の坂なのだ。もちろんそのことは、先行するテクストとの断絶を意味するのではない。

テクスト冒頭で、登り坂と降り坂を数えても数的違いはないという理屈が感覚的にしっくりこない「要助」は、夏目漱石の『草枕』の主人公が「智に働けば角が立つ。情に棹させば流される。意地を通せば窮屈だ。兎角に人の世は住みにくい」と考えたのは、山路を登りながらだったことを思い出す。そして、「降り坂では人間の思考力は働かない」と主張する。それに対して「私」は、「男というのは坂を降りる時が最も男臭くなるものだ」という「最近読んだ小説」の一節をとりあげる。それをきっかけにして、男女ともに降り坂で「性的な存在」になるという説に話題が移り、末尾の「猥褻と純情」の伏線となるのだが、つまるところ人間の営為は、登り坂と降り坂をバランスよく経験しているわけではない、ということであり、登り坂と降り坂が同数だとしても、双方それぞれの（文学的な）記憶や表象の数量は明らかに異なるということである。このように、提示された坂をめぐる議論は、さりげなく文学的な記憶と結びついてなされている。如何に近代文学と武蔵野文学の系譜を踏まえた上で新しい武蔵野の坂が描かれているのかがわかるだろう。

多くの引用がみられる小説「たまらん坂」であるが、実は、現実のたまらん坂に関する歴史的コンテクストで一切参照されていないことがある。それは、たまらん坂が堤康次郎（現在の西武グループの創始者）の箱根開発株式会社が東京商科大学（現在の一橋大学）との契約に基づいて作った坂であること、近辺の谷保村はヤマと呼ばれていた場所でもともとは農民が住んでいたこと、そして、堤は農民からなかば強引に土地を買い取り、開発してできたのが国立《くにたち》だという事実である。さらに言うなら、約束された代金が支払われることはなく、遺恨をのこしているという（くにたち郷土文化館から刊行されている二冊の展示図録『学園都市くにたち――誕生のころ』（一九九八年）と『学園都市開発と幻の鉄道—激動の時代に生まれた国立大学町』（二〇一〇年）を参照されたし）。ここにも、サバルタンの存在が想像できる。では、黒井千次はそうした現実を形作る構造から目を背けたのだろうか。フルサトを美化したのだろうか。

武蔵野短篇集としての『たまらん坂』においては、「たまらん坂」を含めた最初の四篇すべてに坂への重要な言及がある。では、後半の三篇には何が書かれているのか。それが近代の開拓事業や開発計画の陰で無言化されてきた人々の声なき声なのである。如何にしてそれらの声を拾い上げているかについての検証は紙幅の都合で機会を改めたいが、その描き方もまた、独歩「武蔵野」と通じるものがあるということだけは言っておきたい。

『たまらん坂』は、ふるさと武蔵野の文学である。短篇「たまらん坂」から「たかはた不動」までを連作のように読み通し、また冒頭の「たまらん坂」に戻ってきたときにはじめて、昭和初期の開発の落とし子たる「たまらん坂」という存在を、ふるさとの象徴として愛着をもってひきうける覚悟のようなものがみえてくるのである。

コラム　「地名」としての「武蔵野」から学ぶもの

佐藤　公

一　記憶を現在に伝える「地名」

本書を貫くキーワードである「武蔵野」。この「武蔵野」から連想するものを一つあげるとすれば、みなさんは何を選ぶだろうか。国木田独歩や太宰治といった文学者や文学作品をはじめとして、交通手段としてのJR武蔵野線や、郷土料理としての武蔵野うどん（温かいつけ汁でいただく太日のうどん）など、人それぞれ、さまざまな言葉とともに思い浮かべるものがあることだろう。

しかし、これら「武蔵野」という言葉から思い描かれたイメージや記憶とは、「いつ」から、「どこ」を指すものとして、人々の間に形作られてきたのか。文学であれ歴史であれ、「武蔵野」を舞台とした作品は、時間的・空間的に多様な入り口と広がりを持って「武蔵野」のイメージを語り伝えてきた。そして現在、多様なイメージを有する「武蔵野」を「地名」として捉えると、さまざまな場面で目や耳にするだけでなく、我々の「いま」の生活と密接なつながりを持って存在していることがわかる。

そもそも、地名とは何か。民俗学者の柳田國男は、「要するに二人以上の人の間に共同に使用せらるる符號」(『地名の研究』古今書院、一九三六年)と述べた。社会は一人の人間では成り立たず、多くの人間が共に暮らすためには地名を必要とし、地名には人間が日々暮らしていく上で有益な意味を与えていることが、ここから読み取れる。

また、民俗学者の谷川健一は、地名を「物と名、土地と人間、具象と抽象、個と普遍という相反する対立物が共存」しつつ、「最も旧い日本人の生活の痕跡を、最も新しい未来へと受け継ぐ役割を持つ」(『シンポジウム　地名と風土――日本人と大地を結ぶ』小学館、一九八一年)ものと述べ、時代で変遷しつつも継続して使用されている、人間と土地との関わりの記憶を示すものであるとした。

すなわち、地名とは、空間を共にする人間が暮らす／コミュニケーションするための基盤となる情報／記号であるといえる。そしてこの情報／記号は、時代を超えて、過去の生活者の記憶を現在の我々に伝えるのである。

二　「武蔵野」を学ぶ意義

（一）「郷土」意識と「地域」認識の涵養

では、地名から学ぶものの意義とはどのように整理されるのか。平成十八年（二〇〇六）、約六十年ぶりに改定された教育基本法は、教育の目標の一つに「伝統と文化を尊重し、それらをはぐくんできた我が国と郷土を愛するとともに、他国を尊重し、国際社会の平和と発展に寄与する態度を養うこと」（第二条第五項）を掲げた。

しかし、文中にある「郷土」という概念を自明なものとするのは、とても難しい。「郷土」とは、生まれ育った土地に対する、自然発生的な意識・愛情であり、生活する中でこそ醸成されるものである。一方、誰もが有しうる「郷土」ではあるが、多様な自然・社会環境、さらに近年ではグローバル化を背景に多様な文化的背景を持つ人々とともに生活する社会では、日本人に共通する意識として描きにくいものでもある。

しかも戦後の学校教育においては、「郷土」を通じて学ぶとされてきた意識や愛情といった要素は、特に社会科教育を通じて、「地域」を介して獲得されるべきものとされてきた。その「地域」とは、客観的・制度的な区割りが学習範囲として用いられた結果、主に市区町村や都道府県といった行政区域になっている現状がある。

これに対し、先の教育目標には、「地域」という言葉があえて失くしてきた主観的・情緒的な部分を回復する必要性が示されている。同時に、「郷土」という言葉が持っていた主観的・情緒的部分に関する学習方法もまた、改めて課題とされるようになってきた。

この一連の動きには、戦後教育がもたらした客観的・制度的な社会認識の育成を否定するのではなく、主観的・情緒的な社会の捉え方も加えることで、社会的事象や物事をより豊かに捉えられるのではないかという発想が根底に存在する。そして子どもが、身近な社会が有する伝統や文化と関わりつつ、支えることができるようになるためには、「地域」での経験・体験・参画が重要であると考えられるようになった。

（二）「地名」を「入り口」とした「いつ・どこ・いま」の獲得

この「郷土」「地域」意識を涵養するための「入り口」の一つが、地名である。そして、自らの生活空間の「いつ・どこ・いま」を示す記号を「入り口」として、「郷土」「地域」の成り立ちを学ぶことが可能になる。この、地名を用いた学習のあり方について、教育学者の谷川彰英は「地名教育」として整理、提唱した。彼は「地名教育」を、「地名を活用することによってある内容を学んだり、地名そのものの歴史的意義・社会的機能について学ばせる学習」（日本社会科教育学会編『社会科教育事典』ぎょうせい、二〇〇〇年）と定義している。

我々の日常生活の中で、もし地名がなかったら、必要なコミュニケーションが取りにくくなるだろうと想像できる場面はたくさん存在する。地名は、毎日使っているものでありながら、その意味を探ったり注意を向けたりすることは少ないものである。たとえば、我々は地名を使わずに、自分の位置や行動を説明できるだろうか。もしかしたら、緯度や経度の数値を使えば、地名を用いなくても済むかもしれない（ちなみに、本書の出版社である世界思想社の位置は「北緯三十五度三分五十五秒、東経百三十五度四十六分五十四秒」と示すことができる）。しかし、長い数字の羅列ではなかなか覚えにくく、生活場面で常日頃使用するのは難しいであろう。

「地名教育」は、そのような誰もが持つ経験に潜んでいるはずの、地名の意味や由来に気づかせるための学習活動である。そして子どもは、地名を用いた学習活動を通して、それまで無関心だったかもしれない、自分たちの住む「郷土」「地域」への認識の変化、そして育まれてきた自己アイデンティティーの確認をすることができる。

また、地名の由来にはいくつかの種類があるため、「地名教育」の広がりは大きく、汎用性が高い。さらに、地名は人が住んでいるところには必ず存在するものである。子どもにとって、普段使っている地名に隠された意味があったと知れば、親近感や意外性を持って学習に取り組むことができる。学習方法としても、知っていそうで知らないという「落ち着かない」状況を活かし、「地名クイズ」などの工夫を取り入れることで、子どもの興味を引き出しつつ、教材としての面白さも増すことができる。

三　「地名」としての「武蔵野」を学ぶ

ここからは、「武蔵野」の名を持つ行政区域である「武蔵野市」での「地名教育」を考えてみよう。武蔵野市に住んでいる子どもが、どうしたら武蔵野市を自分たちの「郷土」であり、「地域」と思えるようになるのだろうか。そのための教材として、「武蔵野」という「地名」を用いた「地名教育」には大きな魅力が存在する。

たとえば、小学校三・四年生では、身近な生活空間に関する「地域学習」を行い、子どもは学校の周りの様子を探検し、畑や工場、お店も実際に見学する。そこで、自分たちが使ったり食べたりしているものが、どのような手順で届けられているのかを調査したり、自分たちが健康で安全な暮らしができるのはなぜだろうか、という問いを持って学習に取り組む。このように、地域の「いま」のあり方を踏まえ、「いつ」という時間軸、そして「どこ」という空間軸から、地域のあり方の変容や特徴を、地名を通じて捉える学習が成り立つ。

このような「地域学習」において、「地名教育」を行う方法の一つは、昔の地図との比較を通して、現在の暮らしがどのように変わってきたのかを調べることである。明治期と現在の地図を比較すると、日ごろ子どもが使っている地名ばかりではなく、建物や駅、道路が存在しないことの方がたくさん目に付く。

まず、当然のことではあるが「武蔵野市」はない。武蔵野市以前の様子を調べてみると、明治初期には、現在の大字名にも残る「吉祥寺村」「西窪村」「関前村」「境村」の四つの村があり、現在の「武蔵野市」の原型、範囲が成立していたこともわかる。昭和三年（一九二八）、この四つの村が合併し、「武蔵野」を冠する「武蔵野町」となった。

さらに、その名称の由来も多様である。戦後、昭和二十二年（一九四七）の市制移行後に作成された『武蔵野市教育委員会副読本』（一九五三年）は、「武蔵野」という地名の由来を地形（武蔵野台地）や朝鮮語（ムサシ＝「大きな郡」）など複数示しているが、その一つをこのように記している。

「武を蔵の中にしまっておくということで、武をやめて文をたっとぶのだ。」

確かに、平和主義、民主主義の定着を目指した戦後教育では、「郷土」そして「愛国心」教育は、軍国主義教育の中核的な理念として否定された。しかし、このような価値観の転換を、その名称の由来の一つとしつつも、子どもは自分の住む地域の名前の多様で重層的な広がりを、「武蔵野」という言葉一つから獲得していくことができるのである。

これらの気づきや発見を踏まえ、「武蔵野」に限らず、子どもにとって身近な地名を用いた学習を通じて、自分たちの住む「地域」を「郷土」としても学ぶことが可能になる。「地名教育」は、単に現在の生活を知ることにとどまらず、現在の生活の「根っこ」となる歴史を調べるという学習にもつなげていくことになるのである。このような、「いつ」「どこ」と「いま」を一連の学習として成立させるアイデアが、「地名」にはたくさん存在する。

また、教育活動における地名の活用方法も多様に設定することができる。先述の谷川は、「クイズ型」、「遡及型」（現在使われている地名の意味を過去に遡って探る）、「残存型」（歴史的な地名が現在残存しているか探る）、「変遷型」（地名の変遷を概観する）、「分布型」（特定の地名の全国的分布を調べる）など、大きく六つに分類している。いずれの方法も、子どもの発達段階にあわせ、既習事項を活かしながら現実社会に対する視野を広げ、視角を変えて子どもが自ら追究する切り口を提示することにつながる。これらはすべて、子どもが主体的に学習課題に取り組む姿勢づくりに有効であるといえる。

「地名教育」を通じて見えてくる「武蔵野」が、子どもが慣れ親しむ「地名」としても、生活の舞台として関わりを持つ「郷土」「地域」としても、さらには歴史や文化、作品や作家を通じて「武蔵野」に関心を寄せるみなさんにとっても、一層の魅力や再発見をもたらす新たな「入り口」となってほしいものである。

コラム　武蔵野・むさし野・Musashino――若山牧水と土岐善麿　　土屋　忍

かつて柳田國男が武蔵野趣味の「元祖」と喝破した国木田独歩『武蔵野』の受容圏を考えたとき、まず思い浮かぶのは、大岡昇平の『武蔵野夫人』や黒井千次『たまらん坂―武蔵野短篇集』だろうか。しかし、その前に土岐善麿と若山牧水の名を忘れてはならない。ふたりはともに明治十八年（一八八五）生れ、早稲田の同級生である。明治三十九年、年の頃は二十一、大学生だったふたりは、『読売新聞』別冊（日曜版、文藝附録）に土岐湖友と若山牧水の名で「むさし野」という小欄を担当する。「その一」（十一月二十五日）から「その十」（六月二十三日）までの計十回、秋から初夏にかけて、毎回それぞれ五首ずつの歌を寄せることになったのである。

後年、土岐は、「武蔵野時代」という回想録で「僅か十行ばかりの、新聞にとつてはいはゞ『うめくさ』に過ぎないものだつたが」「近作を載せてもら」い、「二人はそれを楽しみにした」とふりかえっている。(1)「近作」を自由に掲載してもらったような書き方だが、「月光のうす青じめる有明の木の原つゞき啼く鶉かな」（牧水）から始まる「むさし野」短歌百首には、多摩や百草の丘が詠われ、ときには「むさし野」そのものが詠まれ、題名にふさわしい歌が並んでいる。前掲「武蔵野時代」にも、その頃の土岐と牧水、それに佐藤緑葉を加えた三人は、「ほとんど毎日顔をあはせては一緒に武蔵野を散歩した」とある。(2) そこで「武蔵野」とはっきり名指されている場所は、「外山ヶ原」と「百草の丘」である。「外山ヶ原」では昼間から飲んだくれて放歌放吟狼藉の様、「三人がフラフラ歩くのを兵隊がやかましくどなつたやうだ」とあり、「百草の丘」では「一緒に行つて泊つた」とある。現在の早稲田大学文学部キャンパス近くの戸山公園や理工学部の周辺、京王線沿線の百草園にその名残があるわけだが、本気で当時の面影を偲ぶには、相応の想像力を必要としそうである。

ともあれ、彼らがまだ無名だった学生時代は「武蔵野時代」であった。そこにはいつも歌があり文学があった。文学的青春の原点に武蔵野があり、歌を詠むときにはいつも武蔵野があった。おのずと「近作」は「むさし野」に寄稿され得るものとなり、「むさし野」欄にはふたりの武蔵野時代が刻まれたのである。

それにしても、どうしてこのように武蔵野の名が頻りに用いられるのだろうか。特に若山牧水の武蔵野への傾倒は注目される。牧水は、「むさし野」連載よりも少し前に「武蔵野」（『校友会雑誌』延岡中学校、明治三十九年三月）というエッセイを書いている。宮崎から上京して一年。「日向《ひゅうが》にわかれ」る前のまだ見ぬ武蔵野への思いと、「武蔵の人となつ」てから歩いた武蔵野における発見を美文調で綴ったものである。それによれば、「山の国日向の奥」に生を享けた者にとって未知なる武蔵野の野は格別に感じられたようであるが、十代の牧水の憧れを育んだのはやはり書物であった。「峰より出で、峰に入る春の日影の短きを恨み、秋の夜を長いものとは真丸な月見も果てゞいとゞしく、油断な為せそ鼻つき折らむ山坂小路降りつ登りつたゞ一向に身ちゞみ心狭ゐるを歎いてゐた」折にひらいて読みあげたものとして『太平記』と『伊勢物語』の名を挙げている。

月の夜の「武蔵野」に新田義貞勢の「人馬」が揃う場面を描いた『太平記』から風景描写をとりだし、「天に飛ぶ鳥も翔ることを得ず地を走る獣も隠れむとするに処なし」などの文学的表現に野の「広さ雄々しさ」を読みとっている。

また、『伊勢物語』第十二段「むかし男ありけり、人のむすめをぬすみてむさし野へゐて行くほどにぬす人なりければ国の守にからめられにけり、女をば草むらのなかにかくしおきて上《ママ》げにけり、みちくる人この野はぬす人あるなりとて火つけむとすれば、女わびて」の場面を引用し、「その野の優しさ美しさを偲ん」でいる。ここでの「むさし野」は、男が女を盗んで連れていくところであり、国守がいて捕まりそうになり、女を隠しおく草叢である。叢中の女が詠んだのがよく知られる「むさし野はけふはなやきそわか草のつまもこもれりわれもこもれり」であるが、結局、女の願いが逆に男の存在をも知らしめることになり、捕われてしまう[3]。「獣」が隠れる場所もないのであれば、人が一時身を潜める広い草叢があっても見晴らしがよく逃げ通せるものでもなかったのだろう。牧水が偲んだ「優しさ美しさ」とは、愛する人の心であり、野焼きの炎であり、愛しあう男女がそれぞれ火をおそれながら野にこもれる情景に対してであろうか。

　こうして牧水は、まだ見ぬ武蔵野への憧憬をつのらせるが、いざ「武蔵の人」となり「東京九段の上」に住み、今の武蔵野を歩き語る余裕ができたとき[4]、思い出されるのは国木田独歩であり徳冨蘆花であった。「武蔵野の美はたゞ其縦横に通ずる幾千条の路を当もなく歩くことに由つて始めて獲られる」「昔の武蔵野は萱原の果てなき光景を以て絶類の美を鳴らしてゐたやうに云ひ伝へてあるが今のむさし野は林である」と「武蔵野」の一節を引用し、またあえて誰とも名指さず「詩人」の言葉として「月あるも可、月なきもまた可、風露の夜これらの林のほとりを過ぎよ。松虫、鈴虫、轡虫、きりぎりす、虫と云ふ虫の音雨の如く流るるを聞かむ。おのづから虫籠となれるも妙なり」と「雑木林」（『自然と人生』）の言葉を引き合いに出す。また、「むさし野」の「その五」（二月三日）に掲載されている「町はづれ春の夜をゆく汽車の音のいや遠ざかる灯の白き穂よ」という牧水の歌などは、「町はづれ」「汽車の音」を言挙げした独歩の「武蔵野」へのオマージュであろう。

土岐善麿は、「牧水論序説」（『叙情』昭和二十四・一）で、牧水における独歩の影響の大きさを述べている。それは第一に、独歩におけるワーズワース的なもの——大自然と人生を別々にして考えなかった点——との関係にもみられ、また「早稲田時代の交遊をかへりみて」独歩の作品が出るたびに愛読していた様子を思い出しても言えることだとされる。さらには、恋愛事件とその処理や紀行文の描写においてさえ独歩にならい学ぶところが多かったという。『読売新聞』「むさし野」掲載のふたりの作品をみても、それぞれの歌風には違いがある。牧水がロマンチックに詠いあげるのに対して、土岐の歌は観察的で冷静にみえる。浅草生れの土岐善麿にとっての武蔵野は、おそらく牧水ほどの情熱を傾注する対象ではなかった。「むさし野」の「その四」（二月二十四日）で発表された「春の雨多摩のほとりを故郷と恋ふるひとりのなつかしさかな」（湖友）には、武蔵の国の川沿いへの故郷意識がみられるが、「多摩のほとりを故郷と恋ふるひとり」にみずからの過去や未来を重ねる心境に至ったのだとしたら、そこには牧水の影響があったのではないだろうか。

早稲田を卒業した土岐善麿は、読売新聞社に入社し、哀果の名で第一歌集『NAKIWARAI』（ローマ字ひろめ会、一九一〇年）を刊行する。ヘボン式ローマ字の横書き三行分かち書きによるこの歌集の第三首めには、「むさし野」の「その六」（三月三十一日）の中の「むさし野は片岡つゞき並杉の葉ずゑ赤みて春となりけり」がある。[5] ここで「むさし野」はMusashinoとなるわけだが、漢字かな交じりの歌をローマ字表記にするということは、言葉を音のみで表わそうとすることである。識字力を備えた近代の読者は、活字を目で見て意味とイメージをその形で認識し、然る後に文字を介して構成される音声やリズムをうけとめるようになるが、自前の文字のなかった古代以前には、音を介して耳で理解した。短歌のローマ字表記はそのような和歌の在り方を取り戻そうとする革新運動とも言えるだろう。『万葉集』などの場合には、音を書きとめるために外来の漢字一字一字が借用され日本語の一音節一音節が表記されたので、同じ音声表記でもローマ字の表記法とは異なるが、母音と子音の組み合わせで表記するローマ字を提示することにより、平板化した近代日本語の音声を再考するきっかけにもなる。さらに言えば、漢詩を嗜み英文学を専攻した土岐には、牧水と独歩の関係を、ワーズワースを通して考察するような眼があった。つまり、自分たちが生きている時代（近代）に作った短歌作品を、漢詩や英詩や和歌の歴史（世界韻文史）の中で見つめていたのである。

ローマ字短歌の試みは、一般に一時的な形式的実験とみられており、三行分かち書きが啄木に継承された面ばかりが強調されがちであるが、その後の俳句の世界に目を向ければ、俳句の世界文学化にともない、フランスでもフィリピンでもアルファベット表記によるハイカイは定着している。その間に朝鮮半島では漢字に換えて音声言語であるハングルという国民の文字を創出、漢字漢詩の本家中国では横書きを採用することになったが、こうした変化を先取りする試みであったのがわかる。独歩の「武蔵野」もまた、横文字の文学世界に縦書きの文学世界を交錯させたテクストであり、そういう意味でも『NAKIWARAI』は独歩「武蔵野」の受容圏にあると言ってもよいだろう。

昭和四十年（一九六五）、土岐善麿は、八十歳で武蔵野女子大学の教壇に立つ。そのとき若山牧水らと歩き詠った武蔵野時代を、どのように思い出したのだろうか。直接的な言及こそみられないが、「武蔵野の樹かげに語れ　われにも若き日はありしなり　若き女性らよ」などが収められた歌集『むさし野十方抄』（大河内昭爾編、蝸牛新社、一九七七／一九九〇／二〇〇〇年）を通して想像することができよう。

注

（1）『文藝遊狂』（立命館出版部、一九三二年）。牧水没後の文章で、詳細については曖昧なまま綴っているが、彼の中でどのように記憶されていたのかについてがよくわかる。なお若山牧水は昭和三年（一九二八）に亡くなっている。早くに先立たれた土岐は、歌人牧水の理解者のひとりであった。

（2）土岐、佐藤、牧水の三人は、同級生七名で結成した「北斗会」の主要メンバーでもあった。

（3）この女の歌と、『古今集』の「春日野はけふはなやきそわか草のつまもこもれりわれもこもれり」（よみ人知らず）との関係については、研究者によって諸説ある。『伊勢物語』の古注釈、いわゆる『冷泉家流伊勢物語注』では、武蔵国出身者の武蔵塚を由来とする武蔵野と呼ばれる場所が春日野の中にあり、『古今集』では春日野、『伊勢物語』では武蔵野としているが、実はどちらも正しい、という解釈がなされている。土岐や牧水よりも四歳年長で新潟から上京して同じ早稲田に学んだ会津八一は、古都奈良を重んじた歌集である『南京新唱』（一九二四年）や『鹿鳴集』（一九四〇年）で知られているが、その中には「（三笠山にて）やま　ゆけば　もず　なき　さわぎ　むさしの　の　にはべ　の　あしび　お

もひ　いでつ　も」や「うつくしき　ひと　こもれり　と　むさしの　の　おくか　も　しらず　あらしふくらし」のように武蔵野を詠んだ作品もある。「自註」によれば、前者の「むさしの」は「関東の武蔵野」であり、「三笠山」の山中で聴く百舌の鳴き声に「東京落合の自宅の庭」を思い出す歌である。そして後者の「むさしの」は「春日野の果て」であり、関西の武蔵野であった。そして「こもれり」は、『伊勢物語』の「むさし野は今日はな焼きそ若草の妻もこもれり吾も籠れり」で「こもれり」にこめたる意味をもって用いたものだという。八一はおそらく、春日野の中にも武蔵野があるという古注にある説を踏まえていたと思われる。自宅を「秋艸堂」と名付けて空襲で焼けるまでは引越しを繰りかえしながら東京に住んでいた八一であるが、生活空間である落合を武蔵野と認識すると同時に、歌の世界である春日野と地続きの武蔵野をもイメージしていたと考えると、まことに興味深い。

（4）若山牧水「東京の郊外を想ふ」（『樹木とその葉』改造社、一九二五年所収）によると、「日向の山奥」から上京してきた「田舎者」だった「私」は、最初の下宿先である麴町の三番町と早稲田との往復の他は、神保町の本屋へ足をのばすくらいの「遠出」しかできなかったが、あるとき穴八幡の境内から大きな平野に抜けたところに、「大きな野原」を生れてはじめて見る。感動した「私」は、すぐに穴八幡下の下宿に引越す。毎日の「戸山ヶ原散歩」はこうして始まったのだという。

（5）『NAKIWARAI』の書誌については土岐善麿研究においても未詳であるが、井上悠氏の調査（未刊行）があるので、ここではそれも参照した。初出が確認できると、通常の短歌をローマ字化した過程を考察することができる。なお『NAKIWARAI』については、もっぱら形式面ばかりが注目されてきた。テクスト全体の内容についての研究はほとんどない。

武蔵野（近現代篇）文学年譜

「武蔵野文学」の系譜はどの時代から始まっているのだろうか。古くは『万葉集』にも編まれたこの地は、現代に至るまで多くの作品の土壌となっている。「武蔵野（近現代篇）文学年譜」では、小説、詩歌、随筆、批評文など幅広いジャンルを取り上げた。さまざまな作家がさまざまな視点で「武蔵野文学」を彩ってきた。その豊かさを感じ取っていただきたい（大部真梨恵）。

年号（西暦年）	事項
明治二〇年（一八八七）	一一月二〇日、山田美妙（一八六八～一九一〇）「武蔵野」を一二月六日まで『読売新聞』に連載。
三一年（一八九八）	一月、国木田独歩（一八七一～一九〇八）「今の武蔵野」（第一著作集『武蔵野』に収める際「武蔵野」と改題）を『国民之友』に翌月まで発表。
三三年（一九〇〇）	三月、田山花袋（一八七一～一九三〇）「多摩の水源」を『太陽』に発表。
三四年（一九〇一）	三月、国木田独歩、第一著作集『武蔵野』を刊行。「武蔵野」や「忘れえぬ人々」などを収める。
三七年（一九〇四）	四月、小泉八雲（一八五〇～一九〇四）西多摩郡調布の伝説をもとにしたと言われる「雪女」を収める『怪談』を米・英で刊行。
三八年（一九〇五）	九月、吉江孤雁（一八八〇～一九四〇）武蔵野村桃野に住む大学生を主人公とした純愛小説「武蔵野村」を『新古文林』に発表。
三九年（一九〇六）	三月、若山牧水（一八八五～一九二八）随筆「武蔵野」を『校友会雑誌』に発表。

四〇年（一九〇七）

一〇月、吉江孤雁、青梅、立川、府中の町や武蔵野の狩猟体験を記した随筆「武蔵野週遊記」を『新古文林』に発表。

一一月、土岐善麿（一八八五〜一九八〇）『読売新聞』日曜版、文藝付録に「むさし野」と題した小欄を若山牧水と共に担当。「その一」（一一月二五日）から「その十」（翌年六月二三日）まで短歌を五首ずつ発表。

一二月、田山花袋、東京府豊多摩郡代々幡村（現・渋谷区）に転居。

四一年（一九〇八）

二月、徳冨蘆花（一八六八〜一九二七）ロシアからの帰国後、トルストイ主義の実践として東京府下北多摩郡千歳村字粕谷（現・世田谷区粕谷）に住む。この旧邸は蘆花の死後、都に寄付され庭も建物もそのままに昭和一三年から「蘆花恒春園」として開放される。

一〇月、若山牧水、佐藤緑葉と立川、日野、百草園などに赴き、翌年刊行の歌集『海の声』に武蔵野吟行の歌を収める。

四二年（一九〇九）

四月、徳冨蘆花、田山花袋・小栗風葉編『二十八人集』に「国木田哲夫兄に与へて僕の近況を報ずる書」にて田園生活を国木田独歩に報告。

一〇月、国木田独歩の没後、日記を『欺かざるの記　前篇』として刊行。翌年には『欺かざるの記後篇』を刊行。二一日分の日記の抜粋引用が「今の武蔵野（「武蔵野」）」に見られる。

六月、若山牧水、百草園にて『独り歌へる』を編集。翌年一月刊行。

四三年（一九一〇）

一二月、永井荷風（一八七九〜一九五九）「すみだ川」を『新小説』に発表。

四月、土岐善麿、ローマ字歌集『NAKIWARAI』を「ローマ字ひろめ会」から刊行。

大正　二年（一九一三）

二月、徳冨蘆花、六年にわたる粕谷での生活記録『み、ずのたはこと』を刊行。

四月、小金井を中心に紹介した並木仙太郎編『武蔵野』が刊行される。

九月、中里介山（一八八五〜一九四四）「大菩薩峠」を『都新聞』に連載開始。

三年（一九一四）	四月、柳田國男（一八七五～一九六二）「武蔵野雑談」を『郷土研究』に大正五年一二月まで連載。
五年（一九一六）	四月、田山花袋『東京の近郊』を刊行。
六年（一九一七）	六月、田山花袋『東京の三十年』を刊行。 一一月、白石実三（一八八六～一九三七）武蔵野全域にわたる紀行文集『武蔵野巡礼』を刊行。
七年（一九一八）	四月、徳冨蘆花、粕谷での生活記録『新春』を刊行。 九月、佐藤春夫（一八九二～一九六四）「田園の憂鬱」を『中外』に発表。
八年（一九一九）	七月、柳田國男「武蔵野雑話」を『登高行』に発表。翌年六月同誌発表の「続武蔵野雑話」と共に「武蔵野の昔」として昭和一六年一月『豆の葉と太陽』に収録。
一二年（一九二三）	一月、吉田絃二郎（一八八六～一九五六）『文章倶楽部』の特集「東京の印象・生活の興味」で「私の郊外生活」と題した武蔵野での生活の印象を書く。 七月、中村雨紅（一八九七～一九七二）八王子から自宅（恩方村）へ帰る道の風景を素材としたと言われる童謡「夕焼小焼」が草川信の曲付で『文化楽譜―あたらしい童謡―』に収められる。
一三年（一九二四）	野口雨情（一八八二～一九四五）武蔵野村吉祥寺（現・武蔵野市吉祥寺）に住む。井の頭自然文化園には書斎を移した「童心居」が建てられている。昭和一一年には「井の頭音頭」を作詞。昭和一九年に宇都宮に疎開。
一五年（一九二六）	三月、山本有三（一八八七～一九七四）吉祥寺に住む。 春、槇本楠郎（一八九八～一九五六）吉祥寺に住む。 七月、生田春月（一八九二～一九三〇）随筆「郊外散歩」（『文章倶楽部』所収）にて井の頭公園や多摩河原に散歩したことなどを書く。
昭和二年（一九二七）	九月、柳田國男、北多摩郡砧村（現・世田谷区成城）に住む。 右同月、与謝野鉄幹（一八七三～一九三五）・晶子（一八七八～一九四二）東京市外荻窪村（現・

三年（一九二八）　杉並区荻窪）に住む。

右同月、井伏鱒二（一八九八～一九九三）東京府豊多摩郡井荻村下井草（現・杉並区）に住む。

七月、三木露風（一八八九～一九六四）三鷹村牟礼（現・三鷹市井の頭）に住む。

四年（一九二九）　八月、塚原健二郎（一八九五～一九六五）吉祥寺に住む。

五年（一九三〇）　「ホトトギス」主催の第一回武蔵野探勝会が行われる。

六年（一九三一）　一月、坂口安吾（一九〇六～一九五五）「木枯の酒倉から」を『言葉』に発表。

辻井喬（一九二七～二〇一三）三鷹村下連雀（現・三鷹市下連雀）に住む。昭和一四年に東京市麻布区（現・港区）に移る。


七年（一九三二）　二月、佐藤春夫『武蔵野少女』を刊行。


八年（一九三三）　三月、白石実三『武蔵野から大東京へ』を刊行。

一二月、吉田絃二郎、随筆『武蔵野にをりて―感想集』を刊行。


九年（一九三四）　三月、亀井勝一郎（一九〇七～一九六六）病気療養のため三鷹村下連雀に住む。

埴谷雄高（一九〇九～一九九七）吉祥寺に住む。


一〇年（一九三五）　一月、山本有三、青梅市の吉野梅郷を舞台にした「真実一路」を翌年九月まで『主婦之友』に連載。

右同月、武者小路実篤（一八八五～一九七六）吉祥寺に住む。

六月、北原白秋（一八八五～一九四二）短歌雑誌『多磨』を創刊。


一一年（一九三六）　一月、下村湖人（一八八四～一九五五）「次郎物語」を翌年三月まで『青年』に連載。

二月、北条民雄（一九一四～一九三七）東村山の国立療養所多摩全生園に自身が入院した当日のことを書いた「最初の一夜」（のち師事していた川端康成が「いのちの初夜」と改題）を『文学界』に発表。

四月、山本有三、三鷹村下連雀に移る。昭和二一年まで住んだこの洋館が三鷹市山本有三記念館として平成八年に開館される。

一二年（一九三七）
九月、亀井勝一郎、武蔵野市御殿山に移る。
六月、武者小路実篤、三鷹村牟礼（現・井の頭）に住む。昭和一四年に『牟礼随筆』を刊行。
八月、短歌雑誌『多磨』の第二回全国大会が高尾山薬王院で三日間にわたり開催される。

一三年（一九三八）
九月、石川達三（一九〇五～一九八五）ダム建設をめぐる小河内村と東京市の確執を描いた「日陰の村」を『新潮』に発表。
三月、金子光晴（一八九五～一九七五）北多摩郡吉祥寺町（現・武蔵野市吉祥寺）に住む。

一四年（一九三九）
四月、岡本かの子（一八八九～一九三九）「生々流転」を一二月まで『文学界』に連載。
九月、太宰治（一九〇九～一九四八）三鷹村下連雀に住む。

一五年（一九四〇）
六月、坂口安吾「盗まれた手紙の話」を『文化評論』に発表。
七月、太宰治「乞食学生」を一二月まで『若草』に連載。
一一月、吉田一穂（一八九八～一九七三）三鷹町牟礼に住む。

一六年（一九四一）
一月、太宰治「東京八景」を『文学界』に発表。
二月、吉田絃二郎、随筆「武蔵野小記」を『改造』に発表。

一七年（一九四二）
七月、高浜虚子（一八七四～一九五九）編の『ホトトギス』に連載した武蔵野吟行記録『武蔵野探勝』上巻が刊行される。同年一一月に中巻、翌年二月に下巻を刊行。
右同月、山本有三、当時本や雑誌が入手困難だったため三鷹の自宅に「ミタカ少国民文庫」を開き、近所の少年少女に開放。
一一月、松村英一監修、上林暁、土屋文明、水原秋桜子、柳田國男らのエッセイ集『武蔵野随筆』刊行。
一二月、村野四郎（一九〇一～一九七五）「武蔵野―其一―」を『抒情飛行』に発表。

一八年（一九四三）　今官一（一九〇九～一九八三）三鷹町上連雀（現・三鷹市上連雀）に住む。

一月、太宰治「黄村先生言行録」を『文学界』に発表。

八月、坂口安吾「二十一」を『現代文学』に発表。


一九年（一九四四）　二月、村野四郎『珊瑚の鞭』に「故園悲調（一）」を発表。

三月、吉川英治（一八九二～一九六二）西多摩郡吉野村（現・青梅市）に昭和二八年まで疎開。この旧邸が昭和五二年に吉川英治記念館として開館される。

八月、太宰治「花吹雪」を『佳日』に発表。


二一年（一九四六）　六月、上林暁（一九〇二～一九八〇）武蔵小金井の聖ヨハネ会桜町病院を舞台にした「聖ヨハネ病院にて」を『人間』に発表。


二二年（一九四七）　二月、石井桃子（一九〇七～二〇〇八）『ノンちゃん雲に乗る』を刊行。

三月、太宰治「ヴィヨンの妻」を『展望』に発表。


二三年（一九四八）　一月、大岡昇平（一九〇九～一九八八）一一月まで北多摩郡小金井町（現・小金井市中町）に住む。

右同月、坂口安吾「風と光と二十の私と」を『文藝』に発表。

五月、太宰治「桜桃」を『世界』に発表。

六月、太宰治死去。禅林寺に埋葬。没後「人間失格」が『展望』に発表される。


二四年（一九四九）　一月、上林暁、井の頭、三寶寺池、深大寺、善福寺池を秋の野歩きと称しめぐる「草深野」を『新潮』に発表。

六月、折口信夫（一八八七～一九五三）戦後まもない田無の風景を描いた詩「田無の道」を『婦人之友』に発表。

右同月、太宰を偲ぶ集会（今官一が「桜桃忌」と命名）が以後禅林寺にて毎年開催されるようになる。

八月、太宰治「家庭の幸福」が『中央公論』に発表される。

	巽聖歌（一九〇五～一九七三）日野町東大助（現・日野市旭が丘）に住む。
二五年（一九五〇）	一月、大岡昇平「武蔵野夫人」を『群像』に九月まで連載。
	右同月、原民喜（一九〇五～一九五一）武蔵野市吉祥寺に住む。翌年死去。
二六年（一九五一）	五月、瀬戸内寂聴（一九二二～）三鷹市下連雀に住む。昭和二八年に三鷹駅前に、昭和二九年には杉並区西荻窪（現・西荻北）に移る。
	右同月、福田恆存（一九一二～一九九四）大岡昇平「武蔵野夫人」を脚色し、『演劇』に発表。同年『戯曲武蔵野夫人』を刊行、文学座により上演。
	九月、「武蔵野夫人」映画化される。
二七年（一九五二）	三月、新田次郎（一九一二～一九八〇）吉祥寺に住む。
	一一月、丹羽文雄（一九〇四～二〇〇五）「遮断機」を『新潮』に発表。
	右同月、石田波郷（一九一三～一九六九）『清瀬村』を刊行。
	田宮虎彦（一九一一～一九八八）吉祥寺に住む。
	武田繁太郎（一九一九～一九八六）三鷹市牟礼に住む。
二九年（一九五四）	四月、福永武彦（一九一八～一九七九）『草の花』を刊行。
三〇年（一九五五）	一二月、武者小路実篤、調布市入間町（現・若葉町）に移る。現在は調布市立実篤公園となり公開される。
三一年（一九五六）	一二月、宮柊二（一九一二～一九八六）・英子（一九一七～）三鷹市牟礼に住む。
三三年（一九五八）	三月、石井桃子、荻窪の自宅の一室に「かつら文庫」を開く。
	一〇月、茨木のり子（一九二六～二〇〇六）保谷市東伏見（現・西東京市東伏見）に住む。
	一二月、上林暁編で『武蔵野』（日本の風土記叢書）を刊行。
三四年（一九五九）	秋山駿（一九三〇～二〇一三）ひばりヶ丘団地に入居。

三五年（一九六〇）	九月、田村隆一（一九二三～一九九八）保谷市に住む。
三六年（一九六一）	一〇月、井上靖（一九〇七～一九九一）多摩市の吉祥院を舞台にした「憂愁平野」を翌年一一月まで『週刊朝日』に連載。
三七年（一九六二）	五月、三木露風〈やすらふによい〉風景を描いた詩「井の頭公園」を『詩謡春秋』に発表。
	八月、上林暁〈武蔵野に寄せた心の風景〉を描いた随筆集『武蔵野』を刊行。
	一二月、田村隆一、秋の保谷を描いた「保谷」、「西武園所感―ある日ぼくは多摩湖の遊園地に行った」を収める『言葉のない世界』を刊行。
三九年（一九六四）	三木露風、三鷹市立高山小学校校歌を作詞。
四四年（一九六九）	七月、吉村昭（一九二七～二〇〇六）・津村節子（一九二八～）三鷹市井の頭に住む。
	九月、辻井喬、三鷹に住んでいた時代を描いた自伝的小説『彷徨の季節の中で』を刊行。
四五年（一九七〇）	一月、井上靖「欅の木」を『日本経済新聞』に八月まで連載。
	村上春樹（一九四九～）三鷹市に住む。昭和四六年、文京区千石に移る。
四六年（一九七一）	六月、瀬戸内寂聴「三鷹下連雀」を収める短編集『ゆきてかえらぬ』を刊行。
	八月、大岡信（一九三一～）調布市に移る。
四七年（一九七二）	六月、大岡信「秋景武蔵野地誌」を収めた詩集『透視図法―夏のための』を刊行。
四九年（一九七四）	茨木のり子「大国屋洋服店」を『ユリイカ』に発表。
	村上春樹、国分寺市にジャズ喫茶「ピーター・キャット」を開く。
五〇年（一九七五）	茨木のり子「青梅街道」を『いささか』に発表。
	土岐善麿、歌集『むさし野十方抄』を刊行。
五二年（一九七七）	六月、高橋三千綱（一九四八～）「五月の傾斜」を『文藝』に発表。
五三年（一九七八）	一月、高橋三千綱「九月の空」を『文藝』に発表。

五四年（一九七九）	四月、秋山駿、東京ひばりヶ丘団地の生活を振り返った「舗石の思想—2— 団地居住者の意見」を『群像』に発表。
五五年（一九八〇）	一一月、黒井千次（一九三二～）自伝的小説「春の道標」を『新潮』に発表。
五六年（一九八一）	二月、井伏鱒二「豊多摩郡井荻村」（のち「荻窪風土記」と改題）を『新潮』に翌年六月まで連載。
	七月、大岡信、調布市の神代植物公園を取り上げた「春府冗語」や「調布」と題された詩を『詩集水府 みえないまち』に収める。
五七年（一九八二）	四月、三浦朱門（一九二六～）「武蔵野インディアン」を『文藝』に発表。
	七月、黒井千次「たまらん坂」を『海』に発表。以後、「おたかの道」（昭和六〇年二月）、「せんげん山」（同六一年四月）、「そうろう泉園」（同六一年一一月）、「のびどめ用水」（同六一年一月）、「けやき通り」（同六三年一月）、「たかはた不動」（同六三年五月）を『海燕』に発表し、「たかはた不動」をもって『たまらん坂武蔵野短篇集』として刊行。
	八月、村上春樹「羊をめぐる冒険」を『群像』に発表。
六二年（一九八七）	七月、吉村昭「わが町・わが家—井の頭界隈」を『東京人』に発表。
	九月、村上春樹『ノルウェイの森』上・下巻を刊行。
平成 六年（一九九四）	一二月、銀林みのる（一九六〇～）『鉄塔武蔵野線』を刊行。
一一年（一九九九）	四月、村上春樹『スプートニクの恋人』を刊行。
一二年（二〇〇〇）	五月、三浦朱門、随筆『武蔵野ものがたり』を刊行。
一五年（二〇〇三）	二月、川本三郎（一九四四～）『郊外の文学誌』を刊行。
	一〇月、後藤総一郎監修・立川柳田國男を読む会編で『柳田國男の武蔵野』が刊行される。
一九年（二〇〇七）	山田詠美（一九五九～）一月、『無銭優雅』を刊行。

※紙幅の都合で割愛した作品や事項のあることをお断りします（編者）。

主要参考文献紹介

ここでは、「武蔵野（近現代篇）文学年譜」作成の際に使用した主な参考文献及び、現在文庫などで入手が比較的容易な作品を紹介する。

紙幅等の都合で年譜には収めきれなかった作品の紹介も入れたので、あわせて参考にしていただければ幸いである（加賀見悠太）。

参考文献篇

『東京文学散歩　武蔵野篇上』

野田宇太郎著　文一総合出版　昭和五十二年（一九七七）七月

野田宇太郎文学散歩と銘打たれたシリーズの一冊。この本の中には「世田谷界隈」と題された章がある。現在では東京二十三区に組み込まれ、「武蔵野」というイメージは若干薄らいでいるものの、古来武蔵国に組み込まれている土地であり、また明治・大正時代において東京市の中には組み込まれていなかった。やはり世田谷も「武蔵野」に含めることができるだろう。

『三鷹文学散歩』
大河内昭爾監修　三鷹市立図書館　平成二年（一九九〇）三月
　太宰治や山本有三など、三鷹に縁の作家を中心にまとめたもの。文学の地、武蔵野というと、現在三鷹界隈が中心的に捉えられるところがあるので、押さえておきたい本であろう。

『多摩の文学散歩』
佐々木和子　けやき出版　平成五年（一九九三）六月
　小説や詩など、特定の文学ジャンルではなく、一月～三月、四月～六月など季節ごとに章立てがされている。この章立てを利用して季節ごとの「武蔵野」を見ていくことも可能だろうが、網羅的に多摩の文学者を見ていくときにより有効な本だろう。

『資料　武蔵野の文学者たち―著作目録抄』
原山喜亥編著　潮流出版　平成九年（一九九七）九月
　埼玉を中心とした「武蔵野」に関する文学者をまとめたもの。東京を中心とした「武蔵野」を見ているだけでは挙がってこない深沢七郎などの作家も組み込まれており、「武蔵野」の定義の曖昧さや、範囲の広さを感じさせる。

『多摩文学紀行』
山本貴夫著　たましん地域文化財団発行　けやき出版発売　平成九年（一九九七）七月
多摩地域も武蔵野の一部と考えられるが、その中には府中や清瀬、八王子や町田市まで含まれてくる。多摩地域全域を「武蔵野」であると仮に考えるのであれば、既に独歩の言う「武蔵野」の定義からは外れる部分が出てきている。独歩によって曖昧に定義された「武蔵野」は時代と共に更に解釈の幅を広げてきているのである。『多摩文学紀行』の中には松本清張や山田詠美、村上龍などといった作家達の作品への言及も含まれており、「武蔵野の文学者」という定義も幅広く曖昧なものとなってしまっている。しかしそういった幅広さ、曖昧さも「武蔵野」という土地のおもしろさである。

『詩で歩く武蔵野』
秋谷豊編著　さきたま出版会　平成十年（一九九八）十月
他の参考文献の殆どが作品や作家解説が中心であり、作品本文は一部の引用が見られる程度であるが、『詩で歩く武蔵野』は題材として詩を設定したため各作家一、二編ずつではあるものの、作品の全文が引用されている。手軽にさまざまな作家の作品に触れることができるため、「武蔵野」の詩に興味があるならば、入門的に参照できるだろう。収録されている作家は国木田独歩、清岡卓行、谷川俊太郎など。

『図説　太宰治』
日本近代文学館編　ちくま学芸文庫　平成十二年（二〇〇〇）五月
一九九八年の太宰没後五十年を受けて翌一九九九年六月に東京吉祥寺で開催された「太宰治の20世紀」展の図録として刊行されたもの。展示当時にはパンフレットなどが制作されておらず、持ち帰れる図録が欲しいという来場者からの要望に応える形で後日展示内容を基本に編集、刊行された。

『三鷹ゆかりの文学者たち』
三鷹市芸術文化振興財団文芸課編　平成二十二年（二〇一〇）十一月
三鷹市市制施行六十周年記念展として三鷹市美術ギャラリーで行われた企画展示の図録。図録ではあるものの、読み物としても充分な価値のあるものである。太宰治をはじめ、井上荒野、平田オリザ、吉村昭など、三鷹市に暮らした作家たちを中心にまとめられたものである。

作品篇

『武蔵野』
国木田独歩著　新潮文庫　昭和二十四年（一九四九）五月
近代文学における「武蔵野」の出発点とも言える作品。表題作の他「忘れえぬ人々」など後の

「武蔵野」観に多大な影響を与えた。近代以降の「武蔵野」を考えるためには欠かせない。独歩の初期作品十八編を収録している。岩波文庫での入手も可能。

『すみだ川・新橋夜話　他一篇』
永井荷風著　岩波文庫　昭和六十二年（一九八七）九月
「すみだ川」収録。書名にある「他一篇」は「深川の唄」。

『田園の憂鬱』
佐藤春夫著　新潮文庫　昭和二十六年（一九五一）八月
佐藤春夫の小説としての代表作の一つでもある。主人公である「彼」が「武蔵野」に引っ越してくるところから始まる。もともと「田園の憂鬱」と「病める薔薇」という二つの形で発表されており、後に改作され現在の形に成立した。

『木枯の酒倉から・風博士』
坂口安吾著　講談社文芸文庫　平成五年（一九九三）二月　絶版
「木枯の酒倉から」は「僕」が「武蔵野」に居を移してくるところから始まる。文庫では講談社文芸文庫やちくま文庫版坂口安吾全集に収められていたが、現在絶版。しかし、青空文庫で公開されているので、インターネットの環境さえあれば手軽に入手が可能な作品である。

『新ハムレット』
太宰治著　新潮文庫　昭和四十九年（一九七四）三月
「乞食学生」を収録する。その他には「女の決闘」「新ハムレット」など、パロディ作品の収録が多い。

『走れメロス』
太宰治著　新潮文庫　昭和四十二年（一九六七）七月
「武蔵野」に関するものとしては「東京八景」を収録。その他、「富嶽百景」「女生徒」「走れメロス」など、太宰治の代表的短編を多く収録している。

『きりぎりす』
太宰治著　新潮文庫　昭和四十九年（一九七四）九月
「日の出前」を収録。同時収録の「畜犬談」は山梨の甲府を舞台としているが、主人公の小説家が転居先の三鷹の家の完成を待っている様子が書かれている。その他「鷗」「善蔵を思う」「きりぎりす」などにも三鷹が登場する。いずれも三鷹に住み始めた前後の時間軸を舞台に設定した小説である。

『津軽通信』

太宰治著　新潮文庫　昭和五十七年（一九八二）一月

「黄村先生言行録」「花吹雪」が収録されている。「犯人」「女神」「酒の追憶」といったその他の収録作品にも三鷹、吉祥寺、井の頭公園といった地名が登場する。

『ヴィヨンの妻』

太宰治著　新潮文庫　昭和二十五年（一九五〇）十二月

「家庭の幸福」収録。他の収録作品には「武蔵野」に関するものより、太宰の故郷「津軽」に関する言及などが見られる。太宰が実家に疎開していた頃の作品を中心に収録しているからだろう。収録作の「桜桃」は三鷹が舞台と考えられるが、作品内に具体的な土地名の記述はない。他には「トカトントン」「ヴィヨンの妻」などを収録。

『武蔵野夫人』

大岡昇平著　新潮文庫　昭和二十八年（一九五三）六月

映画やドラマなどで映像化もされた大岡昇平の代表作の一つ。舞台化もされており、小説以外での展開も多い。タイトル通り「武蔵野」を舞台としている恋愛小説。

『むさしの十方抄』
土岐善麿著　蝸牛新社　平成十二年（二〇〇〇）八月
武蔵野女子大学（当時）の学院報に詠まれた土岐善麿の歌をまとめたもの。二回改版されており、右記の書誌情報は最新の第三版のもの。

『武蔵野インディアン』
三浦朱門著　河出書房新社　昭和五十七年（一九八二）七月　絶版
現在絶版。古本でも数は少ないようであり、入手が容易な作品ではないが、独歩から繋がる近代文学における「武蔵野」の系譜上重要な位置にある小説だと言える。

『たまらん坂武蔵野短篇集』
黒井千次著　講談社文芸文庫　平成二十年（二〇〇八）七月
「武蔵野短篇集」と題された連作短編集。表題作の「たまらん坂」の他、「おたかの道」「せんげん山」など、いずれも「武蔵野」の地名が舞台及びタイトルとなっている作品が収められている。

『ノルウェイの森』上・下
村上春樹著　講談社文庫　平成十六年（二〇〇四）九月
近年映像化もされた作品。あまり「武蔵野」のイメージの強い作品ではないと思われるが、主人公の「僕」が終盤に吉祥寺に引っ越しをし、町を歩いたり、アルバイトを見つけたりといった描写がある。

『スプートニクの恋人』
村上春樹著　講談社文庫　平成十三年（二〇〇一）四月
井の頭公園が登場する。作中人物の「すみれ」は小説家志望であり、吉祥寺に住んでいる。『ノルウェイの森』にも吉祥寺が登場するところから、武蔵野＝文学というイメージが村上春樹の創作上の意識としてもあった可能性は充分にうかがえるだろう。

『武蔵野ものがたり』
三浦朱門著　集英社新書　平成十二年（二〇〇〇）五月
新書のエッセイ。国木田独歩の時代より百年が経過した現代の「武蔵野」に視野を収めている。

『無銭優雅』

山田詠美著　幻冬舎文庫　平成二十一年（二〇〇九）八月

山田詠美の長編小説。文庫化されているが、単行本での入手も可能。作品の舞台となるのは三鷹・吉祥寺・西荻窪などの「武蔵野」である。村上春樹などと同じく、「武蔵野」のイメージが強くない作家の文学にも「武蔵野」の影響がうかがえる。

ら行

わ行

や行

は行

ま行

な行

た行

さ行

か行

索　引

＊本文中から主な地名・人名・書名・作品名を抽出し現代読みの五十音順に配列した。

あ行

執筆者紹介

藤井淑禎（ふじい　ひでただ）
愛知県豊橋市生まれ。立教大学文学部教授。
主な著書：『名作がくれた勇気―戦後読書ブームと日本人―』（平凡社，2012年），『高度成長期に愛された本たち』（岩波書店，2009年），『清張　闘う作家―「文学」を超えて―』（ミネルヴァ書房，2007年），『小説の考古学へ―心理学・映画から見た小説技法史―』（名古屋大学出版会，2001年）など。

五井　信（ごい　まこと）
北海道札幌市生まれ。二松學舎大学文学部教授。
主な著書：『田山花袋―人と文学―』（勉誠出版，2008年），『ディスクールの帝国―明治30年代の文化研究―』（共著，新曜社，2000年），「海外としての〈日本〉―英語版の旅行ガイドブック―」（『日本近代文学』84集，2011年５月），「「太平の逸民」たちの日露戦争―『吾輩は猫である』―」（『漱石研究』14号，2001年10月）など。

山路敦史　（やまじ　あつし）
東京都杉並区生まれ。北海道大学大学院文学研究科博士後期課程。
主な論文：「〈退屈〉で〈うるさい〉テクスト―坂口安吾『吹雪物語』―」（『東北文学の世界』22号．2014年３月）。

宮川健郎（みやかわ　たけお）
東京都北区生まれ。武蔵野大学教育学部教授。
主な著書：『国語教育と現代児童文学のあいだ』（日本書籍，1993年），『宮沢賢治，めまいの練習帳』（久山社，1995年），『現代児童文学の語るもの』（NHK ブックス，1996年），『児童文学　新しい潮流』（編著，双文社出版，1997年）など。

三田誠広（みた　まさひろ）
大阪市生まれ。作家。武蔵野大学文学部教授。
主な著書：『僕って何』『いちご同盟』『数式のない宇宙論』『新釈悪霊』など。

佐藤　公（さとう　こう）
秋田県男鹿市生まれ。明治学院大学心理学部准教授。
主な著書：『教育学の教科書―教育を考えるための12章―』（共著，文化書房博文社，2008年），『市民教育への改革』（共著，東京書籍，2010年），『地域と教育―地域における教育の魅力―』（共著，学文社，2012年）など。

清水絢子（しみず　あやこ）
東京都江戸川区生まれ。会社員。
主な論文：「いかに〈小説〉を逃れるか―高橋源一郎『さようなら，ギャングたち』と村上春樹『風の歌を聴け』を読む―」（『武蔵野文学館紀要』第３号，2013年３月）。

大部真梨恵（おおぶ　まりえ）
茨城県高萩市生まれ。地方公務員。
主な論文：「『幻の光』から『錦繡』へ―宮本輝の挑戦―」（『武蔵野文学館紀要』第３号 2013年３月）。

加賀見悠太（かがみ　ゆうた）
山梨県山梨市生まれ。会社員。
主な論文：「技巧的語りの裏にある普遍的な問い―深沢七郎「みちのくの人形たち」論―」（『武蔵野文学館紀要』第３号，2013年３月）。

執筆者紹介（執筆順）

黒井千次（くろい　せんじ）
東京都杉並区生まれ。作家，日本芸術院会員。
主な著書：（小説に）『時間』『春の道標』『群棲』『たまらん坂』『一日　夢の柵』など。

土屋　忍（つちや　しのぶ）　編者紹介欄に記す

並木宏衛（なみき　ひろえ）
東京都渋谷区生まれ。武蔵野大学名誉教授。
主な著書：「『しこ』の系譜―醜の御楯―」（『國學院雑誌』71-7，1970年7月），「挽歌試論―巻頭歌の意義―」（『武蔵野女子大学紀要』8，1973年3月），「マツリと季節観」（『万葉集の民俗学』桜楓社，1993年）など。

川村裕子（かわむら　ゆうこ）
東京都豊島区生まれ。武蔵野大学文学部教授。
主な著書：『王朝文学の光芒』（笠間書院，2012年），『蜻蛉日記Ⅰ（上巻・中巻）』『蜻蛉日記Ⅱ（下巻）』（角川ソフィア文庫，2003年），『王朝生活の基礎知識―古典のなかの女性たち―』（角川書店，2005年），『王朝文化を学ぶ人のために』（共編，世界思想社，2010年）など。

岩城賢太郎（いわぎ　けんたろう）
山口県宇部市生まれ。武蔵野大学文学部准教授。
主な著書：「幸若舞曲『鎌田』から近世演劇へ―荒事の渋谷金王丸が形成されるまで―」（『中世文学と隣接諸学7　中世の芸能と文芸』竹林舎，2012年），「中世・近世芸能が語り伝えた斎藤実盛―謡曲と『源平盛衰記』を経て木曾義仲関連の浄瑠璃作品へ―」（『武蔵野大学能楽資料センター紀要 No.22』2011年）など。

漆原　徹（うるしはら　とおる）
東京都大田区生まれ。文学博士（史学）武蔵野大学文学部教授，日本古文書学会理事・編集委員長，東京都港区文化財保護審議委員会副会長。
主な著書：『中世軍忠状とその世界』（吉川弘文館），『今日の古文書学』（雄山閣），『南北朝百話』（二玄社）など。

今浜通隆（いまはま　みちたか）
東京都江東区生まれ。武蔵野大学名誉教授。
主な著書：『本朝麗藻全注釈』（新典社），『儒教と言語観』（笠間書院），『元亨釈書』（教育社），「佐藤一斎作「小金井橋観桜記」について」（『武蔵野文学館紀要』）など。

羽田　昶（はた　ひさし）
東京都大田区生まれ。東京文化財研究所名誉研究員，武蔵野大学客員教授。
主な著書：『能楽大事典』（共著，筑摩書房，2012年），『狂言　鑑賞のために』（共著，保育社，1974年），『岩波講座 能・狂言Ⅲ 能の作者と作品』（共著，岩波書店，1987年）など。

廣瀬裕之（ひろせ　ひろゆき）
千葉県出身。武蔵野大学教育学部教授，全日本書写書道教育研究会副理事長，全国大学書写書道教育学会常任理事，毎日書道展審査会員。
主な著書：『刻された書と石の記憶』（武蔵野大学出版会，2012年），『広瀬舟雲の書・パリ紀行』（ラビィ，1999年）など。

編者紹介

土屋　忍（つちや　しのぶ）
北海道札幌市生まれ。武蔵野大学文学部教授。
主な著書：『松尾邦之助—長期滞在者の異文化理解—』（編著，柏書房，2010年），『南洋文学の生成—訪れることと想うこと—』（新典社，2013年），『〈外地〉日本語文学への射程』（共編著，双文社，2014年）など。

武蔵野文化を学ぶ人のために

2014年 7 月20日　第 1 刷発行　　定価はカバーに表示しています

編　者　土《つち》屋《や》　忍《しのぶ》

発行者　髙島照子

世界思想社
京都市左京区岩倉南桑原町56　〒606-0031
電話075(721)6506
振替01000-6-2908
http://sekaishisosha.jp/

ISBN978-4-7907-1634-1